文庫

人間万事嘘ばっかり

山田風太郎

筑摩書房

人間万事嘘ばっかり＊目次

II

Ⅲ

Ⅳ

人間万事嘘ばっかり

I 人間万事嘘ばっかり

私の怪談

私の怪談とは、私の作った怪談とか、私の経験した怪談という意味ではない。私自身が怪談であるというイミである。

私は、怪談とか占いとか新興宗教なんてものを、一切信じない男である。もしお金とひまさえあれば、そういうものを日本の地上からボクメッする事業に全生涯をかけてもいいとさえかんがえているくらいの男である。

ところが——これを信じないというお方があればお話にならないが——次の私の日記を読んでいただきたい。正真正銘、昭和十九年十一月四日の日付である。(土)快晴夕刻曇のち雨となる、とある。

「曾《かつ》て余は(なんてエラソウだが、何しろ日記ですからナ。一人称のうちで、一番字劃が少くてすむので使ったのでしょう)東京空襲の夢をみたり。だいぶ以前のことなれば、くわしきことは忘れたり。なんでも余は、砂浜ににげ出し、破船の中に身をひそめき。

夕暮なりしとおぼゆ。水くらく荒れ、破船累々とならぶ人なき浜は、荒涼とほの白かりき。息をひそめ、やがて恐怖にたえず板はねのけて天を仰げば、幾百の敵機、黒き乱雲の上を、魔影のごとき翼つらねて海より陸のかなたへと去りまた来りつゝありき。陸のかなた――そこには、白き大東京市街の石楼群、どす黒き火炎を背に、地獄の城のごとく燃えていたり。――かかる夢なりき。

昨夜また見つ。東京は空襲され、前後左右の家々火の粉を舞わしつゝありたり。余はそのなかにたちて西北の方《かた》をながめたり。

海こえて満洲見ゆ。沿海州、関東州と海との筋々、灰色のパノラマのごとくみえたり。而して新京はもゆ。わがたつところは夜にあらざりしに――といって昼にもあらず――満洲は夜にて、新京の大市街より炎々と龍巻のごとくたちのぼる幾十条、幾百条の炎は、しろじろとかがやき、げに凄《すさま》じくも美しき光景を呈したり。

市街より無数の人の群、蟻のごとく南満洲へにげ下るみゆ。なんじらなんぞ弱き、なにゆえに死すともその首都をまもらざる、と慨嘆する一方、彼らがかくのごとく爆撃さるるも日本の犠牲なり、気の毒なりとも思いき。

眼を西に転ずれば、南京もまた白き火柱をあぐ。渺茫《びょうぼう》としてくらきアジアの天地に、大小無数の火、野火のごとくもえ、そのなかに、東京、新京、南京の炎、ひときわ壮として凄じく、余は思わず、噫《ああ》、アジアはもゆとさけびたり」

——敵機はそろそろ一機二機見参しはじめていたが、まだその後の空襲の恐るべきハデさを、誰しも予想しなかったころである。そして私自身の心理も、すぐそのあとに「余は空襲をたのしと待つものにはあらず。されど、かゝる悪夢にうなさるるほど恐れてもいず。眼さめて思えば可笑《おか》し」とかいているくらいだったのである。

しかし、そうはいっても、やっぱり潜在的な恐怖がそんな夢をみさせたのだ、という方があるかもしれない。いまになってみれば、私もそう思う。

が、次の日記はどうだろう。昭和二十年六月六日（水）晴夕曇の日である。

「昨夜は、妙な夢をみた。〝B29二機長崎を爆撃〟という見出しで、白い魔翼が、長崎の寺院の尖塔の上に二つならんでとんでいる写真がのっている新聞の夢である。これは敵機がまいたもので、日本の勝目のないことを科学的論法をもってかきたててある」

長崎原爆の約二ヶ月前である。むろん私は当時一介の医学生であったから、特別の情報などもっているわけがない。そしてまた私は兵庫県の山奥から東京に遊学しているだけで、長崎はおろか九州などとはいっさいなんの関係もないし、またその前後に長崎とむすびつけ得るいかなるものも、眼にいれたおぼえがなく、耳にいれたおぼえもないのだ。

この夢占いは、あとでわれながらリッゼンとしたことである。……

……そういえば、私には、なんだか、ジンツーリキがあるようだ。だれでも、先天的に虫が好かんという奴があるでしょう。私にもありました。ところが……中学時代、大学時代にあったそういう奴が、まもなくみんな死んでシマッタのである。

大学時代のその虫の好かん男など、健康で、お金持ちの子で、傍若無人で、ダンサーに子供をはらませたりして、人生の至福ここにあつまる、といったような男であったが、私にジロリとニラマレてから、たちまち急性骨髄性白血病という絶対不治の奇病にとりつかれて死んでしまった。

などいうと、私の知人のなかには恐慌を起される人々もあるかもしれないが、ホントだから、どうにもいたしかたがない。尤《もっと》もそちらさまで私を虫の好かん奴だと思われるのは御自由なので、私の方からそう思わなければキキメがないのだが、倖《しあわ》せなことに、私のいまの知人中には、そういう方はひとりもないようである。ただし原稿料など支払われない向きは、ジロリとやりますよ。……そうすると、私をシツレンさせたりする女性は、天罰たちどころにいたることになるわけだが、この恐るべきジンツーリキは、どうやら女性には全然キカンようである。ありがたいことで、もし女性にもキクと、私は一生涯に何十人人殺しをしなければならないかわからない。

おいおい、どうやらだいぶ新興宗教がかってきたゾーと笑う人に御忠告しておく。いや、天にきけ、地に耳をかたむけよ、である。

まことになんじらに告げん。……私は——つい昨夜「東京に原子バクダンが落ちた夢」をみたのである！　それは小型のものであったが、とにかく、必死に遁走《とんそう》しながらふりむいた私の眼に、ハッキリと、あのきのこ型の白い恐ろしい爆煙がみえたのである！

ひとびとよ、この二十世紀最大の怪談的現実をおそれよ、この現実的怪談をおそれよ、しかり而うして、わが怪談的現実的ジンツーリキを恐れよや！　アーメン！

変質者

「まだどなたにもよく知られていないんですけどねえ、上ノ原高原といって、この奥にそりゃ美しい高原があるんです。いまごろその高原に、日光黄菅《にっこうきすげ》という山百合がいっぱいに咲いているはずです。歩いて二、三時間でしょうか」

と、湯ノ小屋温泉の女中がいった。湯ノ小屋は水上温泉から藤原湖沿いの断崖絶壁をバスで二時間ちかく山奥に入った温泉である。宿屋は三軒しかない。

この言葉にうごかされて、二つのボストンバッグをタオルで振分けにし、妻と六つになる男の子をつれて、山道をのぼって上ノ原高原なるところへいってみた。

まだちょっと時季が早いとみえて、山百合はほとんど咲いていなかったが、七月のはじめというのに、鶯《うぐいす》がしきりに鳴き、まだ柔かいぜんまいが風にゆれている。中空に太陽がかがやいているのに、汗ひとつ流れない涼しさである。

見わたすかぎり草の波がひろがり、その果ての四周に蒼《あお》い山脈がひくくつらなっている。牧歌的といおうか、童話的といおうか、じつに美しい高原であって、ゆけどもゆけども人影はない。――と思っていたら、草の中の道を、向こうからひとりの男がやってきた。

うす汚れた戦闘帽に、ボロボロの軍服をきて、肩から雑嚢《ざつのう》をぶらさげた男で、それが手に大きな鎌をもっている。うす気味わるいので、黙ってゆきすぎた――ゆきすぎてから、その男は立ちどまり、じっとこちらを見ていたが、何思ったか、ソロソロと、私たちのあとを追って来た。口は一言もきかない。

ほかには誰の影もない高原のまっただ中である。男はどこまでもあとをついて来る。いままで出なかった汗が――冷汗が、タラタラと背中につたわった。それから、いつのまにか、その男がふっと姿を消すまで、恐怖の数十分であった。

やっと、山小屋についてきくと、これは山麓の村に住む唖《おし》男だそうで、こちらが道に迷いはしないかと心配してついて来たのではあるまいかということであった。そうきけば笑い話だが、そのときは息もつまるほどぶきみな送り狼に思われた。

そのとき私の頭をしめていたのは、追いはぎなどという想像ではなく、変質者という観念であった。追いはぎなどより、変質者の方がはるかに恐ろしい。

わが近来の恐怖事件である。

東京に帰って新聞を見ると、四歳の女の子を強姦したある男に判決が下っている。女の子はその四日後死んだという。求刑は死刑であるが、被告に反省の色がみえるので無期という判決である。

反省とは、常人のみに成立し得る心理である。四歳の女の子を強姦する気を起すのは、どうみても常人ではない。このとき犯され、死んだ子供の魂は、本人が頑是《がんぜ》ないだけに、およそ人間が抱き得る最大の恐怖にうなされていたろう。これに対して、無期。無期とはいうが、実際問題として、途中でかならずまた世の中に出てくることになるのが通例だからこまる。

この男は、またやるだろう。またやらずにはいられないだろう。それが変質者というものだ。そこがわかっていないこの裁判官は、これまた変質者の一人ではあるまいか。

これほどはっきりと変質者とわかっている者に対してすら、このように処置があいまいである。なんとか完全に隔離できないものかと思うが――しかし、やはり事実は至難であろう。

狂人――変質者――常人、そのあいだに一線はなく、その推移はおぼろげだから、打つ手がない。のみならず、常人ですら、その心には誰にも変質的な分子をもち、また時と場合で、一瞬に変質者に化する可能性がないとはいえない。戦争など、国民全部が変質者となったようなものだ。

考えてみると、古今の英雄天才はことごとく、一種の大変質者といえる。してみると、人間の歴史は、変質者対常人の争闘といっていいかもしれない。

変質者対策は絶望的である。

現代妖怪譚

本人ドモが何と弁解しようと、絶体絶命奇々怪々な最近の世相図の数例をあげる。まず何が奇怪だといって、エノケンが税金を払うのにヘトヘトになって、あやうくノビかけたのを、政治家たちがよってたかって激励したという話にまさる妖怪譚は、ちょっとかんがえるのに骨が折れるくらいである。

代議士は月給四十万だが、税金のかかってくるのは、そのうち十八万円に対してだけだそうだ。（月給四十万円というのは私がこれを書いているときの話で、それをまた上げようとウゴメき出したらしいから、どうなりましたか）代議士にしてみれば、選挙民とのつきあいやら何やらいろいろと言い分はあるだろうが、そんな言い分なら、国民の誰にだってあるんだ。しかし国民の場合は、一切言い分はみとめられず、収入のすべてに対してピタリと税金のかかってくることは、おたがいに身を以て知っている通りである。ふつうの代議士にしてしかり。況《いわ》んや実力者といわれている大物ドモが、実際に費消している収入の何分の一、何十分の一かの申告でケロリと税務署をまかり通っているのは、これまた国民の誰しもが、あっけにとられて見ている通りである。

この脱税の代表者たちが、税金を払うのに馬車馬のごとく働いてノックアウトされかかった片足の喜劇俳優をゲキレイする——とは、近年これほど可笑しくって、惨酷で、グロテスクで、ぶきみな会はない。何が何だか、常人にはまったく理解しかねる。

次に東本願寺の新門が、こんど結婚するというので、その盛宴に五千万円だか八千万円だかかけたという話も、どうしても私にはフにおちないところがある。

これまた当事者たちにはさまざまな論理があるにはちがいないが、要するにそれは本願寺という組織内だけに通用し、ホトケサマには絶対通用しそうにない論理だ。

そんな費用は凡俗よりも質素にすませ、そのために集めた金は、恵まれぬ世の人々のために散ずべきだ。——など言ったって、当人たちはキツネにつままれたような顔をしているだろうから、こういう天人ともに恐れざるランチキ騒ぎは、それに反感をおぼえる人間を、それだけいわゆる新興宗教の存在を肯定させることになる、といったら、少しは足もとに火がつくような感じにならないか。

私は無宗教だが、こういう例を見ると、まだオレの方が宗教的だゾ、と思わざるを得ない。少なくとも、古い仏教や大寺院が、いまや現代日本人の精神生活とはなんの関係もなく、たんなる葬式業か観光業と堕し、新興宗教の燎原の火のごとく民衆のあいだにひろがってゆく理由がよくわかるように思う。

さて、もうひとつ、いかな奇想天外な推理小説も及ばない事件が先日九州福岡で起こった。

例の警官が泥棒をしていた——というより、泥棒が警官をしていたという事件である。

黒ジャンパーに黒ズボン、七つ道具という典型的イデタチに身をかためた泥棒は、パトカーに発見され、追いつめられるや、猛然として立ちむかい警官のピストルをうばって荒れ狂い、ふたりの警官に重傷を負わせ、市民の協力によってやっと逮捕された。

この凶暴きわまる怪盗をとらえて顔をみると、おどろくべし、いままで県警本部長表彰三回、署長賞四十一回という三十九才の巡査部長であった。——

さて、取調べを受けた彼は、ふてくされて、昨日までの上司にも頭をさげず傲然として相対するかと思うと、吼えるがごとく泣き、泣いたかと思うとひきつったような笑いをもらしたという。

だれだって、これをあまり例のない凶暴不敵なシレモノ、恐るべき二重人格者だと思うだろう。

さて彼は、どうして泥棒をやったのか。その動機として伝えられるところによると、彼は長いあいだ汚い官舎に住んだり、妻の実家に間借りをしたりしていたが、妻にベンタツされ、奮起して六十坪の土地を買い、三十坪の家をたてたが、そのために二百万円の費用を要し、これをさまざまなところから借りた。その借金の返済に窮して、ついに泥棒をやりはじめたという。——

ところで、この巡査の月給はいくらか。

彼は昭和二十二年以来足かけ十八年間巡査をやって、現在税引き三万五千円。

これで私にはほぼ納得できる。

警官二人に重傷を負わせた猛悪無比の抵抗ぶり、取調べ中に高笑いする不敵さ、こうみてくると人間外の人間みたいだが、十八年間巡査をやって月給三万五千円という事実から逆にたどると、まちがいなく人間中の人間であることがわかる。

十八年間も巡査をやれば、小さな家くらい持てるのが当然だ。しかし十八年目になお三万五千円では、ふつうでは絶対に持てるわけがない。

そこで、借金をして家を作った。六十坪の土地、三十坪の家で二百万円といえば、現在の貨幣価値ではろくな土地、建物であるはずがない。私からみると、手品としか思えないくらいである。しかも彼はそのうちの二部屋を大学生とサラリーマンに貸し、一万二千円の間代を得ていたという。なんというつつましやかなヤリクリであることか。彼には妻と、女子高校生の娘があった。

取調べ中の高笑いは、絶望の発作的痙攣《けいれん》だ。猛烈な抵抗は、つかまったらじぶんのみならず愛する者たちの破滅だと思う狂的な死闘だ。

それでは、十八年間巡査をして三万五千円もらってる奴はみんな泥棒していいのか。返済の見込みもない借金で家をたてるとは三十九の男にしてはあまりに無謀ではないか。もっと惨めな収入で、なお正しい生活をしている人々はこの世にほかにたくさんあるではないか。――言う奴は、勝手に言え。

私にはこの最後の妖怪の行為がいちばん納得できる。少なくとも、はじめの二つの人間性不感症ともいうべき妖怪たちの例よりは。

僕が独裁者なら

「もしあなたが独裁者なら何をしたいと思いますか？」

こんな、アンケートをいろいろな人に出して意見をきいたら面白かろうと思う。あまりふざけたものではなく、大まじめな考えを要求してである。

こうきかれたら僕は何と答えるか、とひとりで勝手に考えたことがある。その一つに——銀座を平日のままにして、つまり普通の店も料理店も酒場も華やかに開いたままにして、オレ一人で闊歩《かっぽ》して見たい——というのがあったが、こういうのはふざけた部類に属する。だいいち、もう少し人出が少ない方がいいとは思うけれど、自分一人じゃやっぱりサマにならないだろう。

もう一つ、これは大まじめな方だ。

日本は金が余り過ぎて困っちゃってるそうだ。一方ではみんな家がなくて、これまた困ってる。まったく奇々怪々な現象で、だからだれも、そんな馬鹿なことがあるかと金切声でさけびたてているのだが、この矛盾をたちどころに解決する法がない。根本問題は土地である。そこで僕は考えた。

千代田区なら千代田区の建物を、少なくとも全部三十階以上にしてしまえ。金は余って困ってるのだから、それを使えばいい。それでも一階二階で頑張ってる建物は、三十階の建物の三十倍の税金を払ってもらう。

そして一階二階は商店街とし、それより上は事務所とし、上層部の方は住宅とする。それまで千代田区に住んでいた人には、その五倍くらいの居住面積を与える。

こうすると、それでもなお、中央区港区の住民はぜんぶすっぽり入る。まだこの地域に普通住宅がおびただしく残っているが、大体このあたりの地面の上にただ住居だけ建てて住んでいるのが、おてんとうさまを怖れない所業なのである。フランスなどでは大統領でもアパートメントに住んでいるというではないか。……

さて、すると、中央区港区はガラアキになる。次にそこに台東区、新宿区、渋谷区、品川区などに同様に入ってもらう。二回目はだいぶ操作がラクになる。その過程で、快適な大小の公園など作るのは思いのままだろう。東京の中心部の土地の価格は魔法のように下がり、みるみる全国に及ぶのは自明の理である。……

なぜこれほどの大名案を実行しないのか。それ以外に法はないではないか。

いや、それはやれない、と政治家はいうだろう。政治家は、自分が儲からんことだと――あるいはこの場合は、地価が下がると困る事情があると――まず、やれない方の理窟ばかりを楯のように並べる。

だから、彼らはいうだろう。いくら日本に金が余ってるといったって、そりゃ無理だ。――

僕はべつに無理だとは思わないけれど、まあ、それは無理だとする。

それなら、である。せめて銀座だけでもそれをやったらどうだろう。銀座をパリのシャンゼリゼーを超える一劃にしたら。

これはもう徹底的に豪華の極致の町とする。余ってる外貨のうち五十億ドル――一兆八千億円も使えば可能だろう。

その町のデザインは、智慧がなければフランスのデザイナーを招聘《しようへい》してもよろしかろうが、日本にだって丹下サンをはじめ、まったく人材がないわけじゃない。シャンゼリゼーを持ち出すのはイヤミだし、かつあれはフランスに限るからその模倣はいけないが、さればとて日本のワビサビ趣味も困る。

外国人が、高低大小、錯落たる銀座を見て感心したりするのにひっかかってはいけない。彼らは銀座にずらっとへちま棚でも作ってその下をチョンマゲの日本人が歩いていたら、もっと嘆賞の声をあげるだろう。まあ、太閤さまの絢爛趣味に利休のいぶし銀趣味をかけたようなものがいいだろう。……つくづく思うのだが、このご両人は相合してまったく日本人には珍らしい一個の独創家であった。東京の開祖家康公が、いまの政府のごとく自分だけゼニばかり溜めこんで、せっかくの大文化の芽をつんでしまった元凶だと思う。

昭和という時代は、現在生きているわれわれにはいろいろ文句はあるけれど、公平に考えて、いい意味にも悪い意味にも、過去のあらゆる年号にまさって後代に伝えるべき年号の時代であることに間違いはない。その記念に、国家的事業として、こういう銀座を作りあげたらどうだろう。オリンピックや万博など、煙のごとく雲散してしまうものではつまらない。

……実は、いつぞやパリを見ていて、右のごとく思案したのである。「オレが独裁者なら」やるがなあ。いや、そういうことなら、庶民として税金をとりにとりまくられる側に向ってても不平はないな、と思い、はては、日本人はもういちど太平洋戦争をやるくらいの意気込みでこれをやったらどうだろう、と考えた。これなら外国だって文句はないだろう。ついでにいえば、そのとき銀座を思い、まだ残っている二階くらいの建物の持主に対し、甚《はなは》だ申しわけないが、「あれは一種のコクゾクだ」と痛嘆したことを白状する。

もっとも、その後、いやそんなことをしてもとうてい追っつかない……と、また考え直したけれど、それは費用の点ではなく、主として歴史の観点からである。しかし、どんな歴史も第一歩から始まるのである。いま「もし独裁者になったら」ときかれたら、やっぱり浮かぶ夢想はこれであり、かつこれしかないような気がする。

美濃部さん、どうです。――と、いったところで、美濃部さんはまた例のせりふをおっしゃるかも知れない。「それは政府の権限で……何しろ都知事の権限は甚だ小さいので。……」執権佐藤さんの方はただ「デッカイツーラ」ばかりしていて、これは何を考えてるんだか、いったいどういう人なんだか、サッパリ見当もつかない人である。

欲求不満度

さきごろの天皇のヨーロッパ御旅行についての、例のイギリス、オランダなどのいやがらせ的反応を見るにつけ、いろいろの感想があった。

私の結論は、天皇御訪欧は、やはりおよしになればよかった、ということだが、それというのも右の両国における「冷たい歓迎」や「せっかく忘れかけていた痛みを思い出させる」という言い分を、あちらの身になって見ればなるほどさもあろうと諒とするからである。

直接デモ行為に出たのは、太平洋戦争で捕虜になったり泰緬《たいめん》鉄道で苦役に従事させられたりした連中だろうが、その背景にはむろんそんなデモを黙認する国民的意志がある。「こういうところは、国家も個人も同じだな」と感じた。あれは欲求不満の行為であり、デモの烈《はげ》しさはその不満度に比例している。

太平洋戦争で真正面からとっくみ合ったのはアメリカだが、アメリカは日本を完全にノックアウトしたから、一応向こうは満足したであろう。ところがイギリスはインパールで日本に一矢を酬いたものの、シンガポール陥落やマレー沖海戦のショックが、インパール程度ではまだ完全に癒《いや》されていなかったようだ。オランダに至っては、インドネシアから放り出されたっきり、つまり殴られっぱなしで、何ら日本に酬いるところがなかったのである。その不満度がちょうど正比例しているように思われる。

終戦後、日本軍の捕虜に対する仕打ちも、アメリカは最も寛容で、イギリス、オランダの方がたちがよろしくなかった。

オランダにして見れば、実に三百五十年間——東インド会社が設立されたのは関ケ原の翌々年慶長七年のことである——自国の宝庫であった土地だから、憮然《ぶぜん》たる思いにかられるのは無理もない。日本に対する怨恨があのデモ程度ですんだのは、まだ自制力があったとさえ言える。

それにしてもオランダのこの反応に、日本があっけにとられていたのは、これまた一種の興味があった。「ははあ、そうでしたか。それは全然気づきませんで……」と、眼をパチクリさせていたような感じがある。

太平洋戦争をあまり侵略侵略といわれたものだから、その論理でゆけばオランダのインドネシア保有もまったく侵略に相違なく、オランダがインドネシアを手放したことをあたりまえのように思っていたのである。

それにしても、いまの中国に対する謝罪の表明がかまびすしいが、同様にあやまって歩いたら東南アジアじゅう大変で——せっかくオランダからあれほどの憎しみを買ってまで鎖から解き放ったインドネシアですら日本に一言も二言もあるかも知れない——どうやらこの次には、天皇は東南アジアを歴訪されるとのことだが、その反応がいまから思いやられてウンザリする。やはり、およしになった方がいいような気がする。

罪九族に及べ

いまや洪水のごとき世論であるが、やはり私も一文を加えずにはいられない。土地の問題である。

現代の政治に興味はなく、世論なるものにも懐疑的な私でさえ思う。国民の怒りは至当である。一人前の能力のある男が一生、懸命に働いて、ただ自分の家族を養うだけの五十坪くらいの土地でさえ夢物語とは、いったいこの地上にあり得ることかと。

私自身は倖《さいわ》いに住むだけの土地は持っているから、これはヒステリックな叫びでなく、まったく公平な見解のつもりだが、さきの総選挙で共産党が大進出したのは、何もその投票者が共産主義をよく知ってのことではない。まさしくその大半は土地なき民の悲願票である。もはや土地問題を解決するのは共産党だけであると。

共産党もいまは天皇制云々などいうことはひっこめて、ただこの点だけで高らかにラッパを吹いたほうが効果的だと思われる。

太平洋戦争は軍閥の暴走によるものだが、そこまで軍閥をはびこらせたもとは、五・一五や二・二六などの暗殺による恐怖であった。しかも国民は当時少壮将校たちの蹶起《けっき》に同情的であった。国民経済の疲弊をよそにドル買いなどに血道をあげて、「これは正当な経済行為である」などとうそぶいていた財閥とそれに密着した政治家を憎悪していたからである。

いまだって土地問題についてクーデターが起こったら、国民はこれを責めす歓呼して声援するだろう。共産党への期待は、当時の少壮将校の行動に対する期待に似ている。

しかし二・二六が一・二六だけでは終わらなかったように、日本が共産国になったらむろん土地問題の解決や強欲な企業家たちの清掃だけでは終わらない。

共産政府になったら大変だゾ、とおどしたってだめである。国民はヤケクソになりつつあるのだから。

よくまあ大企業がここまで傍若無人に国民を追いつめ、よくまあ自民党も、ああでもないこうでもないとここまで事態を放任したものである。エコノミックアニマルといわれようが、まあある程度外貨をかせいでくれているうちは国民もおとなしく働いていたが、そのアニマルが牙をむいて自分たちに向かって来たのを見ては——資本主義というものに対する根本的な疑惑を起こすのも当然である。田中内閣の運命どころの騒ぎではない。

さすがに政府も今になってあわてているらしいが、なおタカをくくって小手先のごまかしですまそうとして、失敗すれば事はいよいよ決定的となる。

私としては、ここ二、三年一切所得税などやめて、国家財政は土地税だけでまかなえ、それであわてて売ろうとしても、罰として売却も許さない、というくらいにせよといいたい。

それにしても眼中おのれの企業のみあって国家なき資本家どもの愚や及びがたし。この愚かしさに対しても、共産党が天下をとったら、この馬鹿者どもに三角頭巾でもかぶらせて大道をひきずりまわすことを期待したい。いまからこれら土地買い占めの企業の社長どものブラックリストを作っておけ。

しかもそれはただ彼らだけにとどまってはならない。罪九族に及ぶのは古代の悪法で、現代でも一人の犯罪者が出たときその家族も槍玉にあげられるのはよくないことだと私は考える。家族もまた犠牲者であるからだ。しかしこの土地で暴利をむさぼっている連中の家族の場合は、彼らもまたその余得を得ているのだから九族に及んでもいたしかたがない。

しかし共産党にとっては、この愚か者どもは大恩人でもあるのだから、彼らに対して勲章を授与するかも知れませんナ。

人間万事嘘ばっかり

先だっての日航ハイジャックで、日航は脅迫状に切手が沢山貼ってあったのでどこかへまぎれ込んで発見が遅れたための手違いだったと発表した。これに対してアラブゲリラの重信房子は、脅迫状は郵送なんかしない、直接に日航に置いてきたといった。はじめは変なことをいうと聞いていたが、よく考えてみると後者のほうがほんとうだろうと思う。そういえば日航が、その切手の沢山貼ったという封筒をあの事件当時に見せたことがない。（今になれば作れる）それでもこの件はあいまいのままに済んでしまった。

そういえばこの世界に、なんと知らぬ顔の半べエどもが大手をふってまかり通っていることか。

ニクソンがウォーターゲート事件を全然知らなかった、といっているのはどうみても嘘《うそ》である。中国がリンピョウがどうとかして死んだと発表した真相なるものも相当にあやしげなものだ。金大中事件がどうなるか、これを書いている時点ではまだ不明だが、やがて韓国政府は一切関与しなかったということになってケリがつくことになるだろう。

可笑《おか》しいことは、以上のことを満天下の人間がみんな嘘だと承知しているのに、この嘘がまかり通ってしまうことである。嘘をつくほうも、満天下の人間がみんな嘘だと承知していることを承知していて、鉄面皮に嘘をついていることである。これじゃコソ泥が警察につかまって神妙に白状するのがばかばかしいようなものだ。

むろん嘘をつく当人は、その嘘を押し通さなければもっと困ったことになると考えて嘘をつき、その嘘を聞かされるほうも呑み込みよく、それじゃまあそういうことにしておきますか、と八百長をきめ込んでしまうのだが、ほんとうにそうだろうか。長い目で見ると、もっと困ったことになりゃしないか。

たとえば、かりに金大中事件で、韓国政府は関与せず、という結末になっても、そのことに対する日本人の韓国政府に対する不信の印象、それを了承した日本の自民党政府に対する不快の烙印はちょっとやそっとでは消えないだろう。ニクソンは強引に居直ったとしても、アメリカは世界の道義的信頼を喪失することになる。一時の糊塗は将来にもっと重大な害を及ぼす。

よその国のことはいえない。日本だって――幕末に来た英国公使オールコックなど、偽善の典型国の典型的ジョンブルのくせに、「日本人は恐ろしく嘘をつくことに鈍感な民族だ」と呆れ返っているほどである。

げんにこのあいだ天皇が「自衛隊は、旧軍のよい伝統は失わないで伝えるように」といわれたというのはまちがいで、ほんとうは何もそんなことはいわれなかったのがほんとうだ、というのは嘘である。

――なんとまあこう話のコンガラがることよ！（ただし私は、天皇がそういわれたとしても、そのこと自体はべつにどうということはないじゃないか、と考えているけれど）

事実日本は、かつて嘘っぱちの大本営発表でえらい目にあってきた。私は太平洋戦争の軍人の最大罪悪はほかの何よりこの嘘っぱちの大本営発表じゃなかったかと考えているほどだ。

なぜなら将来、半永久的にもうこのような「大本営発表」に類するものは国民の信頼を受けることはないだろうと思われるからである。

すんだ話ではない。いまのいまも政治家は与野党を問わず、嘘っぱちの公約のラッパを吹き、国民はあんな嘘っぱちをいってやがらあ、とニヤニヤしながらこれを聞き、吹くほうはそれをまた承知の上で吹きたて――その結果の惨害はげんにいかんなく国民が受けつつある。

さらば黄粱一炊《こうりょういっすい》の夢

晩秋某日。

べつに用とてないが、妻をつれてぶらりと京都へゆく。何かウマイものを食おうというのが目的だったのだが、結局一番ウマかったのは、高名な料理屋より、町のうどん屋のうどんだった。

一般にうどんは、関西のほうがウマい。うどんそのものも、だしも東京は格段に落ちると私には思われる。よくこんなものを客に出して、平気で商売していられるものだとふしぎに思うことさえあるが、世の中はうまくしたもので、それでみんな鶏みたいに騒々しく食って、べつに不平の色もない。

そういえば、いつかアサヒグラフの副編集長といっしょに関西に旅行したとき、その人がかつて京都支局にいたころ関西のうどんの味に閉口して一日も早く東京に帰りたいと念じていたと話したことを思い出した。彼は水戸の生まれだったのである。人間の趣味嗜好《しこう》を決定づけるのは廿才前《はたち》までの慣習だ。あに味覚のみならんや、である。

晩秋某日。

帰京。東京駅から多摩の自宅へ車を走らせる。

だいぶ以前、やはり京都から東京に帰ったとき、昼間の京都より深夜の東京のほうが車が多いことに感じいったことがある。こんど京都へいって、京都も車が溢れていることを痛感したけれど、それに比例して東京も——高架の高速道路建設中の甲州街道など、コンクリートの林の中を走っているようで、これが人間の町の道だとは信じられないばかりの景観を呈している。

外国の小説など読むと、どこの都市でも「麗しのパリよ！」といったたぐいの言葉がよく出て来る。いったい日本の文学作品に、「美しの東京よ！」といったような愛をこめた描写があるだろうか。明治以後の東京に住んで、もはや滅び失せた江戸へのノスタルジアは別として。

……と思っていたら、現実に幕末の江戸を見て、当時の英国公使オールコックが『大君の都』という著書で、江戸の美しさは世界にも比類がないと絶讃している文章を発見した。もちろんある角度からに過ぎないが、しかしかつての江戸は美しい一面も持っていたのである。いまの東京はどの角度から見ても美の片鱗もない。

晩秋某日。

昨夜眠っていて、眠くて眠くてたまらんという夢を見た。前日、徹夜で麻雀をやったせいに相違ない。

一ト月に一度か二度くらいだが、徹夜麻雀をやる。やってる仲間はもう二十年ちかいつき合いだが、顔をみるやいなやすぐに牌をならべはじめ、半死半生で別れるので、いったいその人々がどういう生いたちで、今どういう仕事をやっているのかまだよく知らないという、考えて見れば相当におかしな関係である。

午後、泊っていた友人の一人をつれて、近くの多摩ニュータウンを見物にゆく。商店街のにぎわい、秋というのに春のような感じがする原因を考えて見たら、群れ歩くのが若奥さんばかりで、これがたいてい複数の子供の手をひき、たいてい新しい子供を入れた腹をつき出しているせいらしいと気がついた。

人間の群れというより、何か動物の繁殖図でも見ているような気がする。壮観ではあるが、しかし現在ではこのニュータウンの住居者はまだ何万人かに過ぎず、これが昭和五十何年かには五十万人とかになるという。考えて見ると、ソラ恐ろしい。

晩秋某日。

考えて見ると、以上のような天下泰平、酔生夢死にちかい生活を、自分はもう三十年近くつづけて来たことになる。無事これ名馬、とはいうけれど。――

いつか田舎から来た老人が、「いまの日本はこりゃ夢じゃないですかなあ」と頬っぺたをつねりながら述懐したことがある。「豊葦原みずほの国に生まれ来て、米が食えぬとは嘘のような話」という歌が戦争中にあったが、米が余って持て余すようなありさまも、戦争中の体験にも劣らず驚くべきことだと感じないわけにはゆかない。

――と、思っていたら、アラブの王様がちょいとそっぽを向いただけで、たちまち日本の機能のすべてが止ってしまうという事態が突如発生した。

しかし、これはいっときの異常事態では決してない。これからさき何度も予想される「国難」である。そこで新聞は火がついたように金切声で倹約をさけびはじめた。

――

まことにひたすら途方にくれるほかはないのだが、しかし私たちのような戦中派は、心中どこかで、「……ヤレヤレ、これでやっとほんとうの時代が来たゾ」と、ほっとしたような感じがしないでもない。これまでの三十年近くの酔生夢死の天下泰平は、あれはやっぱり夢だったんだ。レジャー旅行も高速道路も麻雀もニュータウンも、みんな狐に化かされて見た幻影だったんだ。……

全家族が一つの裸電球の下に集まり、おてんとうさまに合掌して飯を食い、トイレットペーパーは新聞紙をモンで使う。……これこそ、われら日本人の本然本来の暮しだったのだ！

で、私は、石油がとめられると騒いでいる毎日の新聞を、実は会心の笑みを浮かべて愛読している。あたかも、若いころ味わった、ただ醤油ッからい関東のうどんにありついて喜悦している中年男、水戸人の副編集長のごとく。――

このごろ気がかり抄

……あるとき、ふと妙な疑問が、気泡みたいに頭に浮かんだ。樹木はまず細くのびて、それからだんだん太くなる。ところが、竹はどうなっているのか。

太い竹を輪切りにしてみても、肉がべつに厚くなっているとは見えない。樹木ならまわりにだんだん肉がついて太くなって来るのだと理解出来るのだが、竹の場合は、その中空の部分がひろがって来るのか？　何もない部分がひろがって来るという想像はぶきみ千万である。

ところが、この春、庭の竹を見ていて、竹というやつはタケノコがそのままいっぺんにニューッとのびていって、最初の初夏に竹としての全姿を完成してしまうらしいことを、はじめて知った。

五十二才にしてはじめて得た知識である。

来る客に、感嘆してこの話をすると、「そりゃヒドイ」と私の無知を憐れんだ人は、たった一人で、それ以外の客は、「へへえ、竹はそうでしたか」と、ことごとく感嘆する。

そこでこの竹の問題は解決したけれど、このごろ頭をひねって、まだわからないことがある。

ご存じのように、アラブから石油が採れる。馬鹿に高くなったといっても、日本へだけでもまだ何十万トンのタンカーが毎日毎日行列をしてやって来る。聞くところによると、地球で使う石油はいま一年に三十億トンだという。

その大半を毎年汲み出して、アラブの地面の下はいったいどうなっているんだろう？　というのが、私にとっての怪事なのである。

ふつうなら、地中からものをとり出せば、あとは土と水がその空洞を満たす。しかしアラブにそれを満たす水はないはずだ。雨がふらないから砂漠となっている土地なのである。土が満たすといっても、それじゃあアラビアはだんだん陥没してゆくことになるはずだが、べつにそんな噂も聞かない。

さらに、水を汲み出したのなら、その水はいずれ蒸発して雲となり、また雨となって地球に還元して来るのだけれど、石油は燃やしちまうのだから、その分、少なくとも三十億トンの何割かは年々消滅することになり、それだけ地球は軽くなってゆくわけではないか？

まさか地球がそのうち軽気球みたいにどこかへ飛んでいかちまうのじゃないかとまでは心配しないけれど、とにかく石油を採ったあとのなりゆきがよくわからないのであります。

それから、もう一つ、わからないことがある。

例のチリンチリンの塵紙《ちりがみ》交換屋の車だが、これが紙の需給の関係で、あるときはワッとふえて、いたるところの路地から、「毎度おなじみの……」といろいろな声が聞こえることがあるかと思うと、いっぺんに減って、ただ一台の車だけ、悲しげな声を流していることがある。このごろは少ない。

これを定期的に繰り返しているのだが、私の疑問は、そのたくさんの塵紙交換屋が、いったいいずこから現われ、いずこへ消えてしまうんだろう？　ということである。商売がはやらなくなったとき、消えた人々はふだん何をやっているんだろう？　と首をかしげているのである。

こういろいろと心配ごとが多いと、とうてい小説など書いてはいられない。

ナットク出来ない論理

このごろ日本に流行《はや》るもの――「ナットク出来ない」という言葉。

べつに、このごろ、でもない、以前からのことだが、新聞に「ナットク出来ない」という言葉の出ない日はない。

ナットク出来ないのは、まずたいてい金銭についてのことで、「それだけの補償ではナットク出来ない」といったたぐいである。これは「もう少しよこせ」というのと同義語である。それぞれ、その理由はあるのだろうがあまり好きな言葉ではない。

しかし、現実には、たしかに世の中は「ナットク出来ない」ことだらけだ。

最近の「ナットク出来ない」ことの最大なものは、一般人の脱税は国民の敵のごとく糾弾するのに――それは当然のことだが――総理大臣の大脱税は、大蔵大臣も国税庁もグルになって大童《おおわらわ》でねじ伏せてしまったかに見えたことだが、これもまた当然のことの一つか。

それはそれとして、ただ純粋な論理として、いくら考えてもナットク出来ないことがある。

やはり税金に関してだが、例の「予定納税」というやつ——来年の収入についての税金を、今年中に払えというあれである。

来年の収入など、当人も見当がつかない職業はうんとあるが、それを何とか見込みをつけて払えというのもどうかと思うが、それはまあそういうことにするとして、まだ収入とならない収入に税をかけるこのしくみに、やはりどうしてもナットク出来ない人があると見えて、これについての疑問が出されているのを何度か見た。そして、それに対して国税庁の判で押したような回答も何度か見た。

で、その問答はいつもそれっきりになるのだが、やっぱり論理的にどうしても腑に落ちない。

国税庁の言い分は、つまるところ大体こうである。

（一）　来年の税金の幾分かを、ことしの中《うち》に払っておけば、納税者も来年その分だけラクになるではないか。

（二）　そういうしくみにすると、国家のほうも税収がならされて、大変動がなくて結構である。

さあ、この論理がわからない。

（一）については、大きなお世話だと思うけれど、まあ税務署の老婆心を感佩《かんぱい》するとして、来年の税金の幾分かをことし中に払えば、なるほどその分は来年減ることにはなるけれど、その来年にはまたその翌年の予定納税を払うのだから、ちっともラクにはならないのである。結局、その年だけの収入に対して毎年税金を払っていっても同じことで、従って、（二）の国家の税収もべつに変動はないはずではないか。国家がトクをしたのは、このしくみをはじめた最初の年だけ、ということになるではないか。

要するに、大して変りのない徴税をやって、しかも国家が国民を搾取するのに、いかにもガツガツしているような印象だけを残す愚かしいしくみではないのか。

それから、もう一つ、論理としてナットク出来ないのは、新聞の休刊と新聞代のことである。

ほんとうをいうと、このごろのようにテレビ時代になると新聞はなくてもべつに生活に支障はないのである。にもかかわらずみんな新聞をとるのは、いろいろ理由はあるだろうが、そのいちばん大きな理由は、ただ習慣である。一種の中毒症状である。

これを新聞社のほうで休刊日を作って、中毒を中断してくれ、「なんだ、新聞などなくてもすむじゃないか」と感じさせてくれるのは、新聞社にしてみれば自分の首を絞めるような愚行だと思う。私などは、例え新聞代をあげても絶対に休刊だけはしないということを、新聞社の最大最高の義務とするようにしたほうがいいと考えるけれど、それが出来ないのは、やはりそれだけの事情があるのだろう。

それはいいが、さて、こう休刊日がふえると、読者のほうで、当然休んだ分だけ代金を減らしてくれという抗議が出る。

これに対して、新聞社の弁明はこうである。

休刊すると、その分だけ広告代がはいらないことになる。すなわち休刊によって新聞社はソンをすることになるのだから、その分だけ新聞代を減らすなどいうことは、とんでもないことである。

それはその通りだろうが、読者のほうは、配達される品物が現実に減ったのだから、この論理がどうしてもナットク出来ない。

この理屈でゆくと、休刊日をふやせばふやすほど、つまり配達される新聞が減れば減るほど、多額の代金を支払わなくてはならないということになる。しかも休刊日は新聞社の都合で勝手に作り出したものなのである。

それからもう一つ、これこそ私自身「？」としかいいようのない話だが、私もそろそろ老年期にはいって来たので、いってもいいだろう。長生きは、そんなに礼讃すべきことだろうか？

それは人間は、だれでも長生きはしたいだろう。不老長寿は永遠の夢だろう。しかし、老人は、どうしてもまず無用人である。年の功ということもあるだろうが、いつまでも出しゃばって、いわゆる「老害」を発揮していることのほうが多い。少くとも他人の負担となって生きていることが多い。

とはいえ、長生きしたいのは本能だから、長生きしていることを非難する気は毛頭ないが、しかしべつに奨励したり礼讃することもあるまいと思われるがどんなものでしょう。

老化をふせぐ法、などに苦心するのは、だから人の迷惑にならないために、というつもりでも、しかし結局人間は老化するのである。その時期が遅れれば遅れるほど、ますます始末が悪くなる。従って、老化をふせぐ法は当人以外は有害な法である。

——という論理には、これは一般にはこのほうが「ナットク出来ない」という声がかかるかも知れない。

視点の移動

「……春の日の午過《ひるすぎ》などに、私はよく恍惚《うっとり》とした魂を、麗かな光に包みながら、御北さんの御浚《おさら》いを聴くでもなく聴かぬでもなく、ぼんやり私の家の土蔵の白壁に身を靠《も》たせて、佇《たたず》んでいた事がある」

いうまでもなく漱石の「硝子戸の中」の一節で、いまの中学か高校の国語の教科書には、きっと数多く載せられているものと思う。

これを読んで、ふと暴走族のことなどが頭をかすめ、はていまの高校生に、こういう「感じ」がワカルカナ、ワカラナイダローナー……と考えたとたんに、中学時代、その一節がやはり教科書に載っていて、そのとき教壇の干燥芋《かんそういも》のごとき顔をした教師を眺め、はて先生にこの「感じ」が、ワカルカナ？……と考えたことを思い出して苦笑した。

いかに人間が現在の自分を中心にものを考えるか、といういい見本である。近ごろの若い者は、という論の根源もここにある。

そういえば中学時代、いわゆる「明治人」からよくこんな説教を聞かされた。「人間ラクをして勉強しようというのがまちがいだ。おれなど、冬でもわざと畳をあげて板の間にして勉強したものだ」云々。

そのときこちらは心中で考えた。「勉強するには、最も快適な環境でやるのが最も能率のあがる法にきまってるじゃないか」

ところがこのごろ、暖かい個室でステレオをガンガン鳴らしている娘や倅を見ると――口に出してはいわないけれど――実は、数十年前聞かされた説教と同じせりふを、弱い父は腹の底でさけんでいる破目になった。

最近七十以上の政治家はみんな引退しろといい出した代議士があって、私などまったく同感するけれど、しかしその代議士が七十になったら、そんなことはケロリと忘れ果てるであろうことも承知している。

若いときにはだれでも「自分はあんなジジイないしババアにはならない」と誓うのだが、だれでもがてきめんに、ぶきみなくらいそっくり同じジジイないしババアになるのである。

人間の自分勝手なことはいまさらいうまでもない。人間の定義はいろいろあろうが、「とにかく自分に好都合な論理を組立てる動物だ」というのが、一番適当ではないかと思われるほどである。

自分も車でどこかの高速道路をドライブするくせに、自分の住んでいるところに高速道路が通るとなると金切声で騒ぎたてる。こっちは遠い外国の海へ魚をとりにゆくくせに、外国船が日本近海に魚をとりに来ると怒号する。

そういう報道を憮然として読んでいる私だって、実は右にあげたような心情からまぬがれないのだ。

ま、そうでなくては人間生きてゆけないのかも知れないが……しかし、家族のだれかを轢《ひ》き殺されて、相手の家に怒鳴り込んで土下座させて、その帰途にこんどはこっちがだれかを轢き殺した、などという実例が現実にあってもおかしくはない世の中である。

明るい顔色

ちかごろは、小説の文体など、たいてい翻訳調のものが多くなったが、文体はそうでも、やはり翻訳と、日本人自体の文章はちがう。

たとえば、新聞の文章だが、アフリカとかスペインとかの政情について、全然日本とは関係のない客観的な記事やルポルタージュが載っている場合、それがちょっと長いと、最初の〔マドリード三日＝山田特派員〕あるいは、〔マドリード三日＝ニューヨーク・タイムズ特約〕という部分をかくして読ませられても、すぐにその内容が日本人記者によるものか、外国人記者によるものかが判定出来る。

それはなぜだろう？　と考えて、やがて、日本人の手による文章には極めて「感情移入」が多いせいだと気がついた。例の「北京の空は青かった」式である。極力抑制しているつもりでも、たとえばたいていの報道に「……の顔色は明るかった」などという文章がよく出て来る。

そう書けば、その国民なり市民なりが現在幸福である、ということを意味しているのだろうが、しかし顔色などでその人の幸不幸などわかるものではない。人はよほど個人的な衝撃事でもなければ、暗い顔色になんかなるものではない。ましてや市民的国民的な規模で、みんな顔色が暗いなんてことはあり得ない。太平洋戦争に負けたあとだって、現実的には日本人は明るい顔色をしていたのである。

ではなぜ日本人に感情移入が多いのか、と考えて、これは「オレの考えてることはひともまた同じ」という発想からくるものらしい、と気がついた。そしてまた、日本人の他のさまざまな特性とひとしく、それは単一民族という歴史的事実から発生したものだ、と気がついた。

いつのころからか、日本人論が百家争鳴である。日本人にもし特殊性があるとすれば、それは結局、単一民族であるという現実から発しているものが多いと思われる。

で、そのプラス面はいいとしてマイナス面の場合――プラス面が同時にマイナス面であるという例が多いが――矯正可能のものと、不可能なものとがある。たとえば公衆道徳にルーズな点とか、スープを音をたてて飲むとか、などは前者の例であり、一つの方向に総なだれ現象を起すとか、言葉の主語がハッキリしないとか、外国語に弱い点などは後者の例である。

矯正不可能なものは、いくら指摘してもどうにもならないのだから、気に病むだけムダであるような気がする。

この感情移入のことなど、やはり矯正不可能な日本人の特性の一つかも知れない。

感心した悪党

犯罪の大半は陰惨なものである。こんな事件のあと、被害者加害者はもとより、それらの家族たちはこれから先何十年か、どうして暮らしてゆくのだろう、と、ひとごとながら暗澹とした気持になることも多い。むろん犯人に同情出来るものは少ない。

その中で、近年私を感心させた——というのも大ゲサだが、少なくとも腹を立たせなかった犯罪が、二、三ある。

一つは、近年でもないが、例の白バイの三億円強盗で、次は、これも近年でもないが、あのニセの夜間金庫を作って、預金をそっくり頂戴しようとして、惜しいところでやりそこねた泥棒だ。特に後者はアイデアが奇抜でユーモラスで、世間を破顔させた。どっちも犯人はつかまらないが、つかまって欲しくないと考えているファン？も多いのではあるまいか。

もう一つは、これこそ近年だが、例の愛知医大の三億円強盗で、これは前二者ほど鮮やかでなく、ただ荒っぽいだけだが、どこか人を喰った凄味がある。しかし私が感心したのは、この主犯近藤忠雄の、つかまったあとのいさぎよさだ。

この男は五十八になるが、前科七犯、いままで計十七年間刑務所にはいっていて、この事件でまた十三年の刑を宣告された。それも共犯の若い男の名を白状しないので、悔悛の情なしと認められたからである。

「悪いやつから金をとったのだから、悪いことをしたとは思わない」と彼はいう。「しかし刑に不服はありません。私は世の中のゴミでした。いさぎよく刑に服します」

なんとなく、小塚ッ原のはりつけ柱を床柱にした家を作って、水戸家から大金をゆすりとった河内山を思わせる。でっぷりふとって、河内山もあんな風貌をしていたのではないか？

私を感心させた最大の理由は、これらの犯罪者が、いずれも人を殺さず、傷つけず、ある意味で社会の強者に対しての犯罪という条件をかなえているからだ。

この世でいちばん悪質なのは、血を流して、特に無関係な人間を殺してまで目的をとげようとする犯罪、そして自分よりも弱者に対する犯罪である。たとえ血は流さなくても、政治家のワイロ要求などは、自分の権力を圧力にしているだけに、まさに後者にあたる。

ワイロを云々される政治家は、卑劣な幼児誘拐の犯罪者と同種の人間として扱うべきである。

満員電車の中の〝チカン〟始末記

「ねえ、お母さん、けさ出勤の電車でヘンな男にあったのよ」

と、OLの娘がいった。

「つり革もとれない満員で、あたし通路のまんなかに両足ふんばって立ってたの。そしたらすぐうしろで、急に、ウヒーウヒーと変な声がして、ガハハ……と笑い出す声がしたの。きみが悪いからあたし知らない顔してたけど、しばらく黙ってたかと思うと、何度もそれがつづくの。たまりかねて首をねじむけたら、白髪まじりの男がくっついてて、まじめな顔してるの。それでまた首をもとにもどすと、またウヒー、ウヒー、ガハハ……なのよ」

「へえ、それでほかに何もされなかったのかい」

「何もしないけど、逃げられないし、ほんとにきみが悪かったわ。別におかしいことも何もないのに、いい年して、イヤラしい男！」

――というような問答が、帰宅後ＯＬ嬢とその母親との間に交わされたことと想像する。

イヤラしい男は小生であります。

満員電車に乗るなどいうことはめったにないのだが、ある日それを余儀なくされて、通路のまん中に立ってやっと腕をのばして一つのつり革を獲得した。しばらくすると、おしりの下、右ふともものの右側が猛烈にカユくなった。

右手のつり革を離すとたちまちだれかに奪いとられる。南無三宝それは離せない。それで左手をまわしてカコうとしたが、どう苦心しても手がとどかない。

「そうか、立ったままでは、左手でおしりの右側がカケないのか」

と、考えたら、この新発見が突然、猛烈におかしくなった。

ここで笑い出したら、みんなふしぎな顔をするだろうと思って、死にもの狂いに押さえると、いよいよ笑いがコミあげる。すぐ前の娘さんがふりむいた瞬間必死にこらえてまじめな顔をしたものの、こんどはその寸劇がおかしくて、またウヒーウヒー、ガハハとなり、それがどうしても止まらない。

最近の私のチカン始末であります。

錯覚いろいろ

世の中にはいろいろ錯覚があるようだ。なんとなく一つの観念で見ているが、よく考えてみるとそうではないのではないか、と思われることがある。

たとえば十月というと天高い秋日和の月と思われ、だから東京オリンピックも十月に開かれたのだが、実は秋雨つづきの日が多く、逆に十二月というとこがらしの季節だと思われているが、少なくとも東京では、十二月は意外におだやかな晴天が多いのではないか。私の実感からはそうである。

みな師走という旧暦の言葉や行事や俳句などから錯覚しているので、いまの十二月は、旧暦では十月か十一月なのである。

例が一転するが、評論家の平野謙さんの死に近い日記に「(体重) 四六・五K。……面ヤツレハナハダシク、末期高見順ソツクリナリ。8時晩メシチラシズシ。七日晩メシウナ丼ニテ、栄養ツケタハズナノニ」とある。

鰻丼が栄養がないとはいわない。なるほど鰻そのものには栄養があるだろう。しかし丼となるとどうだろう。一般に丼などいう食事は、いかに少ないおかずで飯を食うか、という工夫から考え出されたのではあるまいか。こころみに丼の上にのっているものを、別の皿にとりわけてみるがいい。――いわんや、ちらし鮨《ずし》においてをやである。

食物の酸性アルカリ性云々の説も、以前から私は首をかしげていた。アルカリ性のものを食うと血がアルカリ性になるなんて、人間の身体はそんなに簡単な仕組みになっていないのである。イモリの黒焼きと同様で、だれがはやらせた迷信か。このごろやっとこれが迷信であるといわれ出して、結構なことだと思う。

血液型と性格の問題も迷信の一つだろう。血液型はともかく、性格というやつが、外面内面《そとづらうちづら》ということもあるし、たいていの人間が陰陽相そなえているから、そう簡単にきめられるものではない。そういわれればそう思える、という程度のことである。

子供が天使だ、とか、少年が純情だ、などいうのも錯覚の一つだろう。大人から見ればまさにそうだが、子供同士の世界では決しておたがいに天使ではないこと、少年期にソートーな空想をほしいままにしていることは、自分の子供時代、少年時代をふり返ってみればわかる。

「女のように美しい」という形容も無責任である。なるほど映画やテレビの主役はみな大美人だが、町を歩いていてそんな美人にお目にかかったことは一度もない。

またその女性を両手で抱いてベッドに運ぶなどいう光景は、映画や小説ではしばしば登場するけれど、いかに蛾眉細腰《がびさいよう》の佳人だって、まず五十キロ前後はあるだろう。五十キロの米袋を両手で支えて運んで見るがいい。ギックリ腰になることうけあいである。

また例が飛ぶが、世にはむやみやたらに稼ぐ人がある。タレントなら週何回かの番組、何本かのコマーシャルに出、作家なら月に何百枚、その他の職業に至っては夜も眠らず獅子奮迅のノルマをこなす。

あれ、しかし、いまの累進課税の税制によると、たとえ稼ぎが五倍、十倍になっても、実際はそれほど変らない収入になるはずである。ほとんどムダ働きとなるはずだが、あのお歴々は何か脱税の法でも御存知なのだろうか。

それから、いつのころからか私が疑惑を持っていることがある。戦中派のせいで、「国家は厳粛なるものである」というような観念がどこかに牢固としてぬけないのだが、これは錯覚ではあるまいか、という重大な疑惑である。国家というものは、実はきわめていいかげんなものではないだろうか？

傾国の美女

こんどの大韓航空機事件ほど、文字通り奇々怪々なものはない。

液体爆弾とやらによる航空機の空中爆破の可能性云々と伝えられれば、最新の科学的大犯罪のようだが、容疑者の一人がタバコに仕掛けた毒薬をのんで自殺したという男と、第二次大戦前のスパイ物語のようでもあり、さらにその前奏曲として日本人の男女が、日本のうらさびしい海岸のあちこちでさらわれて、しかもそのさらい手が高句麗のモノノケらしい疑いがあるというに至っては、山椒太夫時代はおろか、奈良朝のころの神かくしや人さらいの伝説でも聞く思いがする。

信じられないがこれが事実だとすると、怪異はいっそう深くなる。どんな政治目的があるにせよ、まったく関係のない百余人をのせた航空機を落とすという着想、さらに罪もない他国人を海を越えてさらうという着想が、どんな頭に発生したのか、いかなる空想物語の大家でも思いもつかぬ狂気の発想というしかない。

この命令者の狂的なことはいうまでもないが、その命令に従って行動した人間も常人ではない。

と思われるが、その命令の執行者が絶世の美女であるということが判明して、いよいよこれは伝奇小説じみて来た。

そして、この事件において、いかなる空想作家も及ばぬ最大の意外事が発生する。

いちばんの被害者である韓国民の間から、その女性を許せという声があがり、結婚の申し込みすら殺到していると伝えられたことである。

彼女に罪はない。憎むべきは命令者であって、彼女は哀れな被命令者にすぎない、という声が、ほうはいとあがっているという。

それはその通りだが、こういう同情論が通るなら、太平洋戦争でBC級戦犯が処刑されたわけがなく、ナチスの下級将校が半世紀近くたってなおその罪を追及されるわけがない。

なにしろ、韓国民にとっては、それこそ同情すべき海外出稼ぎ労働者百余人が虫ケラのごとく飛散殺戮《さつりく》された事件である。これほどの大事件になると、そんな同情論はツメのアカほども出ないのがふつうだ。

この大怪事は、私の見るところでは、ただ金賢姫という女性の愛すべき美貌《びぼう》一つで発生したように思われる。

もしかりに、彼女が自殺して、もう一人の相棒のオジサンのほうが生き残って連れ戻されたと想像してみるがいい。それこそ八つ裂きの目にあったに相違ない。この男が盛大に毒タバコをかみくだいたのは、よくおのれの分際を知るものといわなければならない。

一方、女性のほうは、韓国に連行されて飛行機から下りるとき、顔を大きなマスクで覆っているのに美しかった。記者会見のときも、ほとんど素顔でダブダブの洋服を着ているのに、憂愁の佳人という印象はいよいよ鮮やかであった。美人はいかなる状態でも美人である。(逆もまた真なり)しかも、美人といっても見る人によって好ききらいがあり、特に同性の眼はまた一味ちがうのだが、あれは最も異議の出ない、おそらく同性からも文句の出ないであろうタイプの美人であった。彼女の顔のどこかに数ミクロンのちがいがあっても、その運命はちがった。

韓国人の国民感情がナダレを打って一変したのもむりはない。傾国とは国を傾け滅ぼす美女のことだが、滅ぼさないまでも韓国の世論はいっきょにカタムいたのである。

こんな例はあまりない。クレオパトラだって楊貴妃だって、日野富子だって、淀君だって、ただ当面の権力者一人をとろかしたというだけで、一国の民衆の大半をファンにしてしまったわけではない。

この現象はただ一つ、テレビのおかげである。昔通りの新聞写真だけでは、こういうわけにはゆかなかったろう。

民衆に肌で影響を与えた二十世紀最大の発明は、原子力にあらず、人工衛星にあらず、テレビだと私は思っているが、この事件はその象徴的な例である。

そして美女の話ではなく、テレビは、ただ芸能人のみならず男性にとっても――特に政治家にとって、致命的重大影響を及ぼすようになった。たとえば戦後の日本の政治家にしても、長期政権を持った人々の容貌を見よ。

それはさておき、右の大韓航空機事件の始末はまだ進行中である。蜂谷真由美こと金賢姫の運命やいかに。

右の状態からして、死刑になることはまずあるまい、何年かたつと釈放にもなりそうな雲ゆきだが、さて釈放されたとしても、彼女に裏切られた命令者がぶじにはおくまい――と、私が気をもむのも彼女が美人のせいだが、さて何十年かたつと、私はむろん韓国民の心理もまた一変するだろう。これだけの大威力を発揮した女性美も永遠のものではないからだ。ああ!

宅急便讃歌

人間は、自分自身に直接かかわること以外は驚かない。この世にあること、起ったことはすべてあたりまえのように思って平然としている。

ところが私はこのごろ、あらためて驚嘆することが多くなった。

そのなかで、例の宅急便というものに大感心している。

人は何をいまさらというだろうが、こういうシステムを作った人の発想に驚くのである。

なぜなら、日本には昔からお上《かみ》の郵便事業というものがあったからだ。あの津々浦々までの郵便局網に対抗して、それより早く、どんな山奥でも配達しようなんて、何たる雄大な着想、何たる大胆な度胸だろうと思う。

たしか最初はクロネコヤマトの宅急便だと思う。この創始者に脱帽する。あと、それに追随《ついずい》して、続々と類似の業者が出現したが、これはものまねだからたいして感心しない。

こんな制度が外国にもあるのだろうか。あるいはアメリカなどにあるのかも知れないが、私はこういうことは日本じゃないとうまくいかないのではないかと感じている。ふつうの郵便物なら郵便受けに投げこんでおけばいいのだが、宅配の場合はすべて相手が在宅していなければ用が弁じない。もし不在なら——それが多いが——向う三軒両どなりにあずかってもらうよりほかはないが、まずたいていあずかってくれ、かつそれでほぼまちがいが起きないのは、日本という国なればこそで、外国ではとうてい不可能だろう、と考えるからである。

で、宅配業者は、こういう日本の律気な社会に感謝し、何らかのかたちでその利益の一部を還元すべきではないか、とさえ考える。

もっともこのごろは、となり近所にあずけるという手も思うようにゆかない場合がふえたとみえて、ハンコももらわず、ただ玄関前に置いてゆくことが稀ではなくなったが、トラブルが起きたらそれはそのときのこと、このほうが能率があがると判断したからだろう。

この放胆不敵なやりかたで通用するらしい。げんにいま、たいていの小包は郵便局より宅配のほうに依頼して、その安全性に疑問を持たない人が多いのではないか。

実際これで大丈夫なのだから、これはこれでいよいよ日本の社会の安全度に私は驚嘆せざるを得ない。

それで思い出すのは、敗戦直後、餓死者が一千万人くらい出るとかいわれた時代、アメリカの放出物資でしのいでいたころ、

「きょうはアメリカの何々の配給デース」

とメガホンで路地路地をふれまわり、町のあちこちにおかみさん連中の行列ができたのだが、そういう世相で、担当の役人たちが、その食糧を横領したとか横流ししたとかいう話をあまりきいたことがなかった。

何かといえば日本人の悪口がはやるが、こういう場合の清廉《せいれん》さは大いに感心すべき特性だと思う。

いま役人をほめたが、それにしても配送という巨大事業をかんたんに民間に奪われた郵便局のだらしなさにも呆れかえる。

私は信州蓼科《たてしな》に山荘があって、毎年の夏一ト月半はそこに滞在しているが、そこへ山陰や奥羽の知人から前日に送り出した海産物や野菜などの宅配便が翌日にとどく。

山荘は森のなかにあり、すぐとなりに他の別荘があるわけではなく、番地などあっ

てもなきにひとしく、いつか郵便物をとどけにきた配達人が探しあぐんだとみえて、

「あっちの大通りに案内の立札を出しておけ」

と叱りつけた。

人手不足の余波で、この配達人はアルバイトのおばさんであった。女は疲れるとヒステリーを起すもので、私は恐縮し、かつ同情したが、郵便局というものは、三等郵便局でも何となく威張っているもので、そのお上根性が何となく出たのだろう。

こんな場合でも、民間宅配人のほうは文句もいわず、元気よく荷をおいてゆく。郵便局がまけるのもあたりまえだと思う。

横着男

自分の持っている、自分でもどうかと思ういくつかの特性のなかに、「横着《おうちゃく》」ということがある。

その例をあげると――お正月が近づいたので思い出したのだが――年賀状を書かないということがある。

別にこれといったきっかけがあったわけではない。ただ「あけまして、おめでとう」おめでたいことは何もないのに、この文字を何十枚も書くことに、大げさにいえばダンテの地獄的苦痛をおぼえたからだ。

きくところによると故池波正太郎さんは、何千通（？）かの年賀状を書かれ、とっていいっぺんには書けないから、ことしの賀状を書いたらすぐ翌年の賀状にとりかかられたそうだが、まったく脱帽のほかはない。

賀状をやめてからもう十何年になるだろうか。

そのくせ、もらうほうはよろこんで見ているのだから、われながら図々しいと思う。そのもらう賀状のなかに、恩師や先輩の賀状があったりするのでまことに心苦しい。また、こちらが最後の年賀状を書くときに、来年から賀状一切廃止ときめたので失礼ながらご了承を願うという文章をつけ加えたはずだが、何しろ昔のことなので、それ以後新しく賀状を下さる人も少なからず、それにも返礼しないのは心いたむのだが、はじめにいった感心しない性質のなかに頑固というやつもあって、賀状廃止の決心は変更しない。

それから、会合ぎらいである。

先日イタリア映画の巨匠と呼ばれるフェリーニ監督が亡くなったが、国葬になったほどの人なのに無類の会合ぎらいで、そのたぐいのものには一切出ず、

「私は映画祭がきらいだ。それは競争の雰囲気があり、私の性分に合わないからだ」

「競争、競技、試合、挑戦、こうしたものには、無関心どころか敵意さえ感じる」

などの言葉があるのを知って、むろん才能に天地の差はあるが、これだけは私と同類だと親近感をおぼえた。

私の会合ぎらいは、知らない人の集まりに出て、初対面のあいさつなどするのが億《おっ》

劫《くう》なのと、住んでいるところが都心に遠いのでその往復が面倒なせいもあり、別に人間ぎらいではない証拠に、来客にはざっくばらんに対応するし、夜半まで大酒宴をくりひろげるのも珍しいことではない。

とにかく、「埋《うず》み火やわが隠れ家《が》も雪の中」という蕪村の句のような境涯が何より望ましいのだが、私の無精はそういう高尚な精神より、根本は自分の横着からきているので、いささか気おくれを禁じ得ないのである。

これは持って生まれた性分らしい。ある事情からおぼえているのだが、小学校三年のとき、担任の先生が親しい私の叔父に、「もっとやる気を出せばもっとやれるのだが、全然競争心がないようだ」といったのを叔父が笑いながら伝えてくれたのだが、これを私への先生の悪口と受けとって、大ショックを感じたことを記憶している。このころからそういうたちであったのだ。

横着に似た言葉に、懶惰《らんだ》、無精、ものぐさなどがあるが、このなかで横着はいちばん図々しいくせに、一方「よくないこととは知りながら」という語感がどこかにあるようだ。

これはしかし、私ほどでなくても、当然だれにもある。子供にすらある。

子供は意外に寝そべってテレビを見るのが好きである。私の孫娘たちでも、そのなかの一人はたいへんなスポーツ娘なのだが、私の家に遊びにきても、スポーツウーマンらしくキリキリシャンとしているかというと、あおむけにごろんと寝ころんでテレビを見ていて、おばあちゃんに何か用をいいつけられても、反応甚だ不活発である。

私の町に砦《とりで》公園なるものがある。名は立派だが、急斜面に遊動円木（？）など数多くとりつけた児童遊園地だ。おそらくそんな地形でも、子供なら平気だろう、むしろ変ってて面白がるだろう、と市役所の連中が考えたものと思われる。

ところが私はいつもそのそばを散歩するが、ここで子供が遊んでいるのをいちども見たことがない。

子供だって、足の下が斜めでは動きづらいのである。役人は、子供だって横着なものだということに気がつかなかったのだ、と考えて私は苦笑した。

子供でさえそうなのだから、むろん大人に横着の性があることはいうまでもない。

横着は社会を変え、文化を変え、歴史すら変える。

たとえばいま日本映画の衰弱は嗟嘆のかぎりだが、その原因はいろいろ考えられるけれど、そのいちばん大きな理由はやはりテレビによるものだ。要するに映画はテレビに負けたのである。

しかし映像そのものは大型画面による映画の迫力のほうが圧倒的なのである。黒沢明でもジョン・フォードでもスピルバーグでも、映画館で見るのと家庭ビデオで見るのとは全然ちがう。人間は何にでも馴れるものだが、私などは民放の無神経で気ぜわしいコマーシャルにまだ馴れることができない。

そんなことはみんな承知しているはずなのに人々は映画館に足を運ぶより、自分の家のコタツにはいって、寸断するコマーシャルも何のその小作りなテレビを見るほうを選ぶのである。これひとえに横着のなせるわざ以外の何ものでもない。

ひとの稼業の話でけない。小説とマンガの世界でも同じ現象が起きている。少年マンガ週刊誌は毎週何百万部も出ているという。それらの少年が成長して、いまや電車内でも四十男がマンガ雑誌を見ているのがありふれた光景になった。これひとえに小説よりもマンガのほうが読むのにラクだという横着のゆえである。冗談ではなくそのうち小学校中学校の教科書もみんなマンガになるにちがいない。

それからもっと重大な問題で、選挙の投票率とお天気の関係がある。

もとからお天気が悪いと自民党への投票が落ちるといわれていた。共産党や公明党の信奉者は火がふっても槍がふっても投票にゆくので、天気が悪いのはこっちには有利だといわれていた。

この前の選挙では、自民党の実力者たちの私腹の肥やしぶりがあんまり目に余ったので、お天気とは関係なく異変が起ったが、とにかくもともと自民党への投票者には、雨天なら棄権し、晴天なら一家行楽にゆくといった連中が多いのである。

が、彼らとて棄権はよくないことだと、心の隅で承知してはいるだろう。すなわちこれ横着のなせる所業である。そして、その横着が国政にまで重大な影響を及ぼしたのである。

投票といえば、総選挙と同時に行われる最高裁判事の信任投票にも横着にからむ悲喜劇的現象がある。

例の「一票の格差」問題だが、選挙民によって三倍四倍の格差があっても最高裁は不平等ではないという。少し首をかしげて見せても、その格差のままの過去の選挙はおとがめなしとする。これに異議をとなえて訴える人が何十年つづいても、頑として門前払いにする。その超石頭ぶりは度しがたい。

これを矯正するにはいちど最高裁の裁判官で、右の事態を容認しているめんめんを――それが大半だから右の事態になるのだが――みんなクビにするよりほかはないのだが、さてこれがそうならない。

いちおうは裁判官のすべての履歴や思想を調べるのが面倒だということもあるが、それより何より実相は、投票紙に×印をつけるのが物理的に億劫だからだと私は推定する。そして、この推定にまちがいはないと推定する。

たとえ全員に×印をつけたって一秒か二秒のはずだが、これが面倒くさいのですな。おかげで最高裁の裁判官はいつも安泰ということになる。

これでみると、日本人もけっこう横着なところがあるようだが、この点やはり中国の士人にはかなわない。

漱石は修善寺の大患後、「列仙伝」という本を読んだ。これは長生きの工夫のための模範となる中国の仙人たちの伝記らしいが、

「一番無雑作《むぞうさ》で且《かつ》可笑しいと思ったのは、何ぞと云うと、千の垢《あか》や鼻糞を丸めて丸薬を作って、それを人に遣《や》る道楽のある仙人であった」

と、漱石は書いている。

いや、これは横着ではなく無精のほうか。いまの中国にはこんな仙人はありそうもないが、しかし中国の拡がりぶりを見るとやっぱり横着である。

シンガポールなど、日本が血戦死闘してイギリスからとりあげて中国人に与えたようなものだが、シンガポールにかぎらず東南アジア全土、泥流のようにひろがって実質上中国人の大国を作りあげてゆく。しかも一発の弾丸も使わないで。——実に怖るべき横着である。

それはともあれ、漱石は右の列仙伝の件でも見るように、ものぐさの味を解する人であった。私は漱石の「小さくなって懐手をして暮したい」という言葉が好きだ。「懐手をして」というのが横着だ。

考えてみると、はじめに自分の横着な性分をどうかと思うと書いたけれど、幼少時からいわゆる蒲柳《ほりゅう》の質で、いまでも決して健康的な生活をしているとはいえない私が、別にこれといった大病もせず何とか泰平に暮しているのは、ただ横着のせいかも知れない。

許容範囲

この世のトラブルの大半は、絶対的な善悪の争いではなく、程度の問題、許せるか許せないか、すなわち許容範囲の問題だと考える。

この許容範囲は時代によってちがう。

昔は、妾を持つのは男の甲斐性といわれた。太閤秀吉はその方の大親玉であった。ところが明治になると、黒岩涙香が万朝報に蓄妾の名士連の実名をあげて弾劾《だんがい》したように、いささか雰囲気が変ってきた。明治の功臣のなかで伊藤博文など第一級の有能者であったのに、秀吉とちがって英雄視されなかったのは、彼の女道楽が民衆の許容範囲からはずれたものであったからだ。

妾が許容範囲からはずれたのは結構だが、タバコも同様な運命になりそうなのはタバコのみの私などは憮然とせざるを得ない。かつては「大英帝国」を擬人化すれば悠然と葉巻かパイプをくわえた紳士であったのに、いまは外でタバコをのもうとすれば隠れ切支丹のごとく立ちまわらなければならなくなった。

許容範囲は国によっても異なる。

例の鯨問題もまた然り。アメリカなど幕末、日本に捕鯨基地を作るために黒船で威《い》嚇《かく》したくらいなのに、現在はごらんのごときありさまである。だいたいアメリカは「おれのやらないことはやるな」という一方で、「おれのやることもお前はやってはいけない」という。こういう国のお相手はまことにむずかしい。

昔きびしくいま寛大な例もある。

以前は人一人殺せばまず死刑になった。いまは三人以内なら大丈夫だそうだ。かりに最高裁で死刑が確定しても法務大臣はハンコを押さず、たまに執行するとまるで人非人のように騒ぎたてる。殺人の許容範囲は拡大し、死刑の許容範囲は縮小した。

同じ世界に住んでいても、許容範囲は人によってちがう。

私なども、自分の許容範囲が一般とちがうので違和感をおぼえることがいくつかある。

また裁判の話になるが、例の一票の格差問題に対する最高裁の許容範囲の寛大さも異常に思うけれど、そもそも一般に裁判が長すぎる。

十年以上もかかる裁判は、もう裁判ではない。裁判などないにひとしいから「闇将軍」などというものが出現したのだ。

個人的な日常のことをいえばいまさらのことながら私は民放テレビのコマーシャルにいまだに馴れることができない。コマーシャルが必要なことはわかっているのだが、あの数分毎《ごと》といっていい頻度は受忍限度を超えていると思う。

だからたとえば、有名人のお葬式番組など見たこともなく、新聞のテレビ番組欄などからの想像だが、知人のだれそれ慟哭《どうこく》！　とあるから、おそらく慟哭の顔が画面に大写しに出るのだろう。それをハンケチで鼻を覆った顔がとりまいているのだろう。次の瞬間、ガハハハハと笑っている入歯洗浄剤のコマーシャルなどが出てきて、見ている幼少児の脳髄に異常が起らないものだろうか。

それから、もう一つ。

日本人の長寿、これを世界に誇るべき記録というけれど、男性七十何歳とか女性八十何歳とかの長生きは、これが平均しての数値だから、これ以上のジジババが、雲霞のごとくみちみちているということですぞ。これはやはり許容限度を超えているのではあるまいか。

戦中派の考える「侵略発言」

この五月に永野茂門法務大臣が就任早々「南京大虐殺はでっちあげ」と発言して辞職に追い込まれたばかりなのに、またもや桜井新環境庁長官が同じ就任早々の記者懇談で「日本も侵略戦争をしようと思って戦ったわけではない」という発言をして更迭された。最近はこういったことにうんざりして、まともに考える気も起きないのだが、こういった一連の辞任騒動を見るに、どうして彼らはあっさりと発言を撤回し、辞任してしまうのだろうか。

彼らの発言をまったく正しいものというつもりはない。しかし「盗人にも三分の理」ではないが、彼らの発言には少なくとも五分の理はあると私は思っている。その五分の理を開陳せずして、ただ全面謝罪をし、あわてふためいて辞任をしてしまう姿勢は、その言論自体よりいっそうよろしくない。

かつて『戦中派不戦日記』という題で昭和二十年に書いた日記を出版したことがある。また今年『戦中派虫けら日記』という題でそれに先立つ昭和十七年から十九年の日記を上梓した。その中の昭和二十年十一月五日を読み返すと、いまと似た感慨を懐《いだ》いているのを知ってわれながら興味をひかれた。引用すると、

〈――東京新聞に「戦争責任論」と題し、帝大教授横山喜三郎が、日本は口に自衛を説きながら侵略戦を行った。この「不当なる戦争」という痛感から日本は再出発しなければならぬといっている。

われわれはそれを否定しない。それはよく知っている。（ただし僕個人としては、アジアを占領したら諸民族を日本の奴隷化するなどという意識はなかった。解放を純粋に信じていた）

ただ、ききたい。それでは白人はどうであったか。果たして彼らが自国の利益の増大を目的とした戦争を行わなかったか。領土の拡大と資源の獲得、勢力の増大を計画しなかったか。

戦争中は敵の邪悪のみをあげ日本の美点のみを説き、敗戦後は敵の美点のみを説き日本の邪悪のみをあげる。それを戦争中の生きる道、敗戦後の生きる道とい

えばそれまでだが、横田氏ともある人が、それでは「人間の実相」に強いて眼をつむった一種の愚論とはいえまいか。

また平林たい子が「暗黒時代の生き方」と題して、いわゆる「転向」は「時を待つためにこの手段をとらなければならなかった、やむを得ないことであった」といっている。それならば日本人の大部分が、「今」がそうではないのか。いまが偽装を必要としない真実の時代であるというのは、盾の一面しか見ないこれまた一種の愚論ではないのか。――〉

この日記を書いた時、私は二十三歳だった。それからほぼ五十年経たいまでも「日本の邪悪のみをあげる」ことが「生きる道」であるという状況は変わっていないようだ。

「南京大虐殺」は確かにあっただろうと思う。日本軍は南京に無血入城したわけではなく、大戦闘の末、やっと突入、占領したのだから、当時は相当なたかぶり状態にあったはずだ。そこで敵軍が軍服を脱ぎ捨て――いわゆる便衣兵だが――反撃してきた以上、「危険を回避するために、みんなやってしまえ」という心理になったことは容易に想像できる。虐殺はあっただろう。たとえ数千人であっても虐殺があったかどうかという議論においては、日本には一分の理もあるまい。

しかし、永野元法相の発言は「南京大虐殺」そのものをでっちあげとして全面的に否定したのではない。三十万人の犠牲者が出たかどうかということについてははなはだ疑問であると、その数字に対する疑問が発言の主旨だろう。それについては今となっては検証の余地も少ないだろうが、私にもそれだけの犠牲者が出たとは物理的に思えない。三十万人とは天文学的数字だ。南京攻防戦における中国軍側の戦死者もいれているのかも知れない。そこに五分の理を見いだしている。しかし、「南京大虐殺」について、たとえそれが客観的なものでもあらゆる疑問は呈してはならず、誇大と思われる数字でもひたすら受入れざるを得ないというのがいまの「生きる道」のようである。

当時は「東亜解放」を信じていた

桜井前環境庁長官のいう「日本は侵略戦争をしようと思って戦ったのではないし、またあの戦争でアジアはヨーロッパの植民地支配から独立できた」というのもそうだ。あの戦争が実態的に侵略戦争であったかどうか、といえば侵略戦争であったことは間違いない。しかし少なくとも戦中は「そうは思っていなかった」という事実があることを語ってはならないのだろうか。
私は確かに当時、東亜解放というのを信じていた。昭和十九年五月十六日の日記で、私は雑炊食堂で並んでいる人込みに、みすぼらしい身なりだが愛くるしいドイツ人の少女を見つけ、こう記している。

〈――これが朝鮮人や支那人なら、かえって同席するのに不快をおぼえるだろう。これは人種的な軽蔑というより、自分たちの平生見る支那人や朝鮮人が極めて不潔で、ふつう外人がスッキリと上品な風采をしていることに基づいている。が、アジアにいながら、われわれの出会うアジア人は悉《ことごと》く貧困の極みをつくしているのは日本の恥辱である。それを救うのは日本の義務であり責任でなければならない。――〉

朝鮮や台湾を植民地としておきながらアジア解放を叫ぶというひとりよがりの大矛盾を抱えていることは百も承知である。またアジア解放というのは結果としてそういう作用があっただけで、当初からの目的でも何でもなく、その証拠に開戦の詔勅ではひと言も触れていないという指摘もあるだろうと思う。だが私はそれを信じていたし、若い兵隊の少なからぬ数がそれを信じていたと思う。

アジア解放という観点だけではない。それは多分に明治維新以後、西欧文明を範として追いつき追い越せと近代化に励んできた日本が、初めて西欧文明と対決し、それを克服しようとしている「聖戦」という意味付けすらなされようとした。

太平洋戦争をどう考えるか、戦後五十年を過ぎようとしているいまでも私にはよくわからない。しかし侵略戦争をしたから悪いとか、残虐行為を繰り返したとかいわれることには抵抗を感じている。それはわれわれの世代――戦中派――に多く見られる抵抗感ではあるまいか。

私は戦中より戦争のほとんどが悪であるという認識は持っていた。昭和十八年四月十九日の日記である。

〈――戦争は死を冒瀆する。あまりに大量の死は、死の尊厳を人々から奪う。なるほど表面は、輝く戦死だの尊さ犠牲だの讃えるけれど、人々の心は、死に馴れて、その真の恐怖と荘厳とを解しない。――〉

しかしそれと太平洋戦争は侵略戦争だったから悪いということとは別の次元のこと

だと考えている。太平洋戦争が侵略戦争だったから悪いと断定することは、すなわち明治以降の日本の歴史をすべて否定することを意味する。一国の過去百年の歴史を否定するなどということが果たして可能であるだろうか。そのようなことをする国家があるのだろうか。

そもそも侵略が悪という概念は、明治はおろか昭和初年にいたっても存在していなかった。朝鮮の植民地化は黒船来航が日本に与えたあまりにも大きなショック——植民地を持って富国強兵をはからねば自分が植民地になってしまう——に対する当然の反応として出てきたものだし、当時の趨勢を考えるとむしろ侵略が必要悪ですらあったともいえる。そこからの経緯をすべて否定することなど不可能ではないか。

さらに世界の状況がそれを後押ししていた。インドシナにしてもフィリピンにしても明治時代の欧米の侵略中のところであり、それらを侵略として非難する空気は存在していなかった。

さらにいうと太平洋戦争終了後も欧米列強は植民地を手放そうとはしなかった。あの戦争がなければ、欧米列強はいまも手放さなかったろう。

戦死を犬死ににしかねぬ細川発言

しかしいまだに彼らは彼らの侵略を悪とはしていない。侵略戦争といえばイギリスが起こした阿片戦争などその最たるものだろうが、それに対する謝罪がかつて行われただろうか。しかもイギリスはその結果として得た香港をいまだ租借し続けている。帝国主義盛んなりし頃に結んだ条約の期限、一九九七年までしっかり占領し続けているではないか。またイギリスでいうならインドに対して謝罪をしただろうか。聞くところによると、イギリスの教科書ではインドの植民地化について、インドが文明化のために自らイギリスに助けを求めてきたからそれに応じたにすぎないということが書いてあるという。これが当時からいまに至るヨーロッパ列強の偽らざる姿だろう。

翻っていまの日本はどうか。二、三年前に旧制中学の同級生が集まったが、その折り、みんなが悲憤慷慨することがあった。それは戦後しばらくして学校で先生が、「このなかでお父さんが戦死した人は手を上げてください」というと、数人がおずおずと手を上げる。そこで、「どこで死にましたか」と聞くと、みんな小さな声で俯いて、「ビルマ」とか「ガダルカナルです」という、そういう話が出たときのこと。戦死していった兵士の多くは国の政策で徴兵され、東亜の解放を信じてそれに殉じていったことだろう。その子供がまるで父親が犯罪者でもあるかのように親の戦死を恥じているなら、その死はまさに犬死にに等しいと憤ったのだ。

教科書問題を見ていると、やがて日本は自分たちの国は「恥ずべき」戦争をしたと子供たちに教えかねないと感じている。そんな国がどこにあろうか。繰り返すが戦争そのものは悪であることに異論はない。しかし「恥ずべき」ものであったかどうか、誰が判断できるというのか。誰が、細川護熙にそんなことを裁断する権利を与えたのか。

昭和二十年十一月九日、終戦間もないころの日記でもすでにそういったことへの危惧が記されていた。

〈――新しい日本歴史を歓迎する。ただし、これから出る歴史書は当分、今までの歴史と同様に眉に唾をつけて見る必要がある。秀吉の朝鮮征伐を大東亜共栄圏建設の理想に燃えたもの、などと書いた戦争中の評価はばかげているが、さればとてこれを突忽《とつこつ》たる侵略と断定し、イギリスの印度征服やアメリカのフィリッピン占領には眼をつむっているような歴史書はお話にならない。――〉

いまや少数派となった戦中派は、私も含め大半がいまだにあの戦争をどう考えていいのかわからないというのが現状である。それなのに、「悪である」と決めつけられては戦死者は死んでも死に切れないではないか。

いったいいつからこういう世相になったのだろうか。少なくとも昭和二十年代、三十年代には、ここまで「太平洋戦争は侵略戦争だから悪」という考え方の押しつけは行われていなかったと思う。当時私は秀吉の朝鮮役を題材にした小説を書いているが、いまのような歴史観の圧力を感じた記憶はない。

アジア諸国にしても――当時はいまだ独立をかち得ていなかった国も多く、アジア地域でしかなかったせいもあろうが――すぐに「謝罪せよ」、「賠償せよ」などと声高に叫ぶことはなかった。

それがいつのまにか、われわれの内側から、それはおもに新聞によってそういった歴史観が唱えられ、それに異をたてると忌むべき軍国主義者といったレッテルが貼られるようになった。この心理状態はいまをもってしてもよくわからない。

問題が起きるたびにすぐに全面的に謝罪し、賠償金を払ったところで日本と一部を除き近隣諸国との関係がよくなるなどと考えられない。むしろ逆効果しかもたらさないのではないかとさえ思う。

とにかく謝って、お金を払っているうちは問題は先送りされ、事勿《ことなか》れ主義者にとっては当面の安息にはなるだろう。そういう事勿れ主義の結果がこの風潮を生んだのではないだろうか。言い換えればこういった問題に事勿れ主義で臨むことが出来る世代が多くなってきたことの現れかもしれない。

戦中は別れ別れになっていた友だちと戦後、再会したとき、一番多く口にされたことばは、「敗けてよかったかも知れんなあ」、「勝っていたら大変だったよな」であった。そして、戦中をあまりに一生懸命生き抜いたため、「あとは余生だ」と二十歳前後の若者がいい合ったものだ。しかし余生といいつつ、われわれの世代は戦後日本をつくりあげてきた。

ところが同時にわれわれの世代は同級生の多くが兵隊にとられ、戦死していった。あの戦争を「侵略戦争だったから悪だった」、「日本は残虐行為を繰り返した」と一方的に断定されることに、抵抗を感じている世代でもあるのだ。

国家の基本は「文武両道」

そういう世代——私は靖国神社に総理大臣をはじめ閣僚は参拝すべきであると考えている。靖国神社そのものを撤去するなら知らず、ともかく戦死者の霊廟とされているところへ他国の批判を気にして一国の総理大臣が尻込みするなんて国があるだろうか——が老いたり死んだりしてだんだん声が小さくなってゆく。それがこういう世相を生んだのだろうか。

　感傷を除いても抵抗を感じていることは多々ある。日本は戦争を放棄し平和国家を建設することを国是とし、これに反対するものは人に非ずということになっている。しかし人類の歴史をふりかえっても、これから何万年も続く日本の歴史のなかで侵略することはないにしろ、二度と戦争をしないということはありえないのだ。戦争をしない決意を持つことは結構なことだ、しかしそれが歴史の段階、目的であると考えるのは愚かなことである。それこそ歴史から何も学んでいない態度といえる。われわれがあの戦争から学んだもっとも大きなことは何であったのか。昭和二十年十月五日の日記を見る。

〈――余らは無意識の中に歴史を一つのドラマとして観じいたり。明治維新は昭和維新の序幕としてこそ意味あるべく、明治の日本の曙は昭和のアジアの黎明の前奏曲なりと思いこみて疑わざりき。これ日本の近代史があまりにとんとん拍子なりしゆえに、一直線に進行せるゆえに、当然或る目的を想定して自ら悠然たりしならん。

　されど、歴史に目的なし。目的あるか知らねども、そは一時代の一国民たる人類には到底知り得べからざるもの。一つのドラマかは知らねども、第一幕第二幕と次第に進みて終幕に至りてクライマックスの脚光浴びるがごとき芝居を見て大芸術なりと陶酔する人間には、絶対にうかがい得ざる尨大《ぼうだい》神秘なるもの、そは地球上の歴史の実相なり。――〉

不戦の決意はいい。しかしいざというとき自分を守る武力すら持たないというのは、自らを歴史の目的の一部と思い上がる行為ではないか。古いことばを持ち出せば「文武両道」が国家の基本であることは変わっていない。自衛の軍をもたない国家などありえない。平和国家のひとつの理想として語られるスイスをみよ。

あの戦争が悪であったかという判断はまだ私にはできない。しかしただひとついえることは、日本には侵略戦争をする資格はなかったのではないかということだ。欧米にその資格があったといえるかどうかは難しいが、すくなくとも欧米よりはその資格において劣っていたのではないか。それは占領地の民衆を心服させる宗教なり文化なりを日本は持っていなかったからだ。

つまり欧米列強の旧植民地をみるに、もとの宗主国を懐かしがるようなところがわずかながらも感じられるし、また必ず占領地、たとえばハノイにはフランス風の町並みが、大連にはロシアの面影が残っている。つまり街づくりというある種の文化を残している。ところが日本の場合、韓国に日本風の町並みが残っているという話は聞かないし、日本時代を懐かしがるようなところは皆無といっていい。日本は植民地を統治する能力に欠けていた、だから植民地をまったく日本化してしまおうと、あの悪名高き創氏改名をやらかしてしまう。これはある種の侵略能力のなさといっていい。その意味では、日本は侵略する資格のない国だったとは思う。

あの戦争は何だったのでしょうかと人に問われれば、私は善悪で答えることなどできはしない。しかしこう答えることはできるだろう。

日本には侵略戦争をする資格がなかった。だからあの戦争はするべきではなかったし、今後も侵略戦争をするべきではない。しかし戦争に携わった人間にもいくらかの理はある。その理を全面封殺することは、戦争をしたことと同じ意味合いの行為であるだろう。

戦前をすこしでも評価しようものなら、反動、軍国主義、ファシストといった罵声が浴びせられる世相に抵抗を覚えつつ、日記を読み返してみると、たしかに戦前などいい時代ではなかった。

日記を見ると当時、私は二十三歳まで邪馬台国や卑弥呼といったものの存在を知らなかったことがわかる。神武以来の神話だけが歴史であるという皇国史観教育——というより洗脳——がいかに凄まじかったかをあらためて感じている。

太平洋戦争は、日本の歴史のなかで明治維新と並ぶ大転換点であった。私はその転換点をはさみ、戦中、戦後と極端にくいちがうふたつの時代を生きてきたことをとにかく面白く感じている。それは福沢諭吉が幕末と明治を生きたことをさして、「一身にして二生を経る」といっていることに通じるものがある。

それにしても、まさか五十年前の青臭い論理を正当化する意志は毛頭ないが、老化して戦後五十年の洗脳のメッキがはげ、それ以前の戦中派の地金がまた出現してきたようで苦笑を禁じ得ない。

無駄なき人々

四十年ほど前、家を作ったことがある。はじめてのことだし、私も三十なかばだったから、面白がって自分で設計した。

そんなにお金がないから、十五坪前後の家しか建てられない。それで部屋が三つ四つある設計をしたら、専門の建築士がそれを見て、「これじゃ住めませんよ」と笑い出した。私は押入れも通路もない家を設計していたのである。

結局出来上ったのは二十三坪の家であった。これで私は、家を作るには、ふつうの居住面積の倍くらいが必要だということを知った。

その後あちこち旅行するようになったが、旅行には、宿賃と交通費その他絶対必要な経費の合計の倍は用意してゆかなければならないということを知った。

人間、生きてゆくにも同じことだ。

その前の戦争のまッただなかのころ、私はまだ学生であったが、家出同然に故郷を出たせいもあって、ギリギリ一杯の生活を強いられた。ギリギリ一杯では必ずアシが出る。それをどうすることもできない怖ろしさを、骨のズイまで思い知らされていた。それにくらべると、いまは安楽である。これが同じ日本で同じ人間に起ったことか、まるで魔法の国の出来事のようだとさえ思う。

これは私ばかりではない。戦争を体験した日本人の大部分がそうだろう。

戦時中、私と大同小異の生活を送り、そして戦死した友人たちを思うとき、彼らを今よみがえらせたらいちばん驚倒するのは、林立する超高層群にあらず山河を走るハイウエーにあらず、それよりデパートやスーパーにきらびやかに充満した食料品だろう。あのグルメの大殿堂を見たら、彼らはみな発狂するにちがいない。

——それにしても、ああいう店々の食料品は、四分の一くらいは売れ残りそうに見えるが、売れ残ったものはどうするのか、ひとごとながら気がかりであったが、どうやらみんな捨ててしまうらしい。

それでも日本人は、いまの暮しに満足せず、過労死におちいるほど、働きに働く。右にのべたように、人間の生活には無駄が必要なのだ。やはり食料品の売れ残りはみんな捨ててしまうようでなければいけないのだ。物は余ってあふれるほどでないと、たちまち梗塞《こうそく》してしまうのだ。

一方、余分の部屋を作れば、そこに客を呼んで酒をのみ、ごちそうを食べて和楽の宴《うたげ》をひらくことができる。これが人生というべきである。

それは承知している。だから生活向上をめざしてシャカリキになっている人々の努力を諒とする。

しかし——と、私の足をとどめるものがあるのだ。

それにしても、それにしても、やはり無駄が多すぎやしないだろうか？　多すぎるどころか、人生に必要な無駄を作るための努力が、実は人生に不必要な無駄を作る努力となっているのではあるまいか？

考えてみると、何とかこの世で生活できるようになって以来、自分及び自分の家族のために費《つい》やしたのは、自分の努力の報酬として生み出したものの、何百分の一にすぎないのではないか？

あとは、いろいろかたちは変るけれど、他への貢献だ。税金もまた他への貢献の一つである。これは金銭のみの話ではない。

そこで思い出すのは、例のホームレスの人々である。

ホームレスという名はちかごろのものだが、駅の通路や階段にゴロゴロ横たわっている人々は昔からあった。私はその人々に対して奇妙な親近感を持っていた。「ああなるのとおれとは紙一重だ」という運命感とともに、その生活に対して一種の憧憬さえおぼえていた。大げさにいえば、

「一鉢境界、乞食の身こそたふとけれ」

という芭蕉の言葉にもつながる心理だが。――

いつぞや新宿駅のホームレスのホームを拝観したら、タタミ一帖分くらいの空間を段ボールでかこんで、その枕もとに身の廻りの品いくつかをならべ、その足もとに靴をそろえて、天下泰平な顔で眠っていた。

建物の中だから暖房はしてある。トイレや洗面所は近くにある。彼らの一日の仕事はコンビニへいって、そこで捨てられた売れ残りの弁当を拾ってくることだけだ。それ以外、無駄な努力は一切しない。

彼らはまったく自分一人のためだけに生きている。世には何の貢献もしない。

しかし彼らは、セカセカと気ぜわしげに外を歩いているわれわれより、はるかに自由で豊かな人生を送っているのじゃないか知らん？　私は彼らに学びたい。

無為にして化す、とはこういうことかも知れない。

Ⅱ　かんちがいもおっかない

作家の日記

某月某日

夜の寒風の中を、山村君につれられ、はじめて「居郷留《オルゴール》」なる店にゆく、若い人たちが、あらんかぎりの声はりあげて放歌絶叫している。お通しに大根の煮たのが出たのでズイキの涙をこぼした。セロファンの袋からピーナツなどを出して平然としている店が多いのに、大根の煮たものとはマゴコロがこもっている。

深夜三時、山村君をつれて帰宅。

某月某日

朝、山村君と迎え酒をのんでるうち、信州在住の推理作家土屋隆夫氏の村で土地を貸す話をきく。俗化しない別荘地としたいらしい。別荘などをつくる身分でもなしそんな気もないが、貸賃が一年に一坪十六円ときいて急にウレしくなり、早速信州に電話をかける。一万坪借りちゃいけませんかといったら、土屋氏笑い出して、山田さんらしいなといった。まだいっぺんも逢ったことがないくせに。「そんなに借りてどうするの」と女房呆れる。「五百坪でいいわ」「そんなことといえば五十坪だっていいんだ。一万坪借りるところに意味があるんだ。坪十六円だゾ」一間四方で一坪、十間四方で百坪だから一万坪だと千間四方、つまり二千メートル、半里四方だと計算したら、少々ぶきみになる。周囲八キロ、一メートルおきに杭を打てば、杭が八千本要るワイ。しかし、この中に二坪ほどの草庵を作る。迷い迷い人がくる。「山田風忍斎先生はおらるるか」「どうれ。……」――ということにナル。

某月某日

夜講談社の加藤氏より電話。新宿の樽平にいるという。大得意で一万坪の話をしたら、この人は頭がよくて、「そりゃ百間四方ですよ」

なるほど、よく考えてみればその通りで、少々ガックリとくる。女房曰く、「それで安心したワ。……」

合法的不法

合法的不法ということは、世の中にうんとある。

最近、僕が経験した、その小さな一例をあげる。

友人といっしょに夜、池袋にかえって来た。

僕の家は、池袋から西武線にのって二十分ほどの大泉学園という駅にあるのだが、西武線はもう一本、途中の練馬駅で分れて豊島園ゆきというのがある。ホームがちがうのだが、うっかりまちがえたらしい。

練馬の次の駅で電車がとまって、終点でございますという声におどろいて下りると、人けのないガランとした夜のホームにとりのこされた。

実は、その友人と僕のうちで麻雀をやろうというので、電車にのる前、ほか二人のメンバーを電話で家に呼んでおいたので、大いに気がせく。

きいてみると、折返しの電車は十分後に発車するという。それにのって練馬駅までもどり、そこでまた大泉方面への電車に乗りかえていると、だいぶ遅くなる。

「じゃ、ここの駅前でタクシーを拾おう」

「しかし、こう遅くなって、豊島園あたりでタクシーがつかまるかな」

くびをかしげながら、改札口にいった。この時刻、遊園地豊島園に下車する客はあまりないとみえて、若い駅員が改札口にひとり腰をかけて、足をブラブラさせている。

「こういうわけで、タクシーを拾おうと思うんだが、ないようだとやっぱり電車にのるから、ちょっと、この切符、あずかって下さいよ」

と、たのんだ。混んでいるときなら、むろんこんなことはたのまない。

駅員は、だまって切符を受け取った。

そこから数メートルの駅の入口に出て、見まわしたが、タクシーの影もない。駅員はこちらを見ている。そんなことをしていると、折返しの電車も出ていってしまう。二、三分で、あきらめてひき返そうとすると、駅員がうすら笑いを浮かべていった。

「いったん受け取った切符は無効です」

そして、こちらのあっけにとられた顔から、そっぽをむいた。

あきらかにテキの方が合法である。しかしその顔には、あきらかに、悪意のたのしみと、おさえがたい間のわるさ、といったものが浮かんでいた。

僕たちは、あらためて西武線の切符を買うことはやめた。数十分待って、やっとタクシーをひろって帰った。

数日後、西武デパートに大火事があったが、僕はなんの同情も感じなかった。

無力感人間

いまの僕を見る人はべつにそれほど営養不良とも思わないだろうが、二十代以前までは——そもそも二十歳まで生きたのが自他ともにふしぎに思われる肉体の所有者だった。

小学校時代には校医は祖父や父だったが、どっちももの悲しげに「営養丙！」といったものだ。中学時代は教練や体操でよく「山田は列外へ！」といわれた。そのくせ病気はあまりしたことはないのだが——この若い時の印象のために、虚弱体質だという自覚は精神まで侵した。「山田はサッパリ奮発心というものがない」という先生の評をしばしば受けた。

だから、原稿など二、三枚書くとアクビばかり出る。作家には誰でもコンコンと溢れるように書ける時期があるそうだが、いまだ曾てそんなことのあったためしがない。

バーをねり歩きゴルフに駈け回る元気もない。日なたの縁側で白痴のごとく庭を見ているだけで、これすべて無力感のなせるわざである。

無題

夏の愉しみ……という話でもないんですが、去年の夏愉しかった？　想い出一つ。玄関先に一紳士来り「マガジン・ポンのテレビコマーシャル撮影にお庭を拝借させて戴けますまいか」「やだ」「実は扇千景さんがおいでになるんですが……」たちまち豹変「ようござんす」

さて当日は女房も留守、小生いそいそと朝から庭むきの一室に三面鏡など運び、襖のしめ具合あけ具合を研究。いよいよ佳人御来訪後は庭で撮影中の風景のまわりをウロウロしてこっちもパチパチ。

用意した一室にはついにお入り下さらない。例えお入り下さってもとうてい襖の間からのぞく勇気など出そうもない。くたびれて小生二階で本を読んでいると夕方になり、撮影が終ったらしい。下りてゆくとカメラマンが「一寸電話を拝借」。台所にあるのを応接間に切りかえて「どうぞ」。そして小生応接間にそれを確めるためにゆきドアをあけたところ、あっ！

扇千景さんはそこで、暑い一日の汗から解放されるために、こっちをむいてお召し換え中でありました。知ってたら、まさかドアはあけられませんやね。陰徳陽報とはまさにこのこと。

職業の選択

ドライヴ・インの食堂などに入ると、そこで出されるライスカレーなり親子丼なり、そんなところで美味いものを食おうとは思わないにしろ、ほとんど味覚に耐えないものがある。おそらく料理にまったく興味のない土地成金のお百姓さんなどがやっているのだろう。ほかのことはともかく食い物で商売する人だけは、ただ儲かるだけでやることは勘弁していただきたいと願うこと切なるものがある。よく若い人から職業の選択についてきかれ、そんなとき人生ただ一度、出来るなら好きなことをやれと答えることにしているが、経済の問題もあるからみんながそういうわけにもゆくまい。しかし食い物商売だけは別だ。これを誤ると本人のみならず、万人に殺人的不幸を及ぼす。

電話と手紙

この新聞（編註・東京医大新聞）の編集をしていられる矢野さんから原稿依頼のお電話があった同じ日に、奇妙なことに、松下幸之助さんの「P・H・P」と、「銀座百点」と、梶山季之さん編輯の「噂」という雑誌からも原稿を書いてくれという電話があった。むろん、みな小説ではない。

原稿依頼の話などめったに家人に話すことはないのだが、この日はふと夕食のときに「きょうは変ったところばかりから原稿を頼まれたよ」と話したついでに、「矢野さんから、先日、松葉君から伝えてあると思いますが……ということだったが、そんな話はきいてないぞ」

と、いった。松葉は東京医大在学当時からの友人である。すると、家人が、

「あらあら、三日ほど前、松葉さんからお電話があって、何か話していたじゃない

の」

と、いい出したのでめんくらった。

そこで改めて話をきいて見ると、二日前に来客があって酒をのんでいるさなかにその電話をもらったらしい。ところが、そのとき話したことはむろん、電話をもらったということも全然記憶がないのである。べつにそれほど大酒していたというわけでもないのだから、うす気味悪くなり、これはもうあんまり長くはないな――と感じるところがあった。

数日後、松葉から手紙をもらって、はじめてその話以外にも用件のあったことを知った。それでも電話のことは一切思い出せない。

そこで、電話と手紙について、とりとめもないことを書いて見る。

結論からいうと、私は電話はきらいである。

電話は、当り前の話だが、突然かかって来るからきらいである。電話がかかって来たとき、こちらは空間的に肉体的に精神的にそれを受けるにふさわしい状態にないのに、一方的にかかって来るから気にくわない。

むろん会社とか事務所とか診療所とかは、電話のために坐ってるようなものであるし、とくに電話受付係でもいれば別であるが、ふつうの家庭では、何も一日中だれかが電話の前に頑張っているわけではない。家の者はそれぞれ庭の花壇の手入れをしていたり、玄関で来客と話をしていたり、トイレに入っていたりするのに、何の遠慮会釈もなく気ぜわしく呼びたてる。それで息せき切って駈けつけたとたん、向うから切れたり、株や小豆相場の勧誘だったり、ひどいときにはまちがい電話だったりして、「すみません」ともいわないで、「あ」といったきりガチャンと切る馬鹿がある。

とくに私などには、よく電話アンケートというやつがかかってくるのだが、こちらは——かりに、の話だが、例えば或る女性との手切金の件で大いに悩んでいるときに「試験管授精がイギリスで発明されたそうだがどう思うか」と来る。こちらが子供が高熱を出して騒いでいるときに「ミノベさんとハタノさんはどっちが何十％の差で勝つと思うか」と来る。どっちも落ちてしまえといいたくなる。

向うは何日か前に会議できめて、それによって選び出した名簿を机に置いて、次から次へとダイヤルをまわしているのだろうが、こっちはとっさに何の智慧も出るはずがない。原稿が出来なくて、雑誌社と南多摩の拙宅の間を、編集者がひどいときには数枚ずつの原稿を持って汗だらけになって往復している真最中に、「こんどの医者のストは」——世人は保険医辞退を一種のストだと誤解ないし正解している——などいって来ると、「そんな医者の家には火事が起っても消防署は知らん顔しておれ」とどなり返す破目となる。

それに、電話だと、誤解も起る。いつぞや、夫が出勤したあと、社長の車が近くで事故を起したからといって、主婦から金を取って回った詐欺があった。これをどう思うか、と電話できいて来たから、

「そんな事件はめったに起るものではない。一%だまされたからといって、九十九%人を疑うような女性になって欲しくない」

と、答えたら、

「女は九十九%だまされる馬鹿である」

と、小生が答えたと女性週刊誌に出ていたことがある。（あるいはこれも正解か？）

もっとも私の場合は、午前中電話が来ると家人が「まだ寝てます」という。午後来ても「昨晩徹夜したものですから、まだ――」と答える。夕方かけると「夜仕事があるものですから、早目に寝てしまいました」ということになる。

「いったい、いつかけりゃ生きてるんですか？」

と、悲鳴をあげた人があったが、右のことは正真正銘、ほんとのことなのだからいたしかたがない。

それになお悪いことには、電話の依頼は、はじめにあげた例のように酔っぱらって

いなくても、正気のときでも、小生はしばしば忘れてしまうのである。——それで思いだしたが、いつか原教授からも医者の雑誌にご依頼を受け、東医の学生さんからも何か原稿を頼まれたことがあったが、甚だ申しわけない話だが、それもきれいサッパリ失念してしまって、思い出したのは、はるかあとになってからのことであった。

右のごときまちがいや困惑は、手紙なら起きない。手紙なら、もらってあわてるということもないし、見て、考えて、返事する余裕も出来る。

そんな悠長なことはしていられない、という人があるかも知れないが、それはそっちの都合であって、こっちの知ったことではない。第一、世の中に、そんなに急ぐ用件は——文字通り救急の場合のお医者さんと消防署をのぞけば——ちっともあるはずがない。

それでも、手紙は次第に少なくなってゆく。何の用件でも電話ばかりになる傾向はどうしようもない。郵便屋はダイレクト・メールの運搬人と化した観がある。商売が繁昌し過ぎて迷惑顔をするのは、官公の企業と医者と作家くらいなものだが、郵政省がしぶい顔をしてブツブツこぼすのもむりはない。

みなが手紙を書きたがらないのは、やはり悠長という点より、面倒臭いせいであろうと思われる。とくに文章を書くのが億劫なせいであろうと思われる。

いや、まったくその通りで、ここで日本語の問題につき当る。おまえは文章を書くのが商売だから何でもないだろうが、といわれるかも知れないが、それを商売にしているからこそ、日本語とは難しいものだなあ、としょっちゅう嘆息している。

例えば――「おい、飯を食いにゆかんか」と誘うと、「結構です」と答えられたときはノーで、「結構ですなあ」というとイエスの表明になるが、無意味な「なあ」がくっつくか、くっつかないかで反対の意味になるなんて、そんなおかしな国語があるだろうか。「留守」という言葉を広辞苑で引いて見ると、①主人の他行中その家を守ること。②他行中で家にいないこと。と、在不在まず正反対の意味がある。

かくて政治家が何か悪いことをすると、「不徳の至りでまことに遺憾である」と、ひとごとのような言葉を吐いて、全然不徳とは思っていないデッカイ面の上空を吹き過ぎさせてしゃあしゃあとしているということになる。(このことは本人も充分承知しているから、最も国民を馬鹿にしているという挑戦的表現でもある)

また、「考えておきましょう」というと、東京では文字通りその意味の場合が半分以上はあるが、大阪では完全に拒否の意味となる。政治家の「慎重審議」は関西風の使用法で、以上いずれも日本語のあいまいさを悪用している例である。

これを日本語のニュアンスと称するが、平時ならばともかく、明快と敏速を至重至大とする国家の大事の場合には——チャーチルが「日本人は日本語を使っているかぎり戦争には勝てない」と喝破したのもむりはない。現実に、太平洋戦争直前に日米交渉において、外務省と在米大使館との暗号連絡を、「マジック」で全部解読したと思いこんでいたアメリカ側が、この日本語のニュアンスもしくはあいまいさを誤訳して、どれほど日本側の真意について悪印象を持ったか、測り知れないものがある。

もっとも世の中で、「それは誤解だ」と人がいう場合、その半《なか》ばは実は正解であり、その半ばは聞く方が自分の都合上故意に誤解のふりをしているのが常だから、右の暗号誤読がなくっても、やはり太平洋戦争は起ったことはまちがいない。ルーズヴェルトが、しゃにむに日本をこの際叩《たた》きつけておこうと決めていたのは、不動の方針であったからだ。

それから、何より難しいのはやはり漢字である。私なども二十数年売文を業としていて、一夜に何度辞書を引くかわからない。それが、たいてい漢字である。

小説の雰囲気の都合から、どうしても漢語の味やひびきに拘《とら》われるところがあってふつうの文章より、やむを得ず多目になるせいもあるが、ふつうの文章だって、例えば県の名でいうなら、愛媛、埼玉、栃木なんて字は、そらで書く自信がない。

昔の国名なら（私の場合大いに必要なのだが）播磨、因幡、伯耆、周防、讃岐など、字引でたしかめなければすこぶるあやしい。

現在、東京の町の名でも、荏原、葛飾、恵比寿、吾嬬橋、厩橋、茗荷谷、石神井、茅場町、蠣殻町、稲荷町、荻窪、砧町など、全然手紙の宛名を正確に書く自信がない。——こういうことは万般にわたる。

こんな国語があるだろうか。私など、いいかげんな字を書いておくと、印刷所で直してくれるから——というより、そんな変な活字は印刷所にないから——何とか勤まっているに過ぎない。たいていの作家がそうではないかと私は思っている。

文芸家協会は漢字制限に反対のムードがあるし、それぞれの地名に関係のある人々も、新町名に反対の傾向があり、それぞれ大いに理由はあるのだが、やはり漢字は可能なかぎりなくしてゆく必要があると思わないわけにはゆかない。それでないと、また戦争をやっても負けます。

といって、カナモジばかりにすればいっそうわけがわからないし、要するに日本語そのものがよくないので、こうなるとどうしていいかわからなくなるのだが、現実のこととして、みな手紙も書けないから電話をかける。電話だけで用をすますから、いっそう手紙が書けなくなる。こういったことから、かえって日本語の変革が可能となってゆくかも知れない。

そういえば、医学用語も漢字にするとメチャクチャに難しい文字だらけだが、いまでもそれでやっているんですかなあ？　それでいてろくに手紙も書けない医者も多いんだからわけがわからない。

クレムリンの宝物

これ一点という秘宝ではないが、七年ほど前モスクワにいったとき、クレムリン宮殿の中の宝物殿？　を見物したことがある。ヨーロッパでそのたぐいのものを見たのはそれがはじめてであったので、一番強く印象に残っている。

入るのに、ロシア人とともに大行列させられ、スリッパの代わりに、靴に布製の大きな足袋をはかされる。だから見物人はみんなまるでポパイのように見える。

さて、その広壮な大理石の宝物殿に陳列された中世期以来の武器や壺や皿や花瓶や食器や祭具や十字架その他の工芸品、はては鞍や馬車のおびただしさ。

いったい私は、ゴテゴテ趣味はきらいな方ではないが、それにしてもこの何万点とも知れぬクレムリンの宝物のゴテゴテ趣味にはウーンとうなった。

そのほとんどが金銀と宝石にちりばめられ——ちりばめられているというより金銀

と宝石そのものから出来上がっており、しかもその細工の徹底した執拗さ。はじめウーンとうなったのが、やがてウンザリとなり、はては助けてくれと叫び出したくなり、見物の途中でそこらの椅子に腰を下ろしたくなる。

いったいここだけで、しかも例えば真珠だけでも何千万粒あるだろう、そういいたくなるくらい圧倒的な、非常識な、嘔吐を催したくなるほどの量であった。

さて、ここで記念の絵ハガキを売っているのだが、この絵ハガキたるや戦争中の日本の絵ハガキもかくやと思われるほどの粗悪なものである。

この絵ハガキと、モスクワの摩天楼的ホテルからちょっぴり失敬して来た――三度ふくと出血することは請け合いの――トイレットペーパー、この方が、ソ連土産の宝物になるかもしれない。

無題

自分の顔はわれながら不愉快で、顔を洗うときもろくに見たことがない。

顔の影響なんか、顔の見える範囲だからまあ助かると思っていたら、このごろは政治家も顔が当落にかかわるのみならず、作家まで男前じゃないと本が売れないというありさまになって来て、笑いごとではなくなった――と、憮然としているのが、この顔である。

風化の果て

まったく夢のような話だが、私は小学、中学を通じて、学校では一番絵がうまかった。いま私の右手の中指人差指には大きなペンダコがあるが、これは大人になってから小説を書いたためでなく、少年時代絵ばかりかいていた名残りである。その証拠にそのペンダコは小説など書く以前からあった。

冗談でなく、いまのような泰平の時代であったら、私は美術学校を志したかも知れない。いかんせん、当時は支那事変から太平洋戦争にかけての戦争時代で、絵どころの騒ぎではなく、一番きらいな医者の学校に入るという破目になってしまった。

戦争は、一人の絵画の幼い天才を芽のうちに葬った——といいたいが、実はおかげで何やら助かったような気がしないでもない。一流の才能以外は存在価値がないという世界はたまらん。

だいいち天才なら、どんな環境でも描かずにはいられないだろう。ところが私は、中学を出てからまるっきり絵から離れ、そしてそのまま二十数年が経過した。今では、現代美術の世界など、まるで風馬牛である。

しかし少年時代身につけた芸は、わりに長く潜伏しているものである。やはり小学生のころ夢中でやったピンポンは、いまでも中学生の息子に負けないほどである。だから私は絵をかかせれば普通の人よりうまいはずだと、ずっと以前からうぬぼれていた。

ところがである。もう何年か前になるが、酔余新宿二丁目のヌード写生《しゃせい》屋に入って、悪友四、五人とデッサンを試みたところ——ヌードの女の子が、あとでそれを一枚

一枚点検して、

「あんたがいちばんヘタね」

と、笑って私に宣告した。

むろんデッサンなど名目で、ヌードの女を見せるのが目的の怪しげな店であったが、私はそんな色情など遠く脱却して、ひたすら芸術心のみに燃えて描いたものであったから、しかもその裸の女の採点はまさにその通りであったから、正直なところ愕然とした。

それからまたずいぶんたつ。

こんど三十数年ぶりにこの水彩画を描いて見て、自分が絵のかきかたを完全に忘却していることを知った。さすがに絵は、ピンポンよりも高級な技術であって、やらないとてきめんに錆びついて、風化して、消滅してしまうものであることもつくづく知った。

実は、自分の小説の挿絵も、こちらがいいと思う人はだれでもいいと思うらしく、たちまち流行ッ児《はやりこ》になって絵がぞんざいになるので、だいぶ前から、もう小説を書くのをやめて、二、三年絵ばかり練習し、自分の小説の挿絵は自分でかこうかという大それた野望さえ抱きはじめていたのだが、イヤこれはダメだと完全にそんな馬鹿げた考えは放擲した。

とにかく、私はまあ空想力はある方だと思うけれど、空想裡のものを絵として描くような能力はない。現実にあるものを何とかデッサンするよりほかはない。かくて――私の野望を絶った絵がこれである。春のわが家である。

これも同じ絵を何枚かかいて練習すればもう少しマシなものになるだろうが、いずれにしても大したものになるわけはないので、ただ一枚日で御免蒙《こうむ》った。

引出しの中

仕事机はナマイキに座机とデスク式と二つあって、近年腰痛を病むようになってからは後者を使っている。それで、それ以前二十数年使っていた座机のほうの引出しの中を見ると。——

人間にはだれでもズボラな一面とキチョーメンな一面がある。両方なくては、生きてはゆけない。

終戦の匂いが残っている時代にあつらえた座机を、まだ平然と使っていたのが、私のズボラなほうの例だが、さてこの文章を依頼されて、考えて見ると、その引出しの中をいまだかつて掃除したおぼえがない。何度か引っ越しをしたはずなのだが、それでも机の中の整理をした記憶が一度もないのだから、ズボラもまたきわまる。

それで、それをのぞいて見ると、とにかくメチャクチャだ。

毎日の仕事に必要なものは全部机上に置いてあり、ここには、そんなに必要のないもの、それでいてちょっと取っておく必要があると考えたものが放り込んであったのだろうが——それをいちいち書きならべようとしても、この欄では書き切れない。

とにかく、その雑物の中で変なものをあげると、「大東閨語」と「ガミアニ」の袖珍本《ちんぽん》が出て来た。たしか二十年ほど前ある編集者からもらったイボつきサックが出て来た。昭和二十一年のムーランルージュの一党が出演している「新宿座」なるもののプログラムが出て来た。それからＢ29がバラまいたマリアナ時報なるものが出て来た。

これはやはり私の歴史である、と感じるところがあった。

書斎の机の、あまり事務的に使っていない引出しは、そのあるじの膀胱に似ている、とも考えた。その内容で全身がわかる。

四十年ぶりの手紙——奈良本辰也先生へ

先生が京大を出られて、すぐ但馬《たじま》の豊岡中学に御赴任になったのは昭和十三年のことで、それから十四年にかけてわずか十ヶ月足らずのことだったそうですが、私には印象が強くてそんなに短い期間であったとは思われないのです。

とにかくわずか十ヶ月間のことで、しかも教えるほうは相手が何百人かの生徒ですから、ふつうは一々憶《おぼ》えてもいられないのは当り前ですが、生徒のほうも、当時の中学五年間に、新しい先生を迎えること十何人かに及ぶでしょうから、その新任の挨拶の風景など、これまた一々記憶がないはずなのに、ふしぎに奈良本先生の場合は、それだけハッキリ憶えているのです。

広い校庭に集められた全校生徒の前のお立ち台に立って、大テレにテレて、ニョゴニョゴと何かいい、ペコンと頭を下げられたお姿を——いまの先生から考えると笑い出さざるを得ないのですが、なにしろ大学卒業のホヤホヤだから当然です。それはまさしく大学生そのものでありました（お互いに、若かったですなあ！　もっとも私のほうは中学三年でしたが）。

さあ、その先生が、教壇に立つと、まるで処女が駿馬に　変したかのよう。教壇を右から左へ、左から右へ、絶えずカッポしながら、

「おれはこんな田舎中学に来て、実にツマラン！」

という言葉が、あいの手のごとくはいる。人間より牛のほうが多いのじゃないかと思われる但馬国の中学生は、ことごとく毒気をぬかれて、唖然として見まもるばかりでありました。

先生はその但馬での十ヶ月を、漱石の「坊っちゃん」然とした生活だったとおっしゃいましたが、まったく当方は松山の「そんなことは知らんぞなモシ」的中学生で、たちまちアダナをナラポンと奉った。

しかしこれはタチのいいほうのアダナです。中にはチンポにオメコ、インキンなんてひどいアダナの先生もいられましたからな。先生の颯爽《さっそう》ぶりが、どうしてもナラモトじゃなくてナラポンといいたくならせたのでしょう。

あのころの中学の先生には、高師出と大学出と二種類ありましたが、そのちがいが、

出身校を知らなくてもわかりました。一般に、前者は、よくいえば律気で厳格で、悪くいえば陰性でウルサイ。後者は、よくいえば清新で自由で陽性で、悪くいえば少々投げやりなところがありました。いまの私から見るとどっちのタイプの教師がいいのか、かえってわからなくなっておりますが、とにかく当時の生徒の人気は、大学出の先生のほうが圧倒的でした。

中でもナラポン先生は、清新と自由と陽性のシンボルに見えました。

私はそのころ勉強よりも絵がトクイな課目だったんですが、よく授業中、先生の漫画とも似顔絵ともつかぬものを書きました。その中の一枚など極めて上出来で、いまでもあれをとっとけばよかったな、と、惜しい気がするほどのものでした。――その顔は、ちょっとアラカンに似ておりましたよ。むろん、いまのおかしげなアラカン氏じゃありません。あのころの、颯爽たるクラマテングのアラカン氏です。

ところで、そのアラカンで思い出したのですが、当時の中学生は映画を見ることが厳禁でした。映画館に出入したことが知られると、たちまち停学ないし退学処分を食いました（その哀れな中学生たちは、数年後その数多くが戦争に追いやられて死んでいったのです）。だから昭和十年代に中学生だった連中は、そのころのバンツマもアラカンもみな知らないはずです。それを小生が知っていたというのはつまり映画を見ていたということで、これはまさに決死の冒険でした。

　それを私はやりました。もっと悪いこともやりました。実は私は、中学一年から二年に上る春、母を失いまして、父は五歳のとき亡くなっていますし、当時の頭で、人生の目的というやつを失っていたのです（考えてみると、いまでもありませんがね）。同様の運命にある者すべてが不良少年になるというわけじゃないから、元来不良性があったのでしょうが、それが中学三年ごろから、ヤケのヤンパチといった形で現われて来たのですな。

　先生にとっての豊岡時代は愉しき「坊っちゃん」時代でいらしたようですが、小生にとっての中学時代は、いま想い出しても心が暗くなるような――「わが人生闇黒の十年間」と大袈裟《おおげさ》にみずから呼んでいる時代に、スッポリはまりこんでおりました。

　そんな時代に、実は私は、奈良本先生に対して、先生の御存知ない御恩があるのであります。

　さっき、大学出の先生は投げやりなところもあった、と申しましたが、先生は、授業には決して投げやりじゃありませんでしたよ。歴史の試験の答案に、箇条書きで書くのを拒否され――そのほうが採点上ラクなはずで、その極端な形がいまの○×式ですが――歴史の答案は、一貫した文章で書け、と、何度もおっしゃいました。

たとえば、「関ヶ原の原因について」という問題に、「一、家康の野心。二、三成の反抗……」なんて具合に書いてすましているのは、歴史の答案じゃない、といわれたのです。

ところが、がいして中学生は、一貫した長い文章をベタで書くのが甚だニガ手なのです。

そこで、何度か小生の答案をモハンにとりあげられ、「歴史の答案は山田のように書くものだ」とホメて下さいました。

人間、ホメられたことは幼年時宙返りして頭をなでられたことも憶えているもので可笑《おか》しいのですが、こういうことが「闇黒時代」の私にとって、ほとんど唯一といっていい支えになったことは事実なのであります。ずいぶん申し遅れましたが、四十年後に、改めてここでお礼申しあげます。

さて、あれからなんと四十年たちましたが、一見したところ、四十年前とあまり変られないお元気な先生を、ときどきテレビで拝見してよろこんでおります。——と申したいのですが、承われればさきごろ御病床につかれたこともおありになった由。あとで聞いて心配しておりました。しかしどうやらめでたく御回復になったそうで、心からうれしく思っております。ただ、お酒だけはこれからはお気をつけ下さい、と、これも小生が申しあげるのはおかしいのですが。

たった一枚の写真

昭和四十二年の夏のある日のことである。

きいたことのない何とか映画の何とか氏が現われて、小生の家の庭で八ミリカメラのコマーシャルを撮影させてくれないだろうか、という話であった。

実はその数年前、コーヒーのコマーシャルの撮影場所を頼まれたことがあって、好奇心もあってつい承知したら、いざ撮影となったら十数人やってきて、部屋にも土足であがり、じゃまな立木は切る——というのはオーバーだが、まあそんなけんまくで仕事され、ホトホト、コリた経験があったので、一言のもとにことわろうとしたのだが、

「モデルは扇千景さんですが」

という言葉をきいて、君子たちまち鼻の下を長くして、「それじゃあ、いらっしゃ

い」ということになった。

そのころの扇千景さんは花の盛りで、女優中でも美貌という点では屈指の人であり、それより私は、以前から旦那さんの扇雀《せんじゃく》丈のファンでもあったからだ。

ちょうどその日は家内が不在で、家には私一人であった。

さて、例によって十数人おしかけてきて一騒ぎとなったが、私はコーラや氷水をテラスに出したり、応接間に三面鏡を運んで、「ここを扇さんの着換え室にして下さい」と教えたり——私の家にくる編集者の諸君がきいたら、眼をパチクリさせて呆れ返るにちがいない。

　しかし、暑い長い夏の午後、烈日の庭で、扇さんはついに一滴の水もとらなかった。きいてみると、何でも水を飲むとロケの際など困ることがあるので、そういう習慣をつけたのだそうで、女優もフクじゃない、エライもんだ、と感心した。

　さて、その騒ぎの最中に、庭をウロチョロしてとったのがこの写真である。

たしか富士フイルムの、「わたしにもうつせます」というスポットのコマーシャルだったと思う。案の定、十数秒のスポットに、午前中から夕方までかかった。

さすがの私もアキアキして、二階で本を読んでいたが、そのうち、「お疲れさん！」とか何とか、やっと撮影が終ったようなあんばいで、「すみません、ちょっとお電話貸していただけないでしょうか」というだれかの声が、庭からかかった。

「それじゃ電話を応接間のほうに切り換えますから」と答え、二階からかけ下りた私は、そのままうっかり応接間のドアをあけた。――そこを扇さんの着換え室にするなんていったことを、私はすっかり忘れていたのだ。

そして、見ちゃったのである！　のちの参議院議員林寛子女史の、お召し換え中のお姿を。――

あとになってみれば、そのほうの写真をとらせていただいたほうがよかったと思うが、それはあとの祭り。

ねぼけて降りた駅

……五、六歩歩いて、ふっと目がさめた、私は見知らぬ小さな駅の、屋根もないプラットフォームを、ひとりふらふら歩いていた。はっとしてふりかえると、汽車は煙の輪をあげて、遠い山影へ消えつつあった。

古い話である。たしか敗戦の翌年くらいの冬だったと思うが、私の一生で、寝ぼけて夢遊状態で汽車を降りたのは、あとにもさきにもこのときだけである。

子供ではない。私はれっきとした医学生で、冬休みになったので故郷の但馬へ帰省の途中であった。それがこんな夢中遊行をやったのにはわりがある。

当時の汽車は、車内あらゆる空間が、立錐《りっすい》の余地もない、という形容が形容ではなかった。私はデッキにリュックを背負って立っていたのだが、そのリュックがじゃまな背後の客がむりにそれをはがしとり、あっというまにリュックは手送りで車内に運びこまれてしまったのである。

私は仰天して、それを追っかけた。——が、立錐の余地もない車内だから、なんと座席の背板の上を、網棚《あみだな》につかまりながら渡っていって、やっとつかまえたのだが、そのまま下りられなくなってしまったのだ。

そしてそのままの姿で——前日の夕刻六時から京都着の朝の五時まで（当時東京から京都まで十一時間かかったのである！）鳥のごとく背板にとまっていたのだ。そして京都から山陰線に乗りかえたのだが、疲労こんぱいのあまり、すぐに寝入ってしまったらしい。

その駅は、京都から十駅目くらいの「胡麻《ごま》」という妙な名の小駅であったが、むろん私とはなんの関係もない。それまで名も知らなかった山中の小駅である。

正気に戻ると私は、汽車が自分のリュックを持っていってしまったことに仰天した。そのリュックの中には、東海道線で食うことが不可能だった握り飯と、講義のノートと、いま失ったらもう手に入れることのできない医書がギッシリつまっている。——

駅長に相談すると、駅長は呆れたように、「なんでまた用もないこんなところに降りなはったのや？」といった。それが自分でもわからない。あとで思うと、私は眠っていて、傍の人が下りたのでそれにつられて、半睡のまま行を共にしたのではなかろうか。そして駅長は、そのリュックは途中盗《と》られなけりゃ下関までいってしまうだろうと、無情にいった。

さて、次の汽車に乗ろうとしても、そのあたりではもはや人満員で、デッキにとりつくシマもないのである。結局私はその山中の小駅で翌朝まで過したのだが、食うべき弁当はすでになく、一日二夜の空腹をかかえて、寒風吹きこむ待合室で、ひとりストーヴに薪《まき》を燃やしながら一夜を明かしたのであった。

忘れられないその「胡麻」という駅は、いまでもあるのだろうか。

エダマメと色紙

赤《あか》っ恥《ぱじ》とまではゆかない。青っ恥くらいの話だが――

人間、一生に恥はいろいろかくけれど、質ではなく数から言えば、やはり物知らずによることが多いのではあるまいか。

もっとも、人間は森羅万象《しんらばんしょう》すべてにわたって知ることはできない。あることを知っている人間から見れば、それを知らない人間は噴飯《ふんぱん》の至りだろうが、なに、その人だって知らないことは山ほどあるのである。

そうは言うけれど、やはりあとになって、そうか、そうであったか、と、ひそかに赤面することは、今でも何度かある。

その中で、これはひどいとわれながら恥じいったことを二つ、三つ。

最近、ある小説に、ヘボン式ローマ字で有名なヘボン博士の愛弟子《まなでし》の娘が、「その胸の中はイエス・キリストとマリアさまで満たされていた」という意味のことを書いたら、読者から、「ヘボンはプロテスタントである。プロテスタントが信仰の対象とするのはイエス・キリストだけで、マリアはただキリストの母というだけの存在に過ぎない」という注意を受けた。

これもキリスト教についての私の無知から発したことで、クリスチャンの人々から見れば噴飯以上のことにちがいない。

これなどはまだいいほうで、じつは私は最近になるまで、エダマメが大豆《だいず》であることを知らなかった。

あのビールのツマミにするエダマメ、あれが昆布《こんぶ》をいっしょに煮《に》るとうまい大豆、節分《せつぶん》のときにまくあの大豆と同じものとは知らず、まったく別の種類の豆だと思っていたのである。

それが畑など見たこともない最近の都会育ちなら知らず、私などは戦前の田舎《いなか》生まれで、大豆など田圃《たんぼ》や畑の畦《あぜ》にずらっと植えられている風景を見て育ちながら、それが青いうちはエダマメと呼ばれるものであることを知らなかった。

「へーえ！　エダマメと大豆は同じものだったのかぁ！」

それと知ったとき私は奇声を発したが、大ゲサではなく、これは私の近来の驚愕事の一つだったと言っていい。

それから、私の無知の例に色紙というものがある。

私のようなものでも、ときに色紙を突きつけられて何か書けと言われることがある。

さて、この字を書くということが難題である。

なるほど原稿に字を書くのが商売ではあるけれど、それはぜんぶ活字に変えられて世に現われる仕掛けになっているので、その字がナマのまま人の眼にふれることには当惑する。ましてや墨と筆とあっては――

作家で、恥ずかしくもなくそういうことが出来たのは明治期までだろう。漱石《そうせき》も手紙は墨で書き、鷗外《おうがい》に至っては原稿まで筆で書いている。どっちも高雅《こうが》あるいは蒼古《そうこ》な筆づかいだ。しかし私など六十半《なか》ばになるが、それでも墨筆で書くなどということは、小学校時代のお習字の時間だけだった。

だから筆を持って書けば、小学生同然の文字となる。――これは、私ばかりではない。新潮社のP・R誌「波」の表紙は現代作家の筆跡で飾っているけれど、拝見したところ十に九は、ひとごとながら「これでまあ」と憮然《ぶぜん》とせざるを得ないしろものである。

むろん、私はそれ以下だ。字を書くだけでこれにまさる赤っ恥はない。だから、色紙を突きつけられても、税金の申告書を突きつけられた以上に恐怖して御辞退申し上げることにしている。

ところが、人間、首尾《しゅび》一貫《いっかん》して、同一のことに対して同一の態度で応じるということはできないもので、何かのはずみでヒョイと別な反応を示すことがあるのである。

あるとき私は、すずりと色紙を持ち出されて、たまたまホロ酔い機嫌《きげん》であったので、うっかり筆を手にしてしまう羽目《はめ》となった。

色紙などというものを、つらつら、まともに見たのもそれが初めてである。見ると、一面は金ぶちに金粉が振りかけてある。ひっくり返してみると、こっちもさも書いてくれといわんばかりに真っ白だ。いつも何気なく見ている色紙は、どうもこっちに字が書いてあったような気がする。

しかし、それではなぜもう一面に金粉がちりばめてあるのだろう？　ただ壁に伏せてしまうだけなら、何もわざわざ金粉仕立てにする必要はないじゃないか。

そうだ。こっちに書くにちがいない――と、私は金粉のほうに何か書いた。が、どうも何かひっかかる。――少し考えて、私はひっくり返して白いほうにも書いた。

つまり、裏おもて双方に悪筆をふるったのである！

――このことは、あとになってどうも気にかかり、何かで調べた。その結果、ふつうには白いほうに書くのだが、自分より目上の貴人などに書いて差し上げるときは金粉のほうに書く、ということを知った。

私もはじめて知ったが、しかしそんなことを知っている人が、いまごろそんなにありますかねえ?

そうは言うもののこの世には、裏おもてどっちにも書いてある色紙の珍品と、私の赤っ恥の記憶だけが残されたのである。

けむたい話

漱石と弟子の森田草平がレストランにはいった。食事後、二人がタバコに火をつけると、となりのテーブルにいた西洋婦人たちが、ながれてくる煙に顔をしかめて、こちらをむいて非難の声を投げた。草平がそのことを漱石に告げると、漱石は、「ありゃアメリカの女だろう。イギリスじゃいいんだよ」といって、平気な顔でタバコを吹かしていた。……という挿話が草平の想い出のなかにある。

明治末か大正のはじめのころの話だと思われるが、いま同様の場面におかれたら、漱石先生も平気な顔ではいられまい。

現代の禁煙運動の嵐？　は、むろん健康上の問題が理由だが、その風もとはアメリカにある。八十年も昔から、アメリカ人はそんな徴候を見せていたのか、と思う。

だいたいアメリカ人というのは明朗寛大な国民性なのに、ときどき途方もない狂熱に憑《つ》かれることがある。禁酒法などがその例で、このごろの禁煙運動もそのデンだろう、と横目で見ていたら、だんだん運動がほんものになって、最近は航空機の国内線はすべて禁煙になったという。

それが日本にも及んで、いまどこかへいってタバコをとり出そうとすると、どこでも目の前に禁煙の札がぶら下がっているような感じがする。

公共の場所ばかりじゃない。さきごろも私は甲州を旅していて、あるそば屋にはいった。それはホントにホントのそばを客に提供するために、わざわざ東京から甲州の畑のなかに移転したという有名なそば屋で、出すのはもりだけ、これを客たちは粛々とおしいただいて頂戴するのだが、さて賞味したあとふと壁を見たら、「禁煙」と書いてあったので驚いた。

——これなんか、少しやりすぎじゃあないでしょうかなあ?

とにかく私みたいに呼吸の代りにタバコをのんでいる人間には当惑のきわみで、日本人は徳川家康のころからタバコをのんできたんだ、といいたくなるが、タバコは肺ガンの元凶である。のむ当人は自業自得として、はたの人間にもその害毒を及ぼす、と切口上でいわれればグーの音も出ない。

医者のすべてがそうタイコ判をおすのだから、その論にはあまちがいはあるまい。それでも——かくれ切支丹がマリア像にたく香煙のごとく、自分の穴のなかで紫煙をけぶらせつつ、強情な私はなおあれこれと考えるのである。漱石はそのけむりを「哲学のけむり」といった。

ほんのこのあいだまで、紫外線は健康のもととして日光浴が奨励された。ところがいまでは、紫外線はヒフを老化させ、それどころかヒフガンの元凶であるという。また、ほんのこのあいだまで、はげしい運動中に水をのむのはかえって体力を消耗させるとして禁じられていたが、いまではそれは脱水症状をひき起すといって、マラソンでもコースのいたるところにドリンクが用意されている。

日常の健康法のみならす、病気の治療法でも、たとえば昔は肝臓病に蛋白質はいかんといわれていたが、いまは蛋白質を多く与えたほうが回復がはやいといわれている。また肉のアブラミはコレステロールのもとと長くいわれてきたのに、このごろはアブラミこそコレステロールを溶かす作用があるという説が出てきた。その他治療法が逆転した例はほかにも数々ある。

昔の名医が、そのころの「医学的迷信」を大まじめに確信して、おごそかな顔で治療にあたっていたのを思うと可笑しい。

現代ではそんな医学的迷信は一掃されたかというと、この種の迷信はいかなる宗教よりも人をとらえやすいとみえて、いまでもいろいろとかたちを変えて出没する。脳下垂体移植とか紅茶キノコとかクコ茶とか、そんなに効くならいまでもどこかでだれかやっていそうなものだが、ほとんど一、二年の流行で、たちまちあとかたもなく消滅していった。

いわゆる健康雑誌の広告など見ると、この世のありとあらゆるものが健康法の材料になっているようだから、それなら私だって、タクアン健康法、サツマイモ健康法、コンニャク健康法なんて本が一冊ずつ書ける、と笑ったことがある。

好ききらいは別として、栄養学的にはまったく無価値な例をあげたつもりであったが、さてその後タクアンにはヌカのビタミンBが、サツマイモにはビタミンCが、コンニャクには整腸作用のあるグルコマンナンというものが豊富にふくまれているときかされて、わけがわからなくなった。

かと思うと、ホーレン草は鉄分をふくんでいるから身体にいいときかされてきたが、シュウ酸カルシュームもふくんでいるので結石を作りやすいといわれ、ふだんあまり水分をとりすぎると消化液がうすまるという医者があるかと思うと、水分は結石を小さいうちおしながすから、できるだけたくさん水をのめという医者もいる。

要するに、人事すべてのごとく、食物でも健康法でも、ひとつのプラスあればひとつのマイナスあり、あちらを立てればこちらが立たず、ということがあるらしい。

……というようなわけで、何がドクで何がクスリなのか、知れたものではないのである。

そこで、です。タバコにも何か効用はありはしないか。

タバコは実はかくかくの作用があって、当人や他人の健康は害するけれども、遺伝的には天才や美人を生むことが多い、なんて新説が将来出てきやしないか。

など、頭をひねるのだが、やっぱりダメですか。

そこで、ヤケクソでまた考えるのである。タバコを禁じて肺ガンが減少すると、この世はみるみるぼけ老人で充満するようになるぞ、この地球上に、いままでどころじゃない、救いようのない地獄がはじまるぞ、それを承知でタバコのみを弾圧しているのか、と。

タバコのみの最後っぺか。

柿とり器

私の家には、柿の木が、シブ柿と甘柿が一本ずつあって、実《な》る年には百個くらい実をつける。

それを毎年、少年時代を思い出しながら、先端を割った竿でとるのだが、ことしその竿を紛失してしまい、困ったなと思っていると、家人が近くのスーパーから、柿とり器なるものを買ってきた。

いまの東京に、それほど柿の木がある家が多いとも思えないのだが、町のスーパーでは、そんなものまで売っているのかと私は驚いた。

三メートルほどの細い金属棒の先端にハサミがついて、それが手もとの操作で開閉するしかけにも感心したが、そのケラ首にビニールの紐で編んだ籠までとりつけてあるのには、いよいよ感嘆した。

ハサミで柿をちょん切ると、柿はその籠のなかにころがり落ちる。まるでギロチンだ。

シブ柿の場合、これにショーチューをちょっとつけてビニール袋にいれておくと、数日後、実にうまい甘柿に変るのだが、柿にちょっとでも傷があるとダメになる。そこで竿で柿をもぐとき地面に落してはいけないので、もう一人が下で、コーモリ傘をひらいて受けとめるなんて漫画的光景をくりひろげていたのだが、こんな風に籠がついているとそんな心配はない。

これでたった二千円なのである。

こんな柿とり器をいったいどういう人が発想したのだろう？　こんなものでも、作るにはある程度の機械が必要だが、その機械を作るのも一仕事だ。

そうたくさん売れるとも思えないこの製品を売りこむにも、またスーパーのほうで仕入れるにも、おそらくしかるべき年配の男たちが、大まじめで交渉したにちがいない。それらの経過や顔つきを想像しながら、その棒をながめていると、私は滑稽感とともに涙ぐましくなった。

それにしても、こういう商品を作ることにかけては、ちょっと日本人に及ぶ国民はなかろうと思う。

たまに、もののはずみで百貨店の台所用品売場などのぞくことがあるのだが、そこにならべられている新発明の品々を見て、よくまあこんなものを、と、その奇絶怪絶としかいいようのないアイデアに感嘆をほしいままにし、またそれぞれ、あるいはユーモラスな、あるいは大まじめなネーミングに破顔する。

それはそれとして、実はふだん、ふと書斎のなかを見まわして、そこにある建具、家具、道具のたぐいのほとんどが西洋から発生したものであることに、憮然とすることがある。

電燈、電話、テレビ、ラジオ、ステレオ、冷暖房器はもとより、じゅうたん、カーテン、ガラス戸、デスク、椅子、ポット、文房具に至るまで——商売道具の書物だって、内容はともかく製本は洋式のものばかりである。

いまさらのことではないが、日本に独創のないことを嘆じないわけにはゆかない。いや、日本人の独創力もそれほど劣悪ではない、と最近イギリスの科学雑誌がいってくれたそうだが、やはり、ない。奇怪なばかり、徹底的にない。

いまハイテクの先端に立つといわれながら、その製品の原理原形はすべてあちらの原産ではないか。

江戸中期、出島の蘭館医のツンベルクという人が、日本人の知的好奇心は驚くべきものがあるが、発明心というものがまるで欠乏していて、工業も実生活の必要事に限られる、といっているが、その実生活においても、日本人はこれほど雨の多い国に住みながら、靴を作れなかった。これほど雪の多い国に生まれながら、スキーを思いつかなかった。せっかく平安朝に牛車《ぎつしや》なるものを生みながら、馬車に発展させることができなかった。

人はしょせん自分の天性以上には出られない。未来もまた日本人が、世界に革命的大変動を起すような創造力を発揮することはないだろう。

しかるに現実において、その日本人が世界で一、二を争うハイテク大国になったのは、まさに人類の怪事である。

いったい、どうしてこんなことになったんだ⁉

と、首をひねって私は手もとの柿とり器を見る。そして、世界を制覇したのは、まさしくこれだ、この柿とり器の工夫力だ、と、悲喜こもごもまじる涙をハラハラとこぼさずにはいられないのである。

卑弥呼と握り鮨

飽食の宮殿のような百貨店の地下街に立つと、私はいまでもこれは夢を見ているのではないか、ぱっと目をさますと戦中戦後の飢餓世界にもどっているのじゃないか知らん、という妄想に悩まされる。

あれが夢か、これがうつつか。福沢諭吉は幕末と開化の世をくらべて一身にして二生を経る、といったけれど、あれは開化といってもまだ江戸の世であった。一身にして二生を兼ねたのはわれわれのほうであったろう。

信じられないようなことがある。私が握り鮨を食ったのは、なんと二十代もなかばになってからのことであった。

戦前、但馬の田舎町に江戸前の握り鮨なんてものがあったかどうか、私は昭和十年代前半、旧制中学の寄宿舎にいたのだが、そんな食物が世にあるとは知らず、物の本で知ったときにはもう日中事変が始まっていて、そんなものは地上から消えていた。で、握り鮨なるものをはじめて食べたのは、戦後も焼り跡がやや回復したころで、私は二十代もなかばすぎていたのである。

そして、さらに信じられないのは、卑弥呼とか耶馬台国とかいう名をはじめて知ったのも、同じくそのころだったということだ。

戦争中の日記に「天照大神そも何者ぞや？」と首をひねったことを書いているが、魏志倭人伝のことなど、教科書にも身のまわりの本にも片鱗もなかったのである。

私は二十代もなかばすぎて、はじめて卑弥呼や握り鮨に出逢ったのである。ミヤンマーなど笑えた義理ではない。

かんちがいもおっかない

だいぶ以前、新宿副都心ちかくに仕事場としてマンションの一室を借りたことがある。最上階の十四階のいちばんはしっこの部屋であった。

ある日、外出から帰って、その部屋のドアに鍵を入れたが、ひらかない。はてな、と首をひねりながら、十分くらいもガチャガチャやっていたが、どうしてもひらかない。——と、そのうちはっと気がついた。ここは十四階ではない!

あとでわかったことだが、私は九階のいちばんはしっこの部屋のドアをあけようとしていたのである。どうやらエレベーターでのぼったとき、私は何か考えごとをしていて、だれか九階で下りたとき、ふらふら無意識について出て、いつもの通りはしっこの部屋に歩いていったらしい。

一方はドアの行列、一方は手すりの、どの階も同じコンクリートの通路である。

私は頭をかいて、あらためて十四階にのぼった。

おそらく九階のその部屋にはだれもいなかったのだろう。もしもだれかいたら、十分くらいも鍵をガチャつかせていた私は、無事にはすまなかったかもしれない。少なくとも、この行為の弁明はむずかしい。

いま私は多摩《たま》の、ある丘の上の町に住んでいるが、麓《ふもと》の鎌倉《かまくら》街道をへだてて、向こうの丘にニュータウンの建物群が遠望される。

ときどきそこへドライヴして、そのなかの公園や運動場やスーパーの配置など、なかなかうまくできているのに感心するのだが、建物はむろん巨大な豆腐を数十個ならべたような景観を作っていて、よくここの住人が自分の巣をまちがえないものだと、それにも感心する。

いや、まちがえる人はあった。

私のまちがいは何事もなくすんだが、とりかえしのつかない悲劇を生んだ例が、このニュータウンにあったのをおぼえている。

ニュータウンの一棟に住む夫婦のところに客があって、酒を飲んだ。やがて酩酊した主人は客を送って外へ出た。そして帰ってみると、妻以外に見知らぬ男がいる。主人はとがめ、争いになり、主人はその男を殺してしまった。ところがそれは自分の住居ではなく、別棟か別室かの、よその夫婦であったのだ。

　この凶行は泥酔のせいだろうが、根本はかんちがいにあったことはいうまでもない。

　もう一つ、これは多摩ニュータウンかどうか忘れたが、やはり団地に住んでいるある男性が外出から帰って、五階の自分の部屋のドアをあけようとしたが、どうしてもひらかない。それでどこからか建物の外にまわって、コンクリートのひさし伝いに自室の窓をあけようとした。さきほどから玄関のドアをガチャつかせている者があるので警戒していた住人は、驚いてその侵入者を窓からつきはなし、男は五階の窓から落ちて死んだ。それは別棟の同じ位置にある部屋をかんちがいした結果の不幸であった。

　新聞に出たので記憶に残っているのはこの二つだけだが、しかしこんな惨事にならないまでも、団地ではこれに似たかんちがいの例は——私の例もふくめて——おびただしくくりかえされているのではあるまいか。

　人間の行為や考えにはいろいろのミスがある。その原因が誤解、誤認、かんちがい、誤算によるものが少なくない。

　私は、これらの錯誤のミスのなかで、かんちがいがいちばん罪がないと考えていた。かんちがいにはうっかりの要素があり、あとで笑い出すような滑稽感もあるからである。

が、再考するのに、かんちがいがいちばんおっかないとも思われる。人間一生、四時《じ》うっかりしない状態を維持しつづけることはできないし、また気がつかなければトコトンまでいってしまうおそれがあるのは、右の事例が物語る。

III　私の発想法

驚きたがる

あけてもくれても、どうにかして人にイッパイくわせてやろうと考えているのが探偵作家である。この点からみても、文学としてあんまり上等のものではないようだ。尤も、文学の見方にもよるけれど。

そして、なんとかしてイッパイくわせてもらいたいと期待しているのが探偵小説のファンである。探偵小説の面白さは、要するに最後の意外性にあるのだと私は思っている。本格的探偵小説が探偵小説として主流であるべき理由は、途中が論理的であればあるほど、最後の意外性の印象が強烈だからである。はじめからメチャメチャでは、意外もへったくれもない。

むかしの小説の広告などに、「意外！　意外！　また意外！」などいう文句がよく見られたが、どうして人間は意外なことを好むのだろうか。

私は、人間は驚きたがっているのだと思う。しからばなぜ驚きを欲するのかというと、その理由はわからない。健康法に刺戟療法というのがあるが、驚くことが精神の刺戟療法となるのかもしれない。そういえば、老いてもなお若い人は、たいてい驚異の心を失わない人である。尤も、驚き以上に精神を刺戟する怒り、悲哀などが、べつに若返り法になんの貢献するところもないらしいから、この理窟づけは少々あやしい。

ところで、あけくれ人を驚かせる趣向にフーフーいっていて、こちらは全然おどろかないのだからこまったことである。何が起ってもビックリしない精神状態で、三十代にしてシラガがポツポツ出てきたのも、やはりそのせいかもしれない。

尤も、老けることには異存はない。近年、明治の佳き時代とか明治人のバックボーンとかよくいわれるけれど、その明治人は漱石の写真などをみてもよくわかるが、老成することすこぶる早かったようである。ついでにいうが、明治人とはその明治の佳き時代を建設した人々であって、明治の末葉ごろに生まれた人ではないと思う。その佳き時代に貸家札を貼って、後代のわれわれに大いに苦労させたのが、明治に生まれ、現在ただいま大いに若がり、背骨をカタがっている方々であって、それで明治人のバックボーンなどといいばっているのは、イソップの狐か何かのいいそうなインチキであると思うがどうであろう。

さて、毎日、無感動で、たいくつである。ラジオをかければ、きっと女が泣く。それからドラマでは、「生きるって、すばらしいことだわ！」ときっという。何がすばらしいのか、理由はすこぶる非論理的で、コケの感嘆詞だ。新聞をみると、強盗強姦殺人犯がつかまって、「世間さまに申しわけありません。……」ときっという。一人ぐらい、「もういちど絞めてみたい」とか何とかいう豪傑はいないのかとガイタンにたえない。

それより、もっとたいくつなことがある。いわゆる既知の感というやつで、だれか新しい人に逢っても、どんな話をしていても、はてな、おれは前にどうもこんな人に逢ったぞ、こんな話をしていたぞ、という感じがする。これは『徒然草』にもある、ふしぎな、しかしありふれた感覚だが、私ははじめて子供が生まれたときもこの感じになやまされて、閉口した。

産院から電話があって、秋の雨の夜、街燈の灯のぬれた大通りを車をはしらせながら、はてな、おれは前にもこんな経験があったぞ、という気がしてならなかった。むろん、天地神明にちかって、最初の子供である。

本来なら、夜明けのような荘厳な父性愛がユーゼンとわき起って、大いに感動にワナナくべき時にである。これでは、とても他人さまをビックリさせるような探偵小説がかけないのもむりはない。

その無感動な私が、先だって、逆に大いに戦慄させられたことがある。

この冬、一知人が亡くなったのだが、私はその臨終の病床にあつまった関係者の群にまじっていた。

死にゆく人は、まだそれほどの年ではないのに、まるで老人のようにヒカらびて、眼はくぼみ、鼻はとがり、洞窟みたいにあいた口から、うすい喘《あえ》ぎをもらしていた。歯だけが、まるで晒されたように白く、宵闇の中に浮かんでみえた。この状態が、朝からつづいているのである。

いうことはすべていい、泣き声も絶えた。私はふと――いつの日にか、こうしておれも死ぬのだ、という思いにとらえられた。その日、枕頭に十客あり万花あったとしても、真実はこれと変ることはないであろう。そもそも、人が死ぬとき、その人のために純粋に泣くのは、子供の死んだときの父と母、母の死んだときの子供の場合をのぞいてはまずないのではなかろうか。

さっき、たしかにこの人の奥さんが泣いた。しかしその悲哀の半ば以上は、これからの自分自身の運命を思っての悲哀のようだった。小学生の男の子は、困惑しきったような表情でじっとしていた。父の死ぬ悲しみより、まわりのものものしい雰囲気に恐怖しているような様子だった。

私は、ふと、枕頭に異様な倦怠感のただよっているのに気がついた。そう思ってあたまをあげると、ほかの人々も、ただムリに深刻そうな顔をあつめているばかりで、出来ることなら一刻もはやく蒼空の下へのがれ去りたいとイライラしているようである。

男はひとりで死ぬ。

男はだれでもそうなのだ。

そのとき、病人があくびのように口を大きくあけて、息をした。

「みんな、そんな顔をしているけれど、な」

と、細ぼそとした、まのびした調子でいった。

「だれも、こんな工合に、死ぬのだゾ。……」

私は、ギョッとした。倦怠感がさっときえ、名状しがたい戦慄がはしった。みんな、死人になったように硬直した。

私はこんな気味のわるい、迫真力のある遺言（?）をきいたことがない。

「暗い、暗い、太陽を!」とか「あそこの無花果の樹からおれの子供が生える」とか、最後の一句に名作はいろいろあるが、私は断然これにきめた。私は上手な探偵小説が

かけない代り、死ぬとき、是非、

「みんな、そんな顔をしているけれど、いいか、だれもが、こんな工合に死ぬんだぞ。……」

とやって、大いに一同に刺戟療法を加えてやりたいと思う。

わが人物評・高木彬光

たしか大宅壮一氏の「昭和怪物伝」には、作家はひとりも登場しなかったと記憶する。実際、ある種の政治家とか実業家とか宗教家に比べて、作家中にそれほどの怪物性をそなえた人はまれのようだ。なかでも探偵作家は、その作品中に悪を瀉泄《しやせつ》してしまうせいか、本人はむしろ一般以上に家庭的な紳士が多い（もっとも、悪の瀉泄というても、それが職業ともなると、いかんながら大衆料理店のスープのごとく稀薄なのが現状であるが）。そのなかで、やや怪物の匂いがするのは、戦前派では江戸川乱歩氏、戦後派では高木彬光氏である。

怪物は、仕事にしろ遊びにしろ、ともかく精力絶倫である。大きさがある。生活に妖気がある。

高木氏などは、月に千枚かくなどいうこともまれではないらしく、そりゃおれの一年ぶんだと笑ったこともあるが、いついかなる場所でも輪転機のごとく紙に字を埋めてゆくことが可能らしい。実際これからの作家は、あおい顔をして、ふところ手でインスピレーションの到来を待ってばかりいる名匠気質、文人墨客型ではなりたたないだろうと思う。私などからみると、高木氏はいつも砂塵をまいて駆けずりまわっているようにみえる。痛快なくらいよく食い、よく談じ、将棋をやれば先生につき、カメラを買えばヌードにとび、易にこれば自分でも占い、次から次へと——とにかく忙しい男であり、また忙しがっていなければ錆《さ》びつく型の、しかもそれをちゃんと自分で知っている作家である。いつあれだけの量の作品を考え、また書くのか、ふしぎなくらいであるが、マージャンなどしていても、時間がくればサッときりあげて、あとの三人がポカンと口をあけて見送っているのをしりめに駆け出してゆく度胸のよさなどみると、やはりそうでなくっちゃ、と思いあたるものがある。

小説家になるまえに大変生活的に苦労したことがあるそうで、その方面にかけては、私とは二、三歳の年長者だが、実際は十二、三歳の先輩の感がある。処女作「刺青殺人事件」をかいた直後から、少年小説を二十冊とか書くと生食えるということを唱導していたし、また現在はその主力を、映画の原作小説にむけているらしい。まず小説をかいて、それが映画になるのを待つというのではなく、はじめから映画会社を相手に長編書下しを考え、かつ続々それを実行しつつあるのである。いままでのように、中小企業たる雑誌社などを相手に小説をかくのは、なんとしてもタカが知れている。この着想は非凡で斬新で、おそらく将来はこの型の作家がうんとふえることであろう。

生活の妖気――といっても、探偵作家という肩書から想像される陰性の幻想的なものではない。私は、芥川より菊池寛の方にいっそう妖気を感じるのだが、高木氏もこの菊池型で、あくまでも陽性で、精力的で、活動的で、まさしく近代的の妖気である。ただ、その妖気が、現在のところそれほど作品中に出ていないのが、惜しいと思うし、歯がゆい。

八歳の年から乱歩氏の作品を愛読していたということで、日本には稀有な天性の探偵作家であろう。「刺青殺人事件」などは、日本探偵小説史上、現在のいわゆる大家の作品などよりも、ゆうに古典的作品としてのこるものと思われる。そのトリックの着想力、探偵小説としての構成力は、戦前戦後を通じて、遠慮して考えても二、三指のうちに入ると私は考えている。その半面、平凡なサラリーマンの家庭とか人妻の犯罪などを描いて、地味で、質実で、コクのある名品をものする腕に私は感服するのだが、しかし彼の本領はあくまでも本格長編にある。

残念なことに、日本のジャーナリズムは、英国型の長編探偵小説を発表するのに不都合なようにできている。だからこそ高木氏は近来時代小説などを手がけているのだが、しかしその方ならほかに作家は少なからずいる。本格探偵小説の伝統をつたえるものは、彼のほかにだれもいない。この意味で私は、近く出版される高木氏の長編書下し「人形はなぜ殺される」をカツ目して期待しているのである。

高木さんの原動力

たしか乱歩先生がいわれたといって高木さん自身がいったように記憶しているが、まったく僕の記憶ちがいかもしれない。とにかく「高木君は一見変ってないようにみえて、変ってる。山田君は一見変ってるようにみえて、変ってない」――これは大いにあたっていると思って、ひとに「どうだ」というと、「高木さんの方はその通りだが、あなたはどうかナ」といって、みんなにやにや笑う。

僕のことはさておいて、高木さんはたしかに変っている。人間などというものは、だれだって変っていると思えば変ってるし、変ってないと思えば変ってないものだ。といえばそれまでだが、何にしても、作家の場合、人から変ってると思われる資質は、むしろ武器であって、弱点ではない。

高木さんの変ってる点はいろいろあるが、その中の一つに「熱中性」がある。それが、誰にでもみられる程度のものでないあらわれは、例の「占い」や、ちかごろの「裁判」をみればよくわかる。特に「占い」の点については、はじめは僕も冗談だろうと思ってみていたが、そのうち「こりゃホンモノだわい」と感にたえはじめたものである。この家の窮屈な時代に、ただ易学的見地から、一年一回平均引っ越しをするというのは、冗談でできることではない。

ところで、高木さんのその占いに、僕はいちども手相をみせたことはない。見てやろうといわれたこともないし、見てくれといったこともない。裁判小説の傑作をかく人が占いに凝り、占いというものに眉に唾つけてみている男が、荒唐無稽な忍術小説などかく。おかしいようだが、あり得ることだ。

この異常な熱中性、よくいえば情熱が、高木さんの小説ではナマの形で出すぎるのが難点と思うが、しかし、これが高木さんの原動力であるから、殺してはならぬ素質であると考える。

統計

某作家の蔵書が一万六千巻ときいて、ふと計算する気になった。いったい人間は一生にどれほど本が読めるものだろう。

人生六十五年として、このうちまとまった本を読むのは十五歳以降であろうから、読書歴五十年とする。一と月平均十冊、五十年間ぶッ通しに読書する超人（ないしバカ）はありっこないが、かりにあるとしても、生涯六千冊にすぎない。

それで、統計というものは面白いものだと思って、いろいろ計算してみた。（人生六十五年）

①睡眠八時間とすれば、大体二十二年間はグーグー高いびきというわけになる。

②朝食二十分、昼食三十分、夕食四十分、合計一時間半とすると、約三年間のべつまくなしに食っていることになる。

③洗顔歯みがき入浴（一日平均）十五分とすれば、二百十八日間ぶッ通しに顔をなでまわし、フロにつかってるようなものだ。
④大小便十五分とすれば、これまた二百十八日間くさいところに鎮座しているわけ。
⑤散歩、通勤、家庭内の歩行を一日二時間とすれば、五年半ばかり歩きっぱなしということになる。
以上の合計のみにて約三十七年間。あとの有効？　なる時間は二十八年間。

この比率で計算すると、ことし四十歳に相成った僕に残された有効時間は、あと十年間くらいということになる。ドクショなどに空費していらゃたいへんだ、という心境にならざるを得ない。

運命の決定者

僕は「受験旬報」が「螢雪時代」に変わる前後の愛読者だった。

このごろ入試はいよいよ激烈らしいが、戦前戦中も、それはそれでなかなかの入学難で、とくに予備校などのない田舎町の中学生だった僕たちには、士気を鼓舞してくれる唯一のものだった。赤尾好夫社長の巻頭言など、砂が水を吸うように読んだことを思い出し、なつかしい。

いや、なつかしいどころではない。そのころ「受験旬報」と「螢雪時代」に、はじめて山田風太郎というペンネームで、七、八篇の学生小説を載せてもらった記憶が、のちに、戦後医学生となってからよみがえって、「小説」というアルバイトを始める原動力となり、はては作家という職業にはいるきっかけとなったのだから……。

「螢雪時代」は、僕の場合、一生の運命を決定した雑誌というべきである。

このごろ

　忍術も十五巻もかけば、もうタクサンだと思う。じぶんながら「いいかげんにしねえか！」といいたくなるんだが、キッパリやめたところで別にだれもホメちゃくれんし、まあ御愛敬だと思って、消極的な図々しさでかいている。

　それにしても、少々多量生産だ。――というと、輪転機みたいな超人が多い現在お笑い草だろうが、しかし一升のんでケロリとしている人もあれば、一合でベロベロになっちまう男もあるのである。どちらがどちらをうらやむにもあたらない。少なくとも私のいまやってることは、経済的にもバカの骨頂である。

　これでも、まさか忍術小説をかくために生れて来たんじゃない、というくらいのやせガマンはあるので、少なくともじぶんで恥じるところのないものを生むために、あらんかぎりの努力をしてみるという方向へもってゆきたいのだが、それには何といっても当分閑居して不善をなすヒマが欲しい。とはいえ、レッテルをはがすのは、たいへんでしょうな。

私の発想法

鳥の視覚、犬の嗅覚は、人間の数倍、十数倍だそうだ。で、人間の感覚や機能を動物的極限、物理的極限まで発揮させて相たたかわせたらどうなるだろう、というのが忍法帖シリーズのそもそもの最初のアイデアであった。

こういう発想はすぐに尽きる。それで次には百科事典か字引きをいいかげんにひらいて、使えそうなものを拾いあげて、それを核にしてひねり出す。しかし、こういう方法にも限度がある。

それより、発想の最大原動力は原稿の締め切りである。

とにかく約束した以上は書かなければならない。その切迫感だけで、ほかにはなんのたねもしかけもなく、アイデアがころがり出してくるのである。出てくるアイデアそのものより、このからくりの方が、われながらよっぽど、まかふかしぎである。

だから、アイデアを生み出すための面白い話など全然ない。まったく机上操作だけである。従って、出来上がったものも、ただ活字の上だけで成立する世界で、ほかの分野には通用しない。

それでも先日、医学博士になっている友人たちに、

「ここまで医学？　を荒唐無稽化したら、それもまた偉なりとして、ぼくにも博士号をくれんものだろうか」

と、まじめにきいたら「このばか」と一しゅうされた。

こういうふうにして結局何百かの忍者や忍術を編み出した。あとになって思うと、いままで創造した何百人かの忍者を再編成し、もっと効果的な組み合わせを考えたら、もっと面白いものが出来たろうと思うけれども、その過程においてはとてもそれどころじゃありません。

そのアイデアが出てくるか出てこないか、まるで神だのみである。実際自分でも心細いのだが、それじゃ飯ものどに通らんほどかというと、案外けろりとしている。ふつうの思考法でのアイデアはとっくの昔に尽きているのに、それ以後も何とかひねり出したのだ。まあ何とかなるだろうと、頼みにならぬことを頼みにして図々しく構えている。今まで倒れなかったからこんども大丈夫だろう、と薄目をあけて地震を味わ

っているような心境である。

ふだんはふところ手をしてボンヤリしているか、忍術とは縁もゆかりもない本を読んでいる。締め切りが迫らなければ考える気がしないし、考えたって何も出て来ないことはわかっているからだ。

しかし、こういうアイデアをここまで徹底させてシリーズとするアイデアによる読み物はいままで世界じゅうにあったか知らん？　考えても、だれもばかばかしくてやらないのかも知れない。

無題

われながら驚いたことにまだ忍術をやっています。

糸ぐるまのごとく無限に紡《つむ》ぎ出す怪談集――ほんの一時は日本の聊斎志異を書くようなつもりでいましたがね、このごろは当人は逃げ腰なのに悪女と手が切れん男のような気持です。憮然として「チンポが立たんのに女に言い寄られるようなものだ」など述懐するものだから、みな可笑しがってまた書けといいます。やはり突如としてやめるわけにゆかず、徐々に落日のごとくやめてゆくことになるでしょう。ことしあたり、その方向に持ってゆきたい抱負であります。

懐かしのアラカン

アラカンとはむろん嵐寛寿郎のことである。

六月の或る夜、新宿紀伊國屋ホールで催された無声映画鑑賞会で『嵐寛のすべて』をやるというので、ノコノコと見に出かけた。

上映は六時からというのに、もう五時前から長蛇の列であった。

私が見にいったのは、むろん懐旧の念からだが、いくら何でも無声映画時代はほとんど知らない。昭和の年数に三を加えると私の年になるのだが、たしか昭和七年ごろから日本映画もオールトーキーというやつになったので、私の記憶にある映画といえば、まず昭和十年以降のトーキー作品ばかりである。

この晩上映されたのは、昭和二年作品『百万両秘聞』二年作品『鞍馬天狗・恐怖時代』五年作品『三日月次郎吉』などで、むろん私も初めて見るものだ。『三日月次郎吉』のフィルムが何とか筋が通る程度に残っているだけで、あとはまず断片のつなぎ合わせといっていいしろものだった。

当時はまだカブキさながらの化粧で、大乱闘の末カブキの敵役そっくりの物凄いくまどりをした悪人が最後に虚空をつかんで倒れると、カメラは、刀を高々とあげてミエを切る若きアラカン氏に移動し、それに桜吹雪がハラハラと散りかかるという大らかさで、思わず笑わずにはいられない。

これらとは別に、昭和十年代のものも含む『嵐寛寿郎乱闘場面集』という、チャンバラシーンばかり集めた一巻があり、この中には私も見たおぼえのあるシーンがいくつも現われて、当夜出かけた甲斐があった、と私を満足させた。

プログラムによると、昭和七年作、右門捕物帖二十五番手柄『七々謎の橙々《だいだい》』というのが、私の記憶では一番ふるい。これは親類の中学生につれられて見にいったのだが、「そうか、あれは十歳のときであったのか」と、こんどはじめて知った。もっとも田舎町の映画館のことだから、封切りから一年くらい遅れていたかも知れない。当時この題名の意味がよくわからず、それでかえって記憶に残っていたのである。もっとも今でも意味はわからない。

ところで、私がアラカン氏にしばしばお目にかかった昭和十年代の断片シーンを再見して、私は懐旧の涙にむせんだのだけれど、さてその懐旧の感動を共に語るべき友人がいないのである。

昭和十年代を私は『日本人総発狂時代』と呼んでいる。

その前半私は田舎の中学生だったのだが、映画を見にゆくと停学をくらう。中学生が映画館にはいる姿を見ると、すぐ町の人が学校に連絡するというありさまであった。だから、当時、東京や大阪などの大都会の中学生はどうであったか知らないが、田舎中学生で同年輩であった人々は、大同小異の状態であっただろうから、あまり映画を見ていないのじゃないかと思う。

私は寄宿舎にいたのだが、夜エスケープして町へ出かけ、映画館の裏口からいれてもらい、監督官用のゴンドラみたいな席から見せてもらったのである。これは言うは易《やす》く行なうは難く、発覚するとイノチはない、という大冒険で、実際に映画見物を見つかって学校から放り出された連中も少なからずいる。

見ている映画より、こっちのほうがスリル満点の大冒険で、むしろそのスリルを味わいたくてこういうことをやった傾向もある。

そして、これは私一人じゃなく数人の仲間がいて、いま語り合うならこの『同志の人々』なのだが、それがその後に起こった大戦争でほとんど戦死してしまったのだ。

その中に一人、アラカン氏の熱狂的ファンがいて、ほかのチャンバラ俳優のだれだれ、だれだれよりいいということを力説し、その酔っぱらったような讃歌を、私はタバコをのみのみ（断わっておくが、私たちは中学生であった）聞いていた。――その友人も死んだ。

思えば、アラカンごときを見るのにこんな苦労をし、心安らかにチャンバラを見る機会も与えられず、食い盛りに腹をへらしつづけたまま、ガダルカナルやインパールへ追い出されて二十歳前後に死んでいった友人たちよ！

いくら考えても、まったく無意味で、それどころか非道でさえもある禁制であった。

さて、この映画の間にホンモノのアラカン氏が舞台に現われて挨拶した。

アラカンさんはいくつになるのだろうか、見たところ足どりもおぼつかなく、いまスクリーンで見た颯爽の鞍馬天狗の面影はしのぶよすがもない。

「もうあんなチャンバラ、やれまへんなあ……」

背景のスクリーンをふりかえりながら、御本人はユーモラスに長嘆したけれど、哀愁は覆いがたい。ああ、人の老いるや、いかんともすべからず。

しかしながら、御本人がそうなってもなお長蛇の列の客を集めるとは、アラカン氏もって瞑すべきではあるまいか。

いわゆる映画芸術史上持ち出される某作、某作の俳優をいまの大衆はほとんど知らない。知っていても、果たしてこれだけの客を呼べる個人力があるかどうかあやしい。かえって当時のチャンバラの剣豪連のほうにそれがある。まったく役者冥利《みょうり》につきるといっていい。

ただふしぎなことは、その客の大部分が小生より若い——小生どころか二十代の人々だということだった。彼らはいつごろのアラカン氏を知っているのか知らん？ただ無声映画というコットウ趣味でやって来たこともあるだろうが、それにしてもアラカンが嫌いで来るわけはない。事実アラカン氏に捧げる万雷の拍手には心からなる愛情がこもっていた。

夜ふけて帰るタクシーで、運転手が老人だったので、いまアラカンを見て来た、といったらたちまち昂奮状態になり、この人は大正の終わりころ浅草でデッチ奉公をしていたという大本格派で、目玉の松ちゃんから栗島すみ子などという名まで唱えはじめ、これには当方もただ、「へえへえ」と承わるよりほかはなかった。

遠き日の雁

私は長い間錯覚をしていた。

昭和十九年の冬、日劇に高峰秀子の「歌の花籠」というショーを観にいって、暖房もない観客席のカブリツキで二回分も見物したせいで、その夜から風邪をひき、肋膜《ろくまく》炎になった。そこへ召集令状が来て、即日帰郷になった。そのくせ、その春、医者の学校の入学試験には合格したのだから、命の恩人は高峰秀子サンということになる。……

人間の記憶というものはあてにならないもので、これはそれ以後の長い間にいつしか創《つく》りあげていた自分用の小さなロマンスであって、事実はちがった。

そのころの日記を調べてみたら、そのショーを観にいったのは前年の九月十一日のことであることがわかった。ただし、カブリツキで二回分観てヘトヘトになったことはまちがいない。そんなことは例がないので、相当に印象が強くて、かくて右のような錯覚による物語を脳中に創り出したものらしい。

日記には、こうある。

「九月十一日。日劇に、高峰秀子の『歌の花籠』を見にゆく。映画『阿片戦争』の支那の少女の扮装で、主題歌の『風《かぜ》は海から吹いて来る』などを唄う。赤い支那服に金のかんざし……美少女に花束を捧げる西洋の青年の心理がわかるような気がする。

案外小柄だが、それだけに可憐《かれん》さはひとしおである。小さいときから重い物を持ったこともあるまいから、その四肢は繊細をきわめているだろうと思ったら、思いのほか足など大根のごとくふとく、やっぱり人間だと思って一種の悲哀を感じたが、しかしほかの踊り子にくらべれば、その哀艶《あいえん》さは群を抜いている。

この女優は、天性の女優である。天性の、というのは、芝居の上手下手《じょうずへた》以前に、幼児のころから映画に出て今にいたるまで、全然ほかの社会に出たことがないからである。これで老婆にでもなったら、いったいどうして暮すのであろう……？

しかし、可愛い美しさだから、老婆になってもそう醜くはなるまいと思う」

「老婆心」とはこのことか、と、読んで笑い出した。

暮しの方は、まったくよけいな心配をしたものだが、一方の、老醜の方は、そんな心配はいるまいという予言は的中した。(しかし、高峰サン、まだわかりませんゾ。……)

ところで、いまこんなものを持ち出したのは、さきごろテレビで「高峰秀子と若者たち」という番組を見て感心し、「わたしの渡世日記」という本を読んで大感心したからである。

この女優が芸能界以外の現代の若者たちにどう対するのだろう、と、いささか心配?(よく心配する男だ!)していたが、さすがにみごとであり、あっぱれであった。五十を過ぎて若者たちに対すれば、結局説教調にならざるを得ないのだが、そこに含《がん》羞《しゆう》があって、しかもおどけて表現して見せて、ちっともいやみを感じさせない。その芸と頭の冴《さ》えのために、いささかの老いは画面から消え、若者たちのほうが愚鈍に見えて来たからふしぎである。

それにしても、五十を過ぎた高峰秀子を見ることになろうとは、小生にとっては終戦後の三大ショックの一つであります!「渡世日記」の方は、「よくあれだけ書けましたね」という問いに、御本人はふしぎそうに「なぜ?」といっていたが、そりゃそうだろう、秀子サンにしてみれば、おそらくあれでも相当に気を使って書いているのだ。どうしても書けないイヤなことは、もっと山ほどあるだろうからである。しかし、あれでよろしい。あれ以上のことは、どうぞ書いて下さるな。……

その「渡世日記」に、

「……ハトポッポの譜面もよめない私が、十人のバンドを後ろにしたがえて、おこがましくも歌をうたっていたのである。（中略）寝る暇もなかった。客席は国民服とモンペで埋まり、客席の後方の一段高い臨監席には、警察官と憲兵が並んでいた。観客は入場料を払って『夢』を買いに来るのだから、まさかモンペ姿でステージに立つわけにはいかない。歌と歌の間にはバンド演奏が入り、私はその間に衣裳替えする。衣裳料は自分持ちだったが、私は必ず二枚、三枚と新調した。歌のまずさは、衣裳でカンベンしてもらうつもりであった。衣裳費がかさみ、出演料の半分以上は、裾《すそ》の長いイブニングドレスになって消えた。（中略）しかし、私もふつうの人間であった。私はとうとう疲労の果てにブッ倒れたのである」

と、あるのは、正確にはこの昭和十八年のときのことではないかも知れないが、ほぼ同じ状態であったろうと思われる。

当り前だが、彼女も「夢幻の中の美少女」ではなかったのである。

しかし、舞台ではそう見えた人の文章と、カブリツキで口をあけて眺めていた青年の記録を、三十数年後にならべて見ると、いささかの感慨が湧く。

彼女が主演した「雁」の原作で、鷗外はいう。「譬《たと》へば実体鏡の下にある左右二枚の図を、一の影像として視るやうに、前に見た事と後に聞いた事とを、照らし合せて作つたのが此《この》物語である」

ただ私が鷗外でないことは論を須《ま》たぬから、読者は無用の臆測をせぬが好《よ》い。

「夜明け前」のＵＦＯ

「そう言えば、正月のはじめから不思議なこともありましたよ。正月の三日の晩です、この山の東の方から光ったものが出て、それが西南《にしみなみ》の方角へ飛んだといいます。見たものは皆驚いたそうですよ。馬籠《まごめ》ばかりじゃない、妻籠《つまご》でも、山口でも、中津川でも見たものがある」

藤村の「夜明け前」第一部序の章の五、の一節である。

木曾馬籠宿年寄役小竹金兵衛が、本陣の主人青山吉左衛門に話した言葉だが――これ、まさしくＵＦＯじゃないですかなあ？

藤村は、この話をただでたらめに書いたものではなく、馬籠に残る何かの資料によって書いたものと思われるが、とにかく山峡ゆえに空を見ることの多かったであろう当時の木曾の人々が（右の文章がそれを証明している）ただの流星を見まちがえるはずはなかろう。

ところで、私自身はUFOについて、特別の知識も興味もない。で、話はただこれだけである。ところが、このことをあるところでしゃべったら、これはUFO界の「新発見」なのだそうだ。そのほうの研究書にこのことを指摘したものがないそうだ。私自身不案内なのだから、もし指摘した人があったとしたら以下の論は成り立たないのだが。——

これがほんとに新発見だとしたら、その事実のほうが面白いと思う。つまりこのことは、「夜明け前」の読者はUFOなんかに興味がなく、UFOのファンは「夜明け前」なんか読んだことがない——ということを物語るからである。

もっとも、たとえ発見したってだれもが活字として発表出来るものではあるまいが、しかし特に後者のUFOのファンのほうなど、もし知っていたらどこかに発表した人がありそうなものだ。それが、ない、という。

木曾の馬籠は、若い人で一杯である。私のいったときに関する限り、藤村記念館の前はいつも大行列であった。土産物屋の品には、何を見ても、「木曾路はすべて山の中である」という「夜明け前」冒頭の一節が書かれてある。あの大行列の若い人は、みんな「夜明け前」の読者で、かつ年頃からしてUFOのファンも少くないだろうと思われるのに、実はそうでもないらしい。

ひょっとしたら彼らの大半は、「夜明け前」の一節を教科書か何かで読んだだけであるか、もしくは土産物屋の細工物の「木曾路は……」の文句だけで、全部読んだ気になっているのではあるまいか。

と、笑いかけて、私はしかし笑えなかった。よほどの藤村ファンでもないかぎり、「夜明け前」は読みづらい作品に相違ないからである。

サマセット・モームのいわゆる「世界十大退屈小説」が何であったか忘れたが、日本でも「日本十大退屈小説」を選定したら面白かろうと思う。むろん愚作で退屈する小説という意味ではなく、世に傑作と呼ばれながら、ホントウは退屈する作品でなければならないが、つらつら考えるに、この藤村最大の傑作といわれる「夜明け前」もこの中に入る資格がありそうに思う。

ついでにいえば、「大菩薩峠は江戸を西に距《さ》る三十里」にはじまる「大菩薩峠」は、大衆文学における「夜明け前」に匹敵する大作品だと思われるが、退屈はしないにしろ、これだって全篇読み通した人はあまりたくさんいないのじゃないか知らん。

――この（私の推量によれば）「読まれざる大作品」の二代表が、いずれもその冒頭、地理学的文章からはじまっているところが一奇である。

とにかく、右の木曾谷を飛んだＵＦＯは、嘉永六年一月三日の夜のことだ。西暦に直せば、一八五三年二月十日木曜のことで、同じころ、ペルリの座乗するミシシッピー以下四隻の黒船は、日本へ向って海のＵＦＯのごとく印度洋を東航中であった。

……ま、そういう次第で、若い人が「夜明け前」を敬遠するおかげで、小生が嘉永六年のＵＦＯの発見者？　となった次第。

世の中、天下泰平

新春、といっても特別の感慨なんかない……ということは、もうずいぶん昔からのことのような気がする。だいいち新年といっても、私の生活は日常とほとんど変りはない。新年に特別なことをやらない、というより、ふだんから新年なみの顔をして飲んでいるせいかも知れない。

ことしやりたいこと、といえば、ここ四、五年前からやり出している「明治伝奇小説シリーズ」の幾篇かを継続するだけだが、元来バリキがないところへ、近年ますますバリキがなくなって、うまくいって二篇（むろん長篇だが）出来ればめっけものだろう。少くとも十篇くらい完成して、なるべく早く私の「明治の世界」が構築される日が来るのを待っているのだが、それには時間がかかる。

しかし、世の中は天下泰平で、自分のやりたいことを、悠然と？　一応やっていられるのだから、ありがたいことだと感謝しなければならないのかも知れない。それにしても、むなしいことだ、とは充分承知しているのだが、むなしいことをやるのもまた自分の天命、というあきらめもついている。

奇蹟の三美女

檀ふみサン

ＮＨＫの「連想ゲーム」、檀ふみさんが出るという理由だけで熱心に見る。眼を糸のようにしたチャーミングな笑顔もさることながら、くやしがるときの表情は別人のように凄艶である。どこかで、自分が美人であることに自信のないような口ぶりをもらしていたが、まさしく美人である。世の中には、美しく見えない美人も結構いるのだが、美しく見えるという点で、かけねのない大美人である。

例外を除き、美人の作家というものはお目にかかったことはないが、小説家の娘さんでこれだけの美人というのも、大奇蹟のように思う。

兼高かおるサン

いつのまにやら放送時間が朝早くなり、寝坊していて見るチャンスを失うことがしばしばあるので、このためにヴィデオを買いました。

世界じゅうどこでも飛んでゆく勇ましさもさることながら、何でも食べて見ようという勇敢さには脱帽せざるを得ない。それにあの言葉の優雅さ。——いつか中年女性アナの敬遠事件があったが、「人権」に眼をつぶって視覚（？）だけに眼をあければ敬遠もやむなしと思っているが、この兼高サンだけは例外。

何とかこの人を大使にしたい。いや外務大臣でも大丈夫だろう。御素性は存じあげないが、こんな女性も日本にあるかと、大奇蹟のように思う。

岡田嘉子サン

昔の岡田嘉子サンは映画で見たこともない。「映画史」のたぐいのスチールで知っているだけだが、当時から女優中の大美人でいらしたらしいが、その印象で見るかぎり、私はいまの岡田嘉子サンのほうが美しいと思う。

山本夏彦サンによると、老いてもなお美人の面影をとどめる骨格美人と、あとになって水分が蒸発すると原型もとどめない水分美人があるそうだが、前者とて若いころのほうが美人であったことはいうまでもない。

それから見ると、日本にこんな美しいおばあさんが存在することを、大奇蹟のように思う。

とっておきの手紙

「とっておきの手紙」というと、有名人からもらった手紙、とか、自分にとって記念すべき手紙、などいう意味だろうが、そういう手紙はない。いや、多少はあったかも知れないが、とっておかないでみんな焼いてしまった。べつに思うところあって焼いたわけではなく、手紙類がある程度たまると整理のために焼く、という習慣で、何気なく焼いてしまったのである。

しかし、もらった手紙の中に、少なからず感心したり面白かったりして、つい日記に書きとどめたものがいくつかある。それがぜんぶ女性からの手紙で、しかもあまり教養が高いとはいえない女性からのものばかりなのはふしぎだ。

左に紹介するのは、栃木県のある中学二年の女の子からのものである。

「はじめまして私は荒川タカ子ともうします。私がどうして先生のことをしったかともうしますと家で少年クラブをとっているので私が本を一番はじめのページからよんでいきましたら冬眠人間という題でのっていましたのでこれはこわそうだなとお思って読みましたらおそろしい事件などがありました。けれども私はこわい小説もすきなので冬眠人間が続くかぎり少年クラブをとるつもりです。家の人たちも少年クラブをズッととっているといったので冬眠人間がよめますわ。

私は今中学二年です。私たちは後一週間で終業式です。私は中学校卒業したら東京へいって女中をするつもりですまだ先にならないとわからないのですが私が女中にいってもいいと家の人がいったならば私を女中にやとって下さい。

しゅうしょくがきまったらまたおたよりだしますからおねがいします。もし先生の家でだめならば私もほかへいきますから私もかき沼先生にたのんでみますからそのときは先生よろしくおねがいします。それから先生も私のかおをわからないだろうとこまるだろうとおもいますから三年生になって旅行にいったら写真屋さんに一人でとってもらって先生におくります。三年生の旅行はたぶん六月か七月ごろだとおもいます。旅行は二柏三日ときまっておりますから、それがわかっても日日がわかりません。ふいるむをげんぞうにするまでがたいへんなのです。

それから私は勉強の中ではとくに国語ではいくをつくるのがだいすきです。

風太郎先生へ

荒川タカ」

（傍点筆者）

昭和三十年代のはじめのものだ。いまごろは女中志願の娘なんて一人もいないだろう。この可憐な愉快な手紙をよこしたタカ子さんも、四十くらいになっているはずだが、こんな手紙を書いたことも忘れてるだろう。

痛恨の名花

私の中学時代は日中戦争中で、中学生が映画を見ることは御禁制であったのだが、それを私は停学ないし退学の危険をおかして見た。そのころに見た映画女優の中で、いちばん憧憬のまとであったのは轟夕起子さんであった。

私は人間の不老は必ずしも望まないが、ただ絶世の美人の美しいまっ盛りに対してだけは、「時よ、止まれ！」とさけびたくなる。そのころ二十歳を越えたばかりの轟夕起子はまぶしい日光にかがやく大輪の花であった。とくに、「明眸《めいぼう》」とはこのことかと思われる眼、あごからくびにかけての清爽《せいそう》な線――これほど明るく近代的な美貌は、その後の映画女優にも見たことはない。

しかも、たんなる人形的美貌ではなく、女優としての才能も抜群にあったと思う。華麗な顔だちだから時代劇にも使われたが――当時の風潮としてむしろその方が多かったが――彼女はあくまでも現代劇向きの女優であったと思う。

この名花が、しかし主役としてその美しさと才能をいかんなく発揮した作品についに恵まれなかったのは、すでに世の中が戦争期になっていたこと、そして猛烈なステージ・パパであった父親の干渉と、何でも器用にこなす娯楽映画の監督で、彼女の夫となったマキノ正博の玩弄的使い方にあったと思われる。この二人の男は、他に何かしたことがあろうと、この名花をメチャクチャにしてしまった点で、この世に存在しなかった方がよかったほどの大罪を犯したと思う。

また歌まで歌えるという彼女の器用さも逆にわざわいしたのである。ほかの道でもそうだが、人間何か一つのあるタイプをつらぬき通したほうが、結局大成するようだ。

晩年はただの「ふとったおばさん」の印象しか残さず、これほどの大女優が結局あまり幸福でない一生だったように見えるのは断腸《だんちょう》のきわみである。

谷中の怪談会

上野というと、ほかの何より、昔、昔の夏のある夜明け方、結婚まもない家内と二人で不忍池のほとりのベンチに坐って、つぎつぎにひらいてゆく蓮の花をながめていたことを想い出す。まるで夢のなかの光景のようなふしぎな記憶である。

昭和二十八年八月のことで、かれこれ四十年ちかい昔のことである。

べつに上野にもその界隈にも住んでいたわけではない。宿屋に泊ったわけでもない。

そのころ私は世田谷の三軒茶屋に住んでいた。

それがどうしてそんな時刻、そんなところに坐っていたのか。

それはその前夜、谷中のある寺の「怪談夜ばなし会」に出て夜を明かしたその余波なのであった。

友人の探偵作家高木彬光さんに誘われてのことだが、私はもともと怪談会などの趣味はない。歌舞伎の「四谷怪談」などの、あのヒュードロドロの鳴物をきいても、それだけでこわくなるほうである。

いまでも怪談会とか試肝会なんてあるか知らん？

当時でも珍らしかったと思うが、私がこの誘いに応じたのは、珍らしいからこそ、江戸時代にでも帰るような好奇心にかられてのことだったにちがいない。

で、八月八日の夜おそく、高木さんと私たち夫婦は、谷中三崎町の七裏堂《ななうらどう》というお寺への暗い坂道を上っていった。

坂の途中に、七裏堂とかいて、半分口をあけて大提灯《おおぢょうちん》がぶらさがっていた。門からはいって寺にたどりつくと、本堂の仏壇に蠟燭《ろうそく》をともし、電燈は青い提灯につつんで、ゆらゆらする光のなかに、二、三十人の影が坐っているのが見えた。

高木さんが、あれは画家のだれで、あれは落語家のだれだと教えてくれる。みな江戸趣味の人々らしい。私はだれも知らない。

そのなかで、縁側ちかくに坐っている、やせぎみでひげをはやしている老人を、あれは井上日召だ、といった。昭和初年、一人一殺のテロの嵐をまき起して勇名？をとどろかせた血盟団の首領であった。禿頭にまるい眼鏡をかけ、ちょっと東条大将に似て、まわりが談笑しているなかに、ひとり黙ってこわい顔をしていた。

それにしても、こんな人物が戦後まだ生きていて、こんなところに出現して坐っているとは、まったくの怪談だ。（いま調べてみると、井上円召はこの昭和二十八年六十七歳であった）

肝煎《きもいり》のユーモア作家玉川一郎氏のあいさつから始まって、手持ちの怪談を持っている人が、ひとりづつそれを披露した。いわゆる百物語というやつか。

画家の志村立美氏は、むかしこの谷中の墓地の裏に住んでいたころ、夜挿絵をかいているとトントンと雨戸をたたく者がある。雨戸をひらくとだれもいない、それで仕事をはじめると、またトントンとたたく音がし、ついに正体がわからなかったという話をした。

次の人は、青森の宿屋で夜中胸苦しくなり、だれか蒲団の上にのっているような気がして目がさめたが、ちょうど同じ時刻、東京の肉親のだれかが死んでいたという話をした。

高木さんは、京都大学で、知っている学生が発狂して、訪ねてきた母親を絞め殺し、縄で構内をひきずりまわし、最後に屍体の頭を割って脳味噌を食べてしまったという話をした。

その他、挿絵画家の富永謙太郎、中一弥、落語の古今亭今輔、林家正楽、三遊亭遊

三、三遊亭円馬、講談の小金井蘆州などが、それぞれ一席づつ弁じた。

みんな、こわいような、あんまりこわくないような怪談ばなしのなかで、だれかの、雪の新潟で一軒家にひとり泊って、酒は老婆が運んできたが、サカナがなかなかこない。ふと床の間をみるとスルメが一枚おいてあったので、それをサカナにしてみんな食ってしまったところへ、老婆が皿《さら》を持ってあらわれて、そのスルメは痔もちのその老婆がふだんお尻にあてがっていたものであったということが判明した、という話がいちばんこわかった。

人はしだいに集まり、五、六十人にもなった。何にしても、世には物好きな人々がすくなくないものだ。これで会費は千円なのである。(おそらく今の物価で二、三万円はするだろう)

真夜中の十二時から墓地めぐりがはじまった。

あちこち青い灯をともして、今夜出席している女責めの妖画家伊藤晴雨氏の製造になる女の幽霊が立っている。

頭上の枝からたれさがった髪の毛をかきわけようとすると、冷たい手でざらりと頭をなでる者がある。これは人間だな、と見て、

「ごくろうさんです」

と声をかけてやったが、実はこわいものだからの虚勢である。

ヒュードロドロの鳴物がながれ、あっちこっちで、「うわあ」という悲鳴と、「ギャハハハ」という恐怖の笑い声がきこえる。

最後に、血だらけの女の幽霊の前で、帳面に署名しなければならない。

墓めぐりのあと、一時ごろから落語家や講談師の本格的怪談があり、余興があった。

これが終ると、ビールと弁当が出た。そのうちに、夏の夜はしらしらと明けてくる。

……

それから電車で上野へゆき、さて冒頭にかいたように不忍池の蓮を見物したわけである。

おそらく当時、蓮の花がひらくとき音がするかどうか、というのが話題になっていて、それを実際に聞こうとしたものだろうと思う。

まわりのベンチには浮浪者がごろごろ寝ている一方で、もうその時刻、池を写生している人もあった。

右の記述は当時のメモがあったから書けたのだが、それを見るまでは、ただ夢のなかの出来事であったような印象しか残っていなかった。そしていまそのメモで記憶を呼びもどしてみても、そこにいた人々のほとんどはもうこの世の人ではないだろうから、やはりすべてが怪談の世界であったような気がする。

ただこの夜明けの涼風吹く不忍池の、白蓮紅蓮の美しいそよぎだけはあざやかに眼に残っている。

蓮の咲く音はついに聞かなかったようだ。

退屈な芸能を静かに伝えた日本人が不思議

日本人が、日本的な文化や芸術のあるものについて、西洋人には不可解なものだろうときめつけるのを西洋人は片腹痛がるそうだが、それはべつに日本人が、日本人を神秘化するわけではなく、一種の羞恥からそういう説をのべることのほうが多いのではないかと思われる。

実際、人間のやること考えることは、脳髄は同組成のものだから東西どの民族にも相似た形態が見られるものだが、それでもやっぱり、西洋人にはとうてい理解不可能だろうと思われる現象がある。

私の頭に浮かぶのは、神社と能と連句である。西洋人にわからないどころではない。実は私自身にもわからない。

現在日本じゅうの町や村が、昔のように鎮守の森を中心にした暮しをしていることはあるまいが、どこでもミコシをかつぎ出して盛大な村祭をやっているところを見ると、やっぱり神社は厳存しているものと思われる。がその祭神の名や素性をきかれてすぐに答えられる人は少ないのではないか。聖書もなければコーランもない。教義もなければ戒律もない。いったいこれが宗教といえるだろうか。しかも、伊勢神宮をてっぺんにおいた神社のピラミッドは日本の骨格をなしているのである。

次の能だが、かつてジュリアン・デュヴィヴィエが来日して、能を見せられて、「フランスに帰ったらすぐに死刑をやめさせて、囚人に能を見させる」といったそうだが、常識的にみて、これほどたいくつな芸能を、室町から現代まで伝えたのは、日本人に、能にそれだけの魅力を感じさせるものがあったからにちがいない。しかもその間、創造者世阿弥は忘れられ、「風姿花伝」も埋没していたというのに、それとは別に「能」を伝えた日本人の心性は私にはやはり神秘的である。

それから連句。そもそも俳句そのものが飛躍の結晶だが、さらに連句に至っては――一つの文学作品を複数の人間が合作する。それもはじめに何の台本もなく、それぞれの句は一人の作で、全体としてある文学世界を作るなどという放胆な形式の文学は異国にはあるまい。だから現代では作るほうの愛好者もまずなくなったのだが、とにかくこの最高に詩的で知的な文学形式と思われるものが、これまた何百年かいとも気軽に伝承されたのである。

この三つに共通するものはべつにない。それぞれが日本人の心性の一面なのだろう。

そして私が日本独特のものとしてこの三つをあげたのは、それ自体より、これほど不可解なもの（私にとって）をしずかに伝えた日本人の心性がふしぎだからである。この心性こそこれぞ日本人というべきかも知れない。

十五世市村羽左衛門

私は昭和二十年代から三十年代にかけて、江戸川乱歩先生を中心にした、中村勘三郎とか尾上多賀之丞を観る会などの末席につらなって、毎月歌舞伎を観た想い出があるのだが、その後乱歩先生は亡くなられ、歌舞伎とは縁遠になってしまった。

歌舞伎界に「菊吉爺さん」という冗談があるそうだ。何かといえば、昭和二十四年に亡くなった六代目菊五郎や昭和二十九年にこの世を去った初代吉右衛門を持ち出して、それを知らない若手の役者を参らせる古老のことだそうだが、なんと私はそれ以前の昭和二十年一月に十五世市村羽左衛門の舞台を観ているのである。

それはむろん右の観劇会のおかげではない。その一月の某夜、軍需工場のいわゆる産業戦士を慰労するための催しで、当時すでに東京は連夜の空襲のまっただなかで、全劇場は休業中であった。私は別に産業戦士ではなかったが、偶然その切符を一枚もらったのだが、舞台は羽左衛門の「源平布引滝」であった。

あとで思えば、これが十五世市村羽左衛門最後の舞台だったのではあるまいか。

音吐朗々の口跡、水際だった実盛ぶりは、そのころ歌舞伎にまったく無知識であった私にも、いまも大闇夜の花火のごとく残っている。

私は羽左衛門の最後の？　舞台を観ることができたのを、いまもひそかに人果報としている。

古今独歩の大名優は、それから四カ月後、流離の信濃の宿で七十一年の生涯を終えたのであった。

十五世羽左衛門最後の舞台

「……一年休業を命ぜられたる日劇、扉を下し、その周囲に石炭箱のごときもの積みあげて、円筒型の建物、寒風の下に荒れ果てた顔して立つ。休業を命じられたるは歌舞伎座も同じなれど、かかる催しものの時のみ開くなるべし。歌舞伎座の前には『海軍海桜会主催』『沖電気協力工場慰安会』との二つの大看板立つ。

芝居は羽左衛門の『高田の馬場』『源平布引滝』なりき。

安兵衛、この寒さに着流しの朱鞘、御老体の奮闘、真に同情す。大いなる観客席に見物半ばにも満たず、空襲のおそれあれば、招待券あるも来らざる者多くあるべし。ゲートルに戦闘帽の工員あるいはモンペの女工たちが、モソモソと玄米の握飯を口に入れつつ寒そうに観る。熱気はらむ雰囲気もなければ、たちばなやの掛声も稀なり。

ただし羽左は熱演、ことに実盛のごときは一分のゆるみもなき至芸なり。

便所にゆくに、ふだん使わざれば糞便などタイルの上にかたまりて這う」

私の昭和二十年一月十一日の日記の一節である。

文中「かかる催し」とあるのは、当時劇場はすべて閉鎖されて、いわゆる産業戦士すなわち軍需工場の従業員慰安のためのみに、稀にひらかれたことをさす。私は産業戦士ではなかったが、たまたまその切符をもらったので観にいったのである。

私は二、三年前田舎から上京したばかりの二十三歳の医学生で、歌舞伎を観るのはそれがはじめてではなかったが、十五世市村羽左衛門を観るのはこれがはじめてであったような気がする。しかし文章の調子から見て、羽左衛門についてのある程度の知識はあったようだ。

『高田の馬場』の大立回りは、観客を考えての羽左衛門の人サービスだったのだろう。「御老体」と書いているが、このとき羽左衛門は七十一歳であった。

一月の寒中というのに、むろん劇場に暖房などはない。

『源平布引滝』という芝居を観たのは、あとにも先にもこのときだけであったと思う。

そのときこの芝居は、斎藤実盛を討ったのが手塚太郎という武者であったという史実の、その手塚という苗字だけから作りあげられたものにちがいない、と江戸時代の芝居の作者特有の発想力におそれいったことをおぼえているが、筋は忘れてしまった。
しかし羽左衛門の水ぎわだった容姿と音吐朗々たる名調子は、いまも闇夜の大花火のごとく耳の奥と眼の裏に残っている。羽左衛門は右のごとく惨憺たる観客席を前に、「一分のゆるみもない至芸」を見せたのである。

十五世羽左衛門は、イキな切られ与三なども天下一品だったというが、中世以前の武将――何という衣裳か私は知らないのだが、髷《まげ》を高くゆいあげ、金襴の裃《かみしも》をつけた――（後記・こういう役のかっこうを「生締《なまじめ》」というそうだ。）この「布引滝」の実盛のような扮装では特に、その気品にかけては日本人ばなれしていたように思う。

それもあたりまえ、十五世羽左衛門は、日仏の混血児なのであった。ところがその秀麗な容貌が、まるきり日本人にもない顔ではなかったので、生涯そのことを知る者はほとんどなかったが、なかばフランス人の血を受けていたとあっては、あの天空海闊の芸風がさてこそとうなずける。

ところで、おそらくどんな劇評家も観ていないであろう右の舞台を観たことを、私は世にもありがたい記憶としているが、これが羽左衛門最後の舞台となった。実はこのあと、もう一回やろうとしたのだが、とみに悪化した空襲のために不可能となったのである。

そして同年三月のはじめ羽左衛門は疎開のやむなきに至り、信州湯田中にとりあえずの宿を求めたが、一月には歌舞伎座でチャンバラまでやり、前日まで平生と変らぬ日常に見えたのに、五月六日、昼寝からさめて、「三時かい」といったきり、忽然《こつねん》と息をひきとったのである。しかしこれは時計の見まちがいで、実は午後零時十五分であった。

信州の遅い桜が戸外から舞いこんで、遺体の胸に点々と散っていた。

勉強のためではなく、現実逃避のための読書

記憶の底に重ねられている本は、みな青少年のころに読んだ本です。何だか岩波文庫的になりましたが、勉強のために読んだのではなく、現実逃避の読書でした。

このごろは読んだ本は、三時間もたつとみんな忘却の白紙に変ってしまうので、とても百冊など揃いません。

モーム『人間の絆』全四巻（新潮文庫）
モーム『月と六ペンス』（新潮文庫）
ユゴー『レ・ミゼラブル』全七巻（岩波文庫）
ユゴー『パリのノートルダム』（潮文庫）
デュマ『モンテ・クリスト伯』（岩波文庫）

バルザック『知られざる傑作』（岩波文庫）
バルザック『アデュユ』（『バルザック全集』〈東京創元社〉所収）
モーパッサン『女の一生』（集英社文庫）
モーパッサン『脂肪の塊』（講談社文庫）
シェンキェビッチ『クオ・ヴァデス』（岩波文庫）
フランス『神々は渇く』（岩波文庫）
フランス『舞姫タイス』（角川文庫）
ドイル『シャーロック・ホームズ』（新潮文庫）
クリスティ『アクロイド殺し』（ハヤカワ文庫）
クリスティ『そして誰もいなくなった』（ハヤカワ文庫）
ポオ『黄金虫』（新潮文庫）
ポオ『アッシャー家の崩壊』（講談社文庫）
ドストエフスキー『罪と罰』全二巻（中公文庫）
ドストエフスキー『カラマーゾフの兄弟』全五巻（中公文庫）
ドストエフスキー『死の家の記録』（新潮文庫）
トルストイ『戦争と平和』全四巻（岩波文庫）

トルストイ『復活』全二巻（岩波文庫）
トルストイ『アンナ・カレーニナ』全七巻（岩波文庫）
チェーホフ『六号室』（中央公論社）
チェーホフ『谷間』（中央公論社）
ミッチェル『風と共に去りぬ』全五巻（新潮文庫）
ツワイク『マリー・アントワネット』全二巻（岩波文庫）
『水滸伝』（岩波文庫）
『聊斎志異』（平凡社）
『金瓶梅』（岩波文庫）
『平家物語』（講談社学術文庫）
鶴屋南北『東海道四谷怪談』（岩波文庫）など
河竹黙阿弥『白浪五人男』（『評釈江戸文学叢書』（講談社））など
『芭蕉俳句集』（岩波文庫）
『蕪村俳句集』（岩波文庫）
徳富蘇峰『近世日本国民史』（近世日本国民史刊行会）
幸田露伴『運命』（岩波文庫）

森鷗外『即興詩人』（岩波文庫）
森鷗外『雁』（岩波文庫）
森鷗外『高瀬舟』（岩波文庫）
夏目漱石『坊っちゃん』（岩波文庫）
夏目漱石『こころ』（岩波文庫）
夏目漱石『吾輩は猫である』（岩波文庫）
夏目漱石『漱石書簡集』（岩波文庫）
谷崎潤一郎『春琴抄』（中公文庫）
谷崎潤一郎『盲目物語』（岩波文庫）
谷崎潤一郎『猫と庄造と二人のおんな』（新潮文庫）
正宗白鳥『変る世の中』（中央公論社）
芥川龍之介『地獄変』（新潮文庫）
芥川龍之介『奉教人の死』（新潮文庫）
正岡子規『仰臥漫録』（岩波文庫）
泉鏡花『歌行燈』（新潮文庫）
井伏鱒二『夜ふけと梅の花』（永田書房）

太宰治『斜陽』(新潮文庫)
斎藤茂吉『赤光』(岩波文庫)
石川啄木『一握の砂』(新潮文庫)
永井荷風『濹東綺譚』(新潮文庫)
永井荷風『断腸亭日乗』(岩波書店)
福沢諭吉『福翁自伝』(岩波文庫)
内田百閒『百鬼園随筆』(旺文社文庫)
北原白秋『邪宗門』(岩波書店)
久保田万太郎『万太郎句集』(『久保田万太郎全集』十四巻〈中央公論社〉)
宮澤賢治『春と修羅』(ちくま文庫)
石光真清『城下の人』四部作(中公文庫)
中里介山『大菩薩峠』(富士見文庫)
岡本綺堂『半七捕物帳』(光文社文庫)
吉川英治『宮本武蔵』(講談社文庫)
江戸川乱歩『二銭銅貨』その他の初期短篇(講談社文庫)
正宗白鳥『文壇人物評論』(中央公論社)

三田村鳶魚『大衆文芸評判記』（中公文庫）

これからの伝記

私自身はいちどもまともに伝記など書いたことはないが、伝記を読むのは好きである。

東西古今の作家で尊敬する人を十人あげよといわれたら、そのなかにシュテファン・ツヴァイクを是非いれたいと考えているほどである。

で、私はこれから先もいろいろな伝記を――特に日本人の、しかも近代の人物のすぐれた伝記を読みたいのだが、いろいろ考え合わせると、どうもそれが難しいような気がする。昔にくらべて、それを難しくするさまざまな新しい要因が発生しているからだ。

第一に、伝記を書くにはその人の手紙を使用することが相当重大な要素と思われるのだが、近来、人はたいていの用事は電話ですませて手紙を書かなくなった。

その手紙もワープロで書く人がふえたようだが、肉筆の手紙ならともかく、ワープロの書面まで保存しておく人はまあ少なかろう。

第二に、伝記は多くその人の最後で終るのを恒例とするが、よほどのことがないかぎり、近代では人は病院で死ぬのを常とする。従ってその死床の枕頭にあるのは、妻子と医者と看護婦だけである。

その死を見とる人々のなかに、「臨終記」を書く意志と能力を持つ人が存在しないようになった。

第三に、家庭におけるその人物を知っていることが望ましいが、それを知る機会がきわめて少なくなった。およそ伝記は多く偉人的人物を対象とするが、その人物の功業ばかり礼讃した伝記ほどくだらないものはない。明治以来の日本の伝記の大半がそれである。

その人物の「人間味」の一面は日常坐臥の言動にあるのだが、それを知るにはふだんその人に親しく接していなければならない。阿川弘之さんの志賀直哉の伝記が面白いのはそのためだ。昔は同じ区域に住んでいたり、ときには庭づたいに台所からはいってゆくなどいう例も少なくなかったが、近来は住宅難でおたがいに遠く離れ、かりに近所に住んでいたとしても、家の作りからしてコンクリートをへだてて痒きをかくような感じになった。

第四に、家族からの異議申し立てがある。

人間はどんな英雄豪傑にしろ二十四時間英雄豪傑であることはできない。長い一生、あるいっときの栄光だけで名が残るか、あるいは一つの才能だけで世を眩惑させるかで、あとは凡庸《ぼんよう》な日常か、ときには悪徳だらけの生涯を送る例が少なくない。人は少なくとも明暗二つの面を持つ。すぐれた伝記はその暗の面も照射する。ツヴァイクの伝記が面白いのはそのためである。

ところが家族はそれに不快感をいだく。人間は、特に男性は、家庭における姿など彼の一面にしかすぎないし、かつそれも右にのべたように平々凡々たることが多いのだが、その死後家族はそのすべてを神格化する。世間的に偉人視された人物である場合、それはいよいよ甚だしい。私の見たかぎりでは、そんな父親を持った娘の場合、特に狂的なようだ。文豪などと呼ばれる父とその娘の例を考えてみるといい。

で、その伝記にいささかでも不満な点があればたちまち厳重な抗議が出る。ときには裁判沙汰になることもある。

そもそもある人間の一生をすみずみまで調べるなど、怖ろしく手数のかかる仕事だ。それを苦労して調べて大部のものを書いて、ある程度売れればいいが、一般に伝記などそう多い読者を持たないのがふつうで、その上面倒な裁判などにかけられては間尺に合わない。

かくて伝記を書くことはこれから先いよいよ多難となった、と私は思う。

それに、もう一つ、世が下るにつれて、だんだん人間が小粒になってくるようで、そもそも伝記の対象になる人物が稀になってきたのではないかと思われるふしもあるが、しかし同時代の人物は偉くは見えないもので、百年もたつと現代の人物でも偉人と思われる例が輩出するかも知れない。

また伝記というものは、書き方次第で、対象が凡庸あるいは悪徳人であっても面白いものだが、そうするといよいよ家族の抗議の可能性が高くなる。

私の「忘れえぬ人々」

私はことし七十二歳になる。日本人の平均寿命にはまだ及ばないが、しかし少年時代から蒲柳のたちだと見られていたから、自分では意外の長命だと思っている。

その理由をあれこれと考えてみると、その一つに、どうやらイヤなやつとつき合う必要がないということがあるようだ。黙ってひとり小説を書いていればいいという職業のおかげである。

特につき合いにくいのは、いわゆる「エライ人」である。「エライ人」にもいろいろある。いちばん厄介なのは、ちっともエラくないのに自分ではエライと思っている人物である。

このたぐいの人間が、つき合いをことわるわけにはゆかない上司とか先輩とかにいると、生理的にも精神的にもさぞ有害だろうと同情を禁じ得ない。そしてそんな忍耐をする必要がきわめて少ない自分の人生にあらためて感謝する。

こういう次第だから、七十二年をふりかえっても、自分に忘れられない影響を与えた人物などちょっと思い浮かばない。何しろエライ人とはつき合わないんだから。

それでも七十二年の間に、ともかくも何日かつき合った人で、いまも印象に残る人はだれだろう、と考えているうちに、ふと国木田独歩の小説「忘れえぬ人々」を思い出した。

早春の風寒い一夜、田舎のある旅籠《はたご》に一人の無名作家が泊る。彼は、帳場に猫を抱いて坐っていた武骨だが福々しい亭主から、あたたかいあいさつを受けたあと、部屋に通される。そして隣室の放浪画家と夜ふけまで酒を飲んで芸術論を交わす。無名作家は、いままでの旅で忘れえぬ印象を残した人々を書きとめた草稿を持っている。

そしてこの夜、忘れえぬ人として草稿に書き加えられたのは、酒をくみ、芸術論を交わした画家ではなく、帳場で猫を抱いていた旅籠の亭主であった、という話だ。

この「忘れえぬ人々」に似た人々が、私の想い出のなかにもあることを思い出した。二人である。

大人物ではない。一人は庄内で磯釣りに明け暮れている大老人で、一人は愛知県で蒲団屋《ふとんや》をやっている中老人だ。二人の間には何の関係もない。

この二人が、一、二年おいて別々に、終戦後の東京見物にやってきて、当時まだ学生だった私が案内をした。私との関係は略するが、とにかくそのときはじめて逢った人であった。

広茫たる焼野原を連れて歩いて、私がどんな説明をしたか、いまでは全然おぼえがない。二人の老人もきわめて寡黙であった。ただニコニコして、「うん、うん」とか「ほほー」とかの応答をもらすだけであった。何の異変も珍事もない。

それにもかかわらず、それから五十年ちかくたって、この二老人の風貌や様子《ようす》がいまなお記憶にあざやかなのである。

それは一言でいえば、「この人は善《い》い人だ!」という印象であった。

七十二年の間には、いくら人づき合いにぶしょうな私でも、少くとも千人以上の人とつき合っているだろう。思いかえしてみると、その大半が善人であった。それなのにこのご両人だけが、なぜ善人の結晶のような残像をとどめたのか、いまでも私にはわからない。

いわゆる偉人には、接するだけで放射能的影響を与える人がいる、という話は知っている。しかし外見どう見ても凡人のはしっこにいるような人も、ときに内部の善良さを月の暈《かさ》みたいにふちどらせている例もあることを私は知った。

――以上、独歩にならって私の「忘れえぬ人々」を書いたのだが、私の接触したのは、むろんこんなかげろうのような人ばかりではない。私の敬遠したいエライ人たちもいる。そのエライ人たちのなかには、正真正銘エライ人もいる。

やはり終戦後間もないある夜、学生服を着た私は、少し酔って、まだ浮浪者の横たわる新宿駅の地下道をフラフラ歩いていた。

十歩ばかり前方を七、八人の群がやはり酔った声で談笑しながら歩いてゆく。これはそのころ世に出ようとしていた探偵小説新進作家たちの会合の帰途なのであった。

すると、その集団のなかから、一人長身の影がひき返してきて私の前に立ち、

「君はほかの連中と少し変っている。僕はそういう眼で君を見ているからね」

というと、またツカツカと前方へ歩いていった。

それは江戸川乱歩であった。

のちに、自分に推理作家の才能がないと自覚するまで約十年間、若い私を推理小説の世界に縛っていたのは、大乱歩のこの言葉にあったと思う。

さらにあとになって、乱歩没後、いろいろな作家の回想記に、乱歩から私と同じような言葉をかけられたことがしるされているのを読んで、私は啞然としたのだが。

――

心残りな本の群

この春ごろから視力が急速に落ちて、おそらく老人性白内障が進んだのだろうと考えて、病院の眼科を訪れたら、白内障なんかじゃなく、糖尿病による網膜出血のせいだと診断され、放っておけば、遠からず失明すると宣告された。

それで糖尿病治療のため三ヶ月ほど入院して、糖尿病のほうはだいたい軽快したようだが、出血した網膜は二度ともと通りには回復しないといわれた。

日常生活にさしさわりはないのだが、読書しようとすると、活字が読めない。

私が当惑したのは、原稿が書けないこともさることながら、本が読めないということであった。

書庫にある数千冊の本の大部分は、実は未読だ。さしあたって読む必要がないから書架にならべてあるだけだが、いつかは読まなければならないと、考えているものが、少なくとも数百冊はある。

この「新刊ニュース」などという本にこんなことを書くのはおかしいのだが、私は意外に読書家ではないのである。

いつか某誌で、「未読の名著を三冊あげよ」というアンケートに、私は「源氏物語」「シェイクスピア全集」「マルクス・レーニン全集」をあげたが、すぐ次の吉行淳之介さんが同じ本をあげていられた事に苦笑したけれど、こんな大それた大著でなくてもほんの手近の、たとえば同時代の作家の作品でもほとんど読んだことがないのである。

読んで上出来の作品だとこちらが降参してしまって書く元気を失うし、また不出来な作品だと、こんなものでも通るのか、と世の中を甘く見るようになって、いずれにせよいい影響は受けないとみずから弁明しているが、なにほんとうに横着なだけである。

しかし、世に名著名作といわれている本だけは、いつか何とか読まなければなるまいと考えていたのに、思いがけない眼の故障でそれが不可能になったようだ、と考えるのは心さびしい。

たとえば「ドストエフスキイ全集」とか「南北全集」とか、「黙阿彌全集」とか……それぞれ二十何巻とか三十何巻とあるのだ。ほんの二、三巻走り読みしただけで、あとは空しく書庫に眠っているのだ。

「ああ、読めるうちに読んどくのだった！」と痛恨することしきりだが、そんなことをいえば人生全般にわたって然りかもしれない。

懐旧大佛次郎

大佛さんの作品について考えていることはあります。少年時代からの愛読者だから。昭和二年ごろ、「少年倶楽部」に「少年のための鞍馬天狗」の『角兵衛獅子』が出ていた。大佛さんの「鞍馬天狗」を全部読んだわけではないが、おそらく『角兵衛獅子』が一番の出来だろう。伊藤彦造の挿し絵もよかった。文章も挿し絵も、全力投球だ。子どものものだなんて、バカにしていない。子どもはそれに応えるものだ。それが人気を得た原因だろう。

大佛さんは、文章の似てる、似てないは別として、「だれの影響を一番強く受けたか」のひとりに入るかもしれない。子どものころ、親は「少年倶楽部」しかとってくれなくて、最盛期はそれに二本も載っていたのだから、影響を受けざるを得ないね。

影響というのは、話の作り方。大衆小説の構成。子どものころ読んだときから、作品に清新な感じを受けた。やはりフランス文学の「におい」がある。そして、主人公が超人でない。『角兵衛獅子』で、鞍馬天狗は天守閣で大暴れして疲れて捕まってしまい、水牢に入れられる。水がどんどんたまってくる。それを少年・杉作が助けにくる。そういうところに人間味がある。吉川英治なら、例えば宮本武蔵は一乗寺下り松で吉岡一門七十人を相手にしちゃうんだから、これは超人だ。大佛さんには、そんな超人は書けない。

伏線の張り方は、大佛さんはあまりうまい方ではないが、そういうのがうまいのは、十九世紀フランスの小説家、デュマとかユゴー。大佛さんが伝えるのは、フランス文学でも構成よりむしろニュアンスの方でしょう。

後で振り返って、ああ、いい小説だったなと思うのが多いんですよ。よく言えば、余韻を残すというのか。大人の小説ですね。

『敗戦日記』も読んで感じたことだが、こんな幸福な作家は日本人に他にいないのではないか。終戦の昭和二十年ごろになると、あとの連中は何を書いていいか、わからないんですよ。それが大佛さんは、ちゃんと書く目標が、連載の予定が、与えられている。終戦直後、内閣参与に選ばれたあたりから、毎日新聞から連載の話があったのではないかな。

僕たちはあのころ、何の目的もなかった。希望なんていうのもぜんぜんないし、読書も逃避、他に逃げるところがないからだった。それに比べれば、堂々たるものですよ。

つくづく思うのは、本当に書くことが好きな人だったということ。感心する。非常にいい意味での職人だと思っている。時勢に合わせて書ける人だ。巧妙な職人芸だ。そして歴史に対する関心が貫ぬかれていた気がする。みんな作家というものは、七十過ぎると維新を書きたがるね。それで、間に合わずに途中で死んでしまう。大佛次郎も、越後戦争のところで亡くなってしまう。徳富蘇峰も明治に入ったところまでだ。『天皇の世紀』は未完に終わったけれど、大佛さんは、自分のありとあらゆる才能を開花し尽くした人ではないですかね。まだ書くことがあったのに、生涯、発表する機会がなかったなんていう無念さはない人ではないか。漱石なんかは、書くものを持ちながら、無念で死んだ人だ。そういう意味でも大佛さんは、第三者から見て幸福な人だったでしょう。

（談）

Ⅳ　わかっちゃいるけどやめられない

忍法マージャン無情

麻雀《マージャン》歴は十年以上にもなる。やれば必ず徹夜である。人まかせである。そして、じぶんがそのくせ私はまだ点数の数えかたを知らない。人まかせである。そして、じぶんがアガったときは不当に安いように思い、ひとにうちこんだときは、不当に高いように思い、たえずシンコクな疑惑の念を抱きつつ、しかもどうしても数えかたがわからない。そんな人間ののべる、「麻雀に勝つ法」だから、決してアテにならないものと心得られたし。

しかし、なんの道でも、十年以上もやっていると、理屈だけは一人前に考えるものである。

王道に奇策なく、それはごく平凡なことで、麻雀に勝つには、何よりまず負けない法をこころがけるべきだ。

その第一は、つかないと知ったら、絶対にガメらないことである。歯をくいしばって、ただただうちこまないことに専念すべきである。——いうは易《やす》く、行なうはかたい。「金があってもつかわないことと、つかない麻雀に隠忍することは、人間の精神力を必要とする二大問題である」という格言を私は作り出したが、それほど、このことはむずかしい。ムヤミにホンイチなど作ろうとしていることに気がついたら、危険な徴候があらわれているものと知られたい。

その第二は、ややついているときも、百の勝ちを求めず、九十の勝ちを以って勝ちとせよ、ということである。信玄もそんなことといってましたな。だから、できるだけリーチなどかけないほうがよろしい。四《スー》ファンの見込みがあっても、三《サン》ファンでがまんしてアガることを心得るべきだ。

しかし、以上はあくまで負けない法であって、これでは決して大勝しない。大勝するには次の二条件が必要である。

つまり、その第三として、気力充実していること。——しかし、これまた結果論で、勝てばだれだって気力充実してくるし、負ければだれだって意気消沈してくるものだが、そこをなんとか人工的にファイトをかきたてるように、コンシンの努力をしなければならぬ。

さらに大勝するためには、その第四として、この人工的ファイトの域を超えて無念無想、パイ上人なくパイ下に馬なしという心境に入らなければならん。おれはツイてるな、ということすら意識したら、もう久米の仙人のごとく下界に転がりおちる。金や女や、あしたの仕事のことなどかんがえるのは以ってのほかで、いわんや勝ちすぎて相手にレンビンの情をもよおすなどということは言語道断《ごんごどうだん》である。

――と、以上、頭ではよくわかっているのだが、私自身は、つかないときに、かってガメらなかったことはなく、パイ禅一如の恍惚境に入ったことは数えるほどしかない。

実に麻雀は、人生よりも人生的であると痛感することがしばしばである。右の四つのジャン法にしても、いかにいわゆる「この世で出世する法」に通じているような気がするか。――そして、その実行が至難であることまで、いよいよもって人生に似ている。

しかし、似ているだけであって、あくまでこれは人生ではない。私は、野球とか将棋とかの名人達人が、その秘訣をもって人生にクンカイをたれるたぐいのことを、きわめて、かたわらいたく、ばかばかしいと思っている人間である。

人生は、麻雀や野球や将棋ほど、単純ではなく、純粋ではない。したがって、それだけ、こういうレクリエーションが愉《たの》しいといえるのだ。人生と同じだったら、レクリエーションにはならない。

ともあれ、麻雀とは底なしに愉しく、且《かつ》、底なしにむなしいものですな。

これほどむなしく愉しい遊びを発明した人は、ノーベル賞に値するどころか、人類に対して釈迦キリスト以上に偉大であると思う。同時にまた悪魔の大頭脳をもった人間である。──よくまあ、こんなからくりを考えたものだと感じ入るとともに、

「麻雀を考案した人間と、税金申告の計算法を考案した人間とは、人類稀有《けう》の怪物である」

という格言が胸に浮かんでくるのを禁じ得ないのである。

どうも、麻雀のことを語りはじめると、私は格言ダラクになる。

天下の至楽なれど

毎晩、一杯のんで寝る。枕もとにトランジスターをおいて、ナイターをきく。ときにはウトウトとまどろみ、ときには昂奮してふとんからとびあがりつつ、ナイターをきく。

夏の夜など、窓をあけはなし、涼風に吹かれつつ、まさに天下の至楽であると思う。しかも天下に、これほど安上りで、こちらのエネルギーを消耗しなくて、かつ安全なレクリエーションはあるまいと思う。

これほど結構な愉しみをあたえてくれるものに不平をいっては申しわけがないようだが、人間いたるところ文句ありで、二、三それをのべさせてもらう。

テレビのナイターはほとんど見ない。その最大の理由は、テレビは野球の途中からはじめるのがシャクだからである。

野球は一回から九回まであって、はじめて完成したショーとして見られるのであって、これを途中から見せ、時には途中で切るというのは、推理小説を途中から読ませ、途中でひったくって、どうだ面白かったかというようなものだ。こういう放送のしかたをする放送局はいったい正気かと疑いたくなる。これに対する弁解は一切受けつけない。あんまりこのやりかたが非常識だから、ラジオの途中からテレビがはじまってる時間になっても見てやらない。

そのラジオだが、放送局が四つも五つもぜんぶそろって巨人戦ばかりというのもオロカのきわみだと思うが、それはともかく、二つ以上の局が同じ試合を放送しているときにどちらをきくかというと、私はアナウンサーによらず、解説者によらず、コマーシャルによってえらぶ。つまり、不愉快でないコマーシャルの方をえらぶ。

どんなコマーシャルが不愉快かというと、押しつけがましくて、しつこくて、野暮ったくて、気のきかないやつだが、これは聴く人間の好みによって個人差があるだろう。しかしおおよその線というものがあるだろう。

カーンというホームランの音をきかせ、ワーッという観衆の大歓声をきかす。こんなのはきく人間の耳を混乱させる非常識で無神経なコマーシャルの代表である。

いつかどこかで野球選手たちに「スカッ」としたポマードを宣伝させていたが、野球選手はグラウンドにおいてこそスカッとしていても、声たるや全然スカッとしていないのが多いのだから、そのポマードをつけると頭がフケだらけになりそうで、まったく逆効果であった。

一般に、耳に入るものことごとく男性的な音響ばかりだから、女の声の方が効果的なような感じがする。

それから、試合時間がのびた場合の、例の「スポンサーのご好意によりまして」云々のあれは何とかほかに方法がないだろうか。聴く方はスポンサーの「ご好意」によってきかせてもらってるつもりは全然ないのである。

スポンサーのご好意は、放送局がスポンサーに、双方だけのあいだでしかるべく感謝しておけばいいのであって、それをお客に強要することはない。エチケットというものを知らない、野暮と押しつけがましさの見本みたいなものである。

どこのレストランが、大根やキャベツの仕入れの都合を客にきかせるところがあるか。

わかっちゃいるけどやめられない

悪魔の脳髄。

まるで一昔前の探偵小説の題名みたいだが、現実に存在するものですなあ。物語の中ではなく、実際に僕たちが体験して戦慄しているものがこの世に三つある。

その一つがマージャンである。

いまでも、マージャンをやると必ず徹夜になる。このごろは一晩徹夜すると一週間くらい疲れが抜けないが、以前は三晩ぐらいやったこともある。むろん四人だけでぶッ通しにではなく、控えに代打者はいるのだが、それでも三日目になると、全員、人間の顔色ではなくなる。

そんな或る朝、うつろな眼でおたがいの顔を見ているうち、翻然と悟りをひらいた。

「どうもこれはいかん。もっと君子の遊びをやろうではないか」

そして、思案ののち、提案した。

「どうだ、これからマージャンをやめて、釣りでもやらないかね?」

思いは同じとみえて、みんな賛成した。

さて釣りの道具にユニフォームを揃え、天気晴朗の一日、千葉の某海岸に堂々と繰り出した。船宿に泊る。その夕方から雨がふり出し、あくる朝になってもふりつづいた。

やむなく、マージャンをやって、雨の止むのを待った。雨は止まない。

涙をのんでむなしく東京にひきあげた。

ウサばらしに、つい新宿のマージャン屋に入った。カンバンになって追い出された。

大いに物足りない。で、みなをうちへ引っ張って来て、徹夜でザラザラ、チイ、ポン、カーン! それっきりです、釣りは。

買った道具は物置に放りこまれたまま、爾来、依然として、チイ、ポン、カーンの声がわが家には流れている。戦慄すべきはこの魔力である。

世に娯楽快楽は浜の真砂ほどあるが、その中で「わかっちゃいるけどやめられない」というべきものがある。これはむろん「悪いこととは知ってはいるが」という意味で、いわゆる「飲む、打つ、買う」の三道楽がその代表である。

釣りなどは、まさに君子の遊びである。そして一見マージャンとかたちだけは相似した碁や将棋にも、マージャンのような罪悪感は伴わないのではないか。右にあげた三道楽の中の「打つ」はもちろん賭博のことで、当然金がからんでくる。金がからまなければ賭博とはいえず、気のぬけたビール同然のものとなる。マージャンにもその分子がないとはいわないが、しかしたとえ賭けなくても、マージャンは本質的に賭けごとの持つ罪悪感を秘めていやしないか。

そしてマージャンをやった人ならだれでも御同感であろうが、こんな遊戯のからくりを考えた人間の脳髄はどんな具合になっているのかと、舌をまかない人はないだろう。マージャンそのものの魔力もさることながら、こんなものを考案した頭脳はさらに戦慄的で、「悪魔の脳髄」とはまさにこのことだ。

これを中国人が生み出したのである。中共が原爆や水爆を打ちあげて、全世界いまさらのように狼狽しているが、マージャンを独創した民族だもの、原爆水爆など何かあらんとさえ思う。

とはいえ、核分裂を開発したユダヤ人の頭脳も、むろん恐るべきものだ。その洗礼を浴びせられた日本人として、これにも「悪魔の脳髄」という尊称をささげなければならない。マージャンと核分裂、これぞ人類始まって以来の悪魔的脳髄のベスト・ツーである。

そして、どうしてもベスト・スリーをあげろといわれるなら、それは——日本の税官吏のつきつける納税申告書の計算法である。ひょっとしたら、これこそ悪魔の脳髄のベスト・ワンかも知れない。

日本人は自信を失うにはあたらない。

怪健康法

マージャンをやると、いつも徹夜となる。五チャンや八チャンでやめるくらいなら、いっそやらないほうがマシだ。いまではあまりやらないが、以前には三日くらいぶっ通しにやったこともある。やめたとき一同の顔はもうこの世のものではない。

にもかかわらず、私にとってマージャンは、じつにいい健康法なのである。冗談でなく、まじめな話。

第一に、お酒を飲まないことである。

片手でグイグイあおりつつやるという人もあり、人がおやりになるのは、ちっともかまわないが、当方としては、マージャンのほうがどうしても大味になるので、マージャン中だけは、晩酌の時間にかかっても飯だけ食う。

酒というものは、十日目ごとに大酒を飲むより、毎晩二合の晩酌のほうがからだによくないことは明白なのだが、この蓄積作用を中断できるからありがたいのである。

第二に、快眠できるからである。

ほんとうによく寝たなあ、という睡眠感覚の持てることは、私たちにはあまりない。いつも睡眠不足意識で起き上がってくるのがつねである。

ところが、徹夜マージャンをやると——それ以前も起きて何かしているのだから、実働は二十数時間、三十数時間となり、あとバタングウとなると——私は、じつに十八時間ぶっ通しに眠り続けたことがあった。その眠りのさめたあとは、まるで赤ん坊が目ざめて雨後の青空を見たような、それどころか、まるでこの世に新しく誕生したような気がする。

あえて現代人に健康法として徹夜マージャンを勧める。

オール・イン・ワン

　私はいま多摩市に住んでいるが、十年ほど前ここに来たとき、知り合いの編集者からゴルフを勧められた。「車で五分も走れば桜ヶ丘カントリーがあるじゃありませんか。こんなにゴルフ場に近いところに住んでる人はありませんよ」

　そこで早速桜ヶ丘カントリーのメンバーになり、早速ゴルフ場に出かけた。早速も早速、なにしろ一回も練習場へ通うことなく、生まれてはじめてというのに、図々しいといおうか大胆不敵といおうか、のっけからゴルフ場に現われ出でたのである。

　むろん、バンカーなどにはいった球をどうしてあげるか、全然知らないのだから結果のひどいことはいうまでもないけれど、それはそれとして一種の瞬発力を出す能力はあると見えて、うまくミートしたときは同行者があっけにとられて笑い出すほどよく飛ぶのである。初体験の印象は、「こりゃ案外やれるゾ」という感じだった。そこでゴルフの先生に一週二回来てもらって、自宅の庭で練習を開始した。

すると、先生がいう。「首を動かさないで肩を回せ」とか、「バックスイングするとき、かかとをあげてはいかん」とか。——「そんな難しいことをいわれたらこっちはお手上げだ。下手でもいいんだから」と悲鳴をあげたら、「いや、やる以上は上手にならなければ無意味です」と、叱られた。これには反論の余地がないが、さてそんな風に練習してゴルフ場へ出かけると、第一回のときとは打って変って、いやもうてんで球がクラブにも当らないのである。

まあ、これを乗り越えてつづければよかったのだろうが、そのうちゴルフとは関係のないことでギックリ腰になってしまって、それっきりということになった。

ただネットだけは、依然として庭の一隅に頑張っている。まだみれんのある象徴である。そのうち是非、腰の心配のない状態になって、爽快にアクシネットをふりまわせる日の来ることを夢みているのである。

相手の攻撃になるとラジオは切る

「巨人・大鵬・卵焼き」といってその幼児性を笑うが、私はまさにその通りである。もっとも相撲の場合は、大鵬よりその前の若乃花のほうがこの言葉にあてはまったけれど。

――さて、その巨人だが、どうもはんとうに好きなのは、長島らしい。だからもし長島がよそのチームの監督になったりすると困るわけだが、しかしそんなことは将来にもありそうにないから、これはまったくいらぬ心配だろう。

川上監督も尊敬の的であった。テツのカーテンだとか石橋を叩《たた》いても渡らぬ野球だとか、あまり評判のよくなかった時代でも、「川上はまさに戦国の大武将である」という私の認識は不動であった。

ほんとうに今でもこの形容に値するのは、日本のあらゆる分野を通じて、川上と二子山親方以外にないような気がする。

ところで私は、野球のテレビ放送はまず見ない。ゲームの途中からはじまって途中から切ってしまう点について、テレビ局のほうにはやむを得ない事情はあるのだろうが、私は聞く耳を持たない。どんな弁明もなりたたない。それはあたかも、推理小説を途中から読ませ、途中で本をひったくって、「どうだ、面白かったか」というようなものだ。

だから、私の場合はラジオである。夜、蒲団《ふとん》に横たわって、電気を消して、ラジオの音を小さくして聞く。テレビで見るとだらけたプレーでも、ラジオのアナウンサーにかかると手に汗にぎるファインプレーとなる。聞いていて、天下の至楽だ、と思うのだが、同時にこの世の中で、これほど安上がりのレジャーはまたとあるまいと思う。

スポーツで、自分がファンであるかどうかを弁別するには、その対象となる力士なり選手なりが登場すると、心配で胸がドキドキするかどうかだと思うのだが、私の場合は徹底したもので、巨人戦の場合、相手チームが攻撃に回ると、ラジオを切ってしまうのである。そして大体時間を見はからって、巨人の攻撃がはじまったころ、またスイッチをいれる。いっそ、表、裏、ぜんぶ巨人が攻撃ばかりしていたら、負ける心配はないのだが、などと考える。

闇中で、ひとりで黙々とこんな操作をやりながら、ときどき「やった！　やった！」と奇声を発して蒲団からハネ上る男は、まあ漫画としかいいようがあるまい。

師恩の証明

去年この大会（編註・角川書店の麻雀大会）に出て、私は尻から二番目であった。いわゆるブービーというやつだ。

どういうわけか、ブービーというのは優勝につぐ？　くらいの賞品がもらえるものだそうだが、何といっても当人のクツジョク感は耐えがたい。

考えてみると、ふしぎなことに私は、いつ、だれとやってもブービーのことが多い。いかなる強豪とやっても、結果から見ると尻から二番目になっている。それにしても、何十人かの大会でもブービーとは驚いた。

とにかく人前に出せるマージャンではないということがわかったので、ことしは遠慮するつもりだったのだが、高木彬光さんがはじめて出るというので、また狩り出された。

高木さんは今を去ること二十余年前、私にマージャンというものをはじめて教えてくれた人である。この恩師が久びさにみずから牌をとり、かつは弟子のその後の上達ぶりを見てやろうというのだ。私としてはこの恩師の心に背を向けるわけにはゆかない。

第一回戦の顔ぶれの中に、吉行さんと佐野さんがあった。吉行さんは麻雀の本を書かれるほどの人であり、佐野さんはかつて週刊誌のマージャンでたしか五味康祐さんのあとをついで指南役をやったほどの人である。この雀豪たちを相手に、ともかくも私はプラスで二位となった。のみならず、発をカンし、白をポンしたら、それがことごとくドラになり、しかも同時にテンパイしているという場があって、みなをセンリツさせた。ただし、アガレませんでしたけどね。

第二回戦の相手の中に、結城昌治さんがいた。これは去年、私をブービーにしてくれた、つまりドンジリになった人で、この日の顔ぶれの中にその顔を見出して、まず私をホッとさせた人である。この回も私はプラスで二位となった。

――こりゃイケルゾ！

と、私は心中ふるい立ったが、これがイケなかった。

第三回戦の権田、虫明、海渡の諸氏を相手に、いままでのツキを頼りに、少々無造作過ぎた。もっとも配牌もツモリも決して悪くなく、いわゆる半ツキという状態がたたったのである。大敗した。

第四回戦。吉行、秋山さんたちが相手であったが、終始、沈滞したまま終った。で、結局――なんとまあ、ことしもまた大会のブービーという烙印を押される羽目になってしまったのである。

ドンジリは、高木さんであった。この恩師はみずから身を殺して不肖の弟子をドンジリから救ってくれたのである。――とはいうものの客観的に見ればなんと出来の悪い師弟であることよ！

二年連続ブービーとは情けないが、しかし、これ、何十人かの大会で、やろうったって、なかなかやれるものじゃないですよ。来年もし出て、三年連続ブービーとなったら、これまた一つの偉業として、角川書店から特別の賞でももらわなければならない。

それにしても、場所は目黒の雅叙園である。目黒といえば、私が三十三年前、ここでB29の落す焼夷弾の雨の中を――阿鼻叫喚の町を、命からがら逃げ出したところだ。いま同じ場所で天下泰平のマージャンを愉しみつつ、私のまぶたにはあのときの惨澹たる光景が浮かび、「命なりけり」という感慨を禁じ得ないものがあった。

眼の前の要らぬ牌など
かりかりと噛みてみたくなりぬ
もどかしきかな

いと暗き
穴に心を吸はれゆくごとく思ひて
満貫を打つ

石ひとつ
坂をくだるがごとくにも
我この惨敗に到り着きたる

今様力士の理想像

一勝負百万円の価値

若いころから虚弱な身体で、スポーツなんかやったことのない私だが、もし人並みはずれてたくましい肉体とスポーツ神経の持ち主であったとしたら、野球選手、プロゴルファー、登山家、マラソン選手、たいていはやってみたいけれど——ただ、相撲取りだけにはなりたくない、と考えていた。

そんな私が、テレビのあらゆるスポーツ番組の中で、一番熱心に大相撲を見ている。それは私が晩酌を始める時間にちょうど合っているからだが、しかし、一杯やりながら観戦するのは、実に申しわけないような気もすることもある。

百数十キロの——時には二百キロ前後の肉体が、テレビでも聞こえるほど音たてて相打ち、時には鮮血さえ飛ばし、数十秒の勝負が終われば滝のような汗を流すのが見える。

私が、まかりちがっても相撲取りにだけはなりたくないと考えるのは、想像で自分の肉体条件を置き換えているにもかかわらず、百数十キロの肉体と相打つなんて、そんなオソロシイことは、と恐怖心にかられるからだ。八百長やるんだって大変だ。

私は、どんな取り組みにも、一勝負、双方に百万円ずつやってもいいくらいに思う。

——と、考えて、ハテナ、いまの力士は平均すると、ホントにそれくらいもらってるんじゃないか知らん？　と首をひねった。

一勝負百万円とすると、一場所で千五百万、六場所で九千万円となる計算だ。

まさか？　といわれる方が多かろうが、ふつうなら九千万円稼いでも、市民税も加えれば六、七千万円持ってゆかれる。それを勘定にいれると、力士の場合、実質はそれ以上になるのじゃないか知らん。

それは力士には、税務署の捕捉《ほそく》できない、タニマチからの祝儀というものがあるからだ。——そうでなければ、三十歳前後で引退する力士が、大変な相場の親方株を手に入れ、その上、両国あたりに土地を買って部屋が作れるはずがない。

それにこのごろの世間の豊かさで、タニマチの祝儀も莫大《ばくだい》なものになったろう。

それはかまわない。右に述べたように、力士という職業は充分それだけの報酬に値する、と私は思う。

チャンコよりピザ

ところがである。「大相撲」六月号（読売新聞社刊）に大変面白い座談会がのっているが、それによると、このごろの力士の卵たちは、日本酒やチャンコは敬遠し、ピザやハンバーグで洋酒のたぐいを――それも軽く飲むといったあんばいで、ヤボなタニマチとつき合うより、女の子とゲームセンターへゆく「軽薄短小」の暮らしのほうがお気に入りだという。

それでもお祝儀が多いので、序二段あたりで月に三十万円くらい親に送金している者もいるという。

また、知り合いの相撲記者にきいた話では、彼らの理想像は蔵間だそうな。蔵間は、いつも幕内のまんなかあたりをエレベーターのごとく上下している力士だが、豪邸に住み、元女優を奥さんとし、ベンツに乗り、趣味はゴルフで、社交的で、努力、辛抱、根性などという言葉は大きらいだ、と笑いながらいうという。

まったく私も同感だ。私にとっても理想像である。

そして、幕内の適当なところを上下していれば、なまじ横綱大関になるより相撲寿命を長く保てる。サラリーマンにとっても理想の生活だろう。彼らの多くは、社長なんかになるより、適当に働いて、一応の高給をもらって、自分の趣味に合った生活をするのが人生の望みだというのだから。

蔵間に失望

ただしかしである。蔵間は以前、私もひいきの力士であった。が、そのうちだんだん失望して、いまでは蔵間の取り組みが始まると、トイレに立っていってもいいような心境になった。

横綱大関と顔が合う力士は、まかりちがうと一発でこれを倒す可能性を見せなければ面白くないが、だいぶ以前から蔵間には、ほとんどそんな期待感が持てないからだ。

かつての富士桜などが、こういうこわさを持った力士だった。そして以前は、彼のようなタイプが若い力士の理想像であった。それがいまは蔵間だという。

ほかの職業なら、身のほどを知った優雅な人生も結構だろうが、勝負事を人さまに見せてオマンマをいただく職業は、それじゃ困る。見る者にワクワクするような凄味《すごみ》と面白味を与えてくれなければ、何のためにそんな職業をやっているのかわからない。

これを本末転倒という。

相撲雨だれ話

ほとんどテレビだけで観戦している人間の勝手な雑感である。

二、三度、蔵前の国技館にいったこともあるけれど、マス席ながら土俵にあまり遠い場所であったので、客席の雰囲気は面白かったが——特に力士への声援に、女性群が男性に決して負けていないのに感心した——相撲自体は、私のような素人にはかえってテレビのほうがありがたいと思った。

テレビでは、栃岩時代から見ているくせに、まだ相撲用語もろくにおぼえない横着なファンである。

それでも、長い間見ていると、雨だれのようにいろいろと感想がある。それを五つ六つ。

＊

私は北の湖のひいきであった。北の湖があんまり強くて、一見無愛想で、まったく人気のないころから、役者じゃあるまいし、相撲は顔でとるものじゃない、見よ北の湖の強さを。彼こそは、双葉山、大鵬とならぶ近世の大横綱だ、と、ほめたたえていた。

ただ引退のしぶりが少々モタついたようだが、あれだっていたずらに往生際が悪かったのではない。彼は自分の弱りぶりが、どうしても納得できなかったからに過ぎない。おれがこんなに弱くなるはずはない、これはいっときの不調で、またすぐもとに戻るにきまっている、という考えが彼をとらえて離さなかったのにちがいない。

北の湖にはかぎらない。スポーツ選手の大半が引退するときはそんな風に考えるだろうが、それでなお現役であろうとしても外部が許さないが――二代目若乃花はその例だ――北の湖の場合は、彼の執着をもっともだと認めて、だれもその往生際の悪さをそれほど責めなかったのである。

＊

横綱は成績がかんばしくなくなると引退する。正確にいうと、引退に追いこまれる。これは相撲の世界の掟《おきて》で、日本人のいさぎよさの見本だが、しかし考えてみると、あらゆるスポーツ、勝負事で、これほどきびしい掟を設けているのは相撲だけではないか。

野球でもゴルフでも、あるいは碁、将棋でも、または俳優でも、それがプロであるかぎり、たとえ力や魅力が衰えても、二番手、三番手、あるいは脇役として働くことを許されるのに、ただ相撲の横綱だけは許されないというのは少し酷ではあるまいか。

そしてまた、たとえ横綱として不成績でも、まだ充分幕内力士として通用する――それどころか、可笑《おか》しくも悲しくもない平凡な力士より、はるかに力と技を持った力士を消し去るのはモッタイない話ではないか。

それでも勝てなければ、自動的に番付は下り、天然自然に消えてゆく。その間、自分の力のつづくかぎり死闘する経過を見せるのもまたスポーツ人として壮絶をきわめた姿であり、ヘタな取組よりもっと商売になるではないか。

老年の醜さをいやというほど見せつける政治家の世界などを見ていると、せめて相撲だけはいさぎよさを花とする日本古来の伝統を守って欲しいと思うのも当然だが、それにしても力士だけにその伝統を守らせるのは忍びないように思う。

むろん、いさぎよく引退を望む横綱は、それはそれでよろしい。それは本人の意志にまかせるのである。

横綱の権威を保つためというけれど、碁や将棋の名人位だって、その人が退いても別に位の権威が落ちるとはだれも考えないではないか。

＊

伝統といえば、力士は勝っても笑ってはいかんそうだ。先だって、北尾が横綱に勝って思わずニイッとしたのがとがめられ、逆鉾が勝って反射的にガッツ・ポーズをしたので叱《しか》られたとかいう。

まあ、敗れた相手に対する武士の情けということだろう。勝つたびにゲラゲラ笑ったり、オーバーなガッツ・ポーズをするのはどうかと思うけれど、思わず知らず出る勝利の笑いや動作は、スポーツなのだから特に叱ることはないのじゃないか。

北尾の笑いに不快感を持った観客はいないと思う。

あれだけ全エネルギーをふりしぼって格闘したあと、天然自然にあふれる表情まで、凝固剤で固めてしまっては健康にもよくないだろう。

そういう自然に反したことをやるから力士の寿命をちぢめるのである。例は逆だが、すぐに泣く女が長生きするのを見るがいい。

＊

健康に悪いといえば、ＮＨＫは横綱大関を破った力士をインタヴュー室に呼ぶが、いま引き揚げてきたばかりで、死にそうにあえいでいる力士に何かいわせようとするのは、あれこそ力士の寿命をちぢめやしないか。次の取組を一番やったあと、少し息のしずまったところでインタヴューしたって、どうということはないだろう。あれでは、見ているほうもつらい。

それに横綱大関を破ったからといって、特別にインタヴューするに値しない取組もあれば、小結を破ってもインタヴューに値する取組もある。ただ機械的にインタヴューするのはつまらない。それはＮＨＫのほうで、自由に取捨選択すべきだ。

＊

東京場所ごとに天皇が見物にこられるのは微笑ましい。

天皇はただいちどプロ野球を観戦された。おそらく国民がかくも熱狂するプロ野球とはいかなるものか、いちど御覧になっては、とすすめる者があったのだろう。

それが例の、長島の名とともに球史にのこる天覧試合であったのだが、それほどの名試合を御覧になりながら、それっきり二度と天皇はプロ野球見物においでにならない。やはり面白いとは思われなかったのだろう。

それにくらべて、相撲のほうはホントにお好きらしい。相撲の方で君が代を歌うのもむりはない。

実はこの天覧については、途中の交通規制、警護その他大変なことだろうと推察するし、またその日のために特別の取組を作るようで、それがあとの取組にひびいてくるのがちょっと困るが、とにかく八十半ばの老天皇が、けんめいに星取表に鉛筆をいれられながら見物していられる姿を、大多数の国民は微笑して見ているにちがいない。

これは万葉的光景である。

＊

微笑ましいといえば、相撲のシコ名も笑わざるを得ないものがある。

明治時代などにあったという奇抜なシコ名の数々もさることながら、私は嗣子鵬、凱皇、前乃臻、魁傑など、字引にもないような文字を見ると——いまは見馴れたけれど、はじめは可笑しかった。巨砲、大豪、麒麟児などという、単語そのものは字引にあっても、シコ名となると微笑させられる。

これだけユーモアを心得た漢字学者をどこから探したのだろう、と首をひねったが、その多くは以前からあったものだということを知ってまた驚いた。

また名といえば、力士が引退すると部屋の親方の名に変えるが、あれも全部、たとえば桜部屋とか松部屋とか花木の名にして、親方はもとの名をつづけたほうがいいのではないか。

多くの人に名をおぼえられるということは大変なことだが、せっかくおぼえてもらった名を捨てて、突然なじみのない名に変えるというのも、モッタイない話だと思う。

私なども、何々親方ときいて、もとの名をすぐに思い出せる人は、ほんの少数である。

V

風山房日記

日記から

事実の奇

七月某日。

週刊誌に連載中の小説に、樋口一葉が高利貸と談判する場面を書く。

一葉は死の一、二年前に貧苦のあまり、見も知らぬ有名な占師兼高利貸のところに乗りこんで、千円（いまなら一千万円くらいだろう）貸してくれと申し込む。何らの代償なしにそれを求める一葉も正気の沙汰《さた》ではないが、むろん相手は代償を求める。それは一葉の身体である。

一葉自身の日記によると、そのかけひきは奇々怪々をきわめる。それを現代文にし、小説式に問答化しても知らない読者は、なんとまあ馬鹿げたやりとりだろう、と失笑するだけだろう。

その点、この場面に関するかぎりは、自分の小説のほうがつじつまが合っている。つじつまは合っているがそれは虚構であって、事実は小説より珍妙奇怪なのである。世には、実際に起こって見なければ信じられない事件があるが、特に人間の心理、心理的闘争はつじつまの合わないことがうんとある。

一葉はこんなもがき方をしながら、こういう現実とダブって不朽の名作「たけくらべ」を書いて死んでゆくのである。

その「たけくらべ」は百枚くらいの分量だと思われるが、中でヒロインの美登利を、無造作にみどりと書いたり緑と書いたりしているところがあるのを発見。

書き終えて、午前三時半、犬を連れて散歩に出る。

伝記

七月某日。

未明、散歩から戻って、三国一朗「徳川夢声の世界」読み終わる。これは日本の伝記の中のAクラスに属するものだ。

伝記について、読者としていろいろ考える。

日本にはほんとうにいい伝記が少ない。近年あまり本を読まないので大きなことはいえないが、阿川弘之「山本五十六」、水上勉「宇野浩二伝」、後藤杜三「わが久保田万太郎」……と、感心したものをあげて、そのあとにつづくものがいま思い出せない。

それにくらべると外国には感心する伝記が雲のようにある。なぜ感心するかというと、その対象の弱点、暗部なども描き出されて、その人間が生動しているからだ。

日本の場合は、たいていは偉人伝である。みんな、「国のため捨つる命は惜しまねど……」とか何とかいって従容として薨《こう》じたような人ばかりである。嘘《うそ》をつけ、クソ面白くもない。だから、だれも読まない。

その重大な理由の一つに、遺族による神格化の問題がある。人間は、家族だってその一面しか知らないものだが、ちょっとでも故人の弱点暗部にふれると、たちまち眼をつりあげて抗議する。ワリに合わないから、だれも書かないことになる。

伝記でも書かれようという人は、よかれあしかれ非常に興味ある人間なのだが、いい伝記が残っていないと、せっかくの人物が結局忘れ去られる。ひいきのひき倒しとはこのことだ。

午前三時半の散歩

七月某日。

例によって未明の散歩。ある夏の夜明け方これをやったらきわめて快適だ。それからやみつきになった。多摩の丘の上の町から犬を連れていろは坂を下り、麓《ふもと》の河の堤防を歩いて帰る。行程約一時間十分。途中で日の出を見ることになる。すると、このごろは午前三時半ごろ出かけるのがいちばんいい。

だから、出かけるときはまだ真っ暗だ。都内の盛り場なら知らず、この丘の上の町では、その時刻歩いている者はだれもいない。

いつか娘が、その時刻お父さんがあちこちのブザーを押してまわってお巡りさんにつかまった悪夢を見た、といったことを思い出し、ちょっとそれをやって見たい発作を感じながら歩いていると、向こうからパトカーがやって来て、こっちに気づいて、車をとめてじっと薄闇《うすやみ》をうかがっている。やがてこちらが大きなアフガンハウンドを連れていることを発見し、まさか犬を連れたドロボーはおるまい、と判断したらしく、そのままいってしまった。

しらしらと夜があけて来る。どういうわけか片側の草むらから舗道にみみずが沢山這《は》い出して死んでいる。相当の距離にわたっておびただしい数だ。みみず界に何かこちらにわからない大異変が起こったにちがいない。

申しわけないが、ベトナム難民のことが頭に浮かぶ。それから、夏のこともあって、三十五年前の夏死んでいったおびただしい人間を思い出す。あれもみみずのほうから見たら、人間界のわけのわからぬ大異変に相違ない。

昼夜

七月某日。

午前三時半の散歩なんかしている男だから、昼夜の逆転が起こる。この春など、眼がさめて時計を見たら十二時であったので、さて昼飯でも食おうか、と暗い寝室を出たら、真夜中の十二時だったことがあった。

これで世間なみのつき合いをしようとすると、やはり困る。どうしても出なければならぬ会合などがあると、そのために二、三日前から体調変更の準備にとりかからねばならず、会合が終わると、また体調をもとに戻すのに二、三日かかる。家の中で世界旅行の時差ボケをもっと大がかりにやっているようなものだ。

未明の散歩をやると、もう四時半ごろから天地は明るいのに、なお数時間世の中はしんかんとしている。こんなに明るく涼しいのに、みんな枕をならべて口をあけて寝ているのはモッタイない、と思い、例のサマータイムの発想をもっともといいたくなるが、しかし終戦直後のサマータイムの試みはうまくゆかなかったという記憶がある。わずか一時間の繰り上げでみんな体調を崩したのである。

夜はただ暗いだけの江戸時代には昼夜逆転の人なんかあるまいと思っていたら、津軽藩史に、ある殿さまがこの習性を持っていたために政務が混乱し、お家騒動が起こったことがある事実を読んで、ふき出すとともに同情したことがある。

暑くて、昼、寝てもいられない季節になった。涼しい朝にみな寝てるのは、やはり意味があるのだと知った。

本

七月某日。

夜明け前の散歩でも汗をかくようになったので、例年通り蓼科へゆくことにし、その支度にとりかかる。支度の中に、寄贈された本の運搬がある。

せっかく頂戴した本をむやみに処分するわけにはゆかず、さりとて自宅の書庫は本の重みで床が沈んでいるくらいで、もう余裕がない。そこで、ついでのとき山荘に運ぶのだが、それだってもう数千冊に上るだろう。結局これをどうするのか、自分でもわからない。

実際本を人に贈るのも考えものだ、と逆の視点から首をひねって、当方はなるべくひかえるようにしている。

ときどき、もらった本を読んで何か感想があれば礼状に書くのだが、これに対して応答のあったためしがほとんどない。ほかの品なら知らず本の場合は、読んでもらったら礼をいうのが礼だろう。以後その人の本はこっちも読んでやらない。

本屋にいってあの本の大群を見ていると、馬鹿げた連想だが、昔東京のあちこちにあった妙な町で女たちがズラリと並んで、チョイトチョイト、オメガネさん！　と呼んでいた光景を思い出す。

笑いごとではない。こっちだってその一人なのである。そしてよくこの年まで何とか客があったことを奇蹟のように思う。

自分の本を読んでくれた人に感謝しなければならない。私は、そのうち小説などは、読んでくれた人に著者のほうが金を払う時代が来ると思っている。

ぶぜんとした顔で本をたばねる。

ドライブ・イン

七月某日。

蓼科へ出かける。蓼科に小屋を作った十五、六年前は、車で片道七時間くらいかかったが、次第に新しい道路が出来て、いまや中央高速がほとんどつながって、三時間くらいになった。

それはありがたいのだが、いままで利用していたあちこちのドライブ・インとは縁が切れることになった。

そのドライブ・インだが——一般の食い物屋でも同じだろうが——いつも客が込んでいる店と、がらんとした店がある。どちらも同じ種類のものを食べさせる店なのに、である。

それにはいろいろ理由があるが、結局味である。うまいと思うと、またそこに車をとめるようになるし、また口コミの影響が大きいようだ。

はやらない店は、なぜ客が来ないか、はやる店にいって味見をしてみればすぐ納得がゆくだろうに、と、その鈍感ぶりがふしぎである。小説家の場合は、いくらお前はヘタクソだといわれてもどうにもならないが、ドライブ・インの料理の味くらい、すぐにまねられると思うのだが——。

客はまずいと知ると、忠告はしない。ただ二度と寄りつかないだけである。たとえ途中で改めても、寄りつかないのだからわからない。こわいものだと思う。

ただし、はやると店を拡張し、たちまち味が落ちることてきめんである。ところが、ふしぎなことにこの場合は意外に客足が落ちない。第一印象と口コミの名残はわりと長くつづく。ジャイアンツがいつまでも人気があるようなものか。

シンプル・ライフ

八月某日。

山荘で風呂を焚く。薪である。

蓼科じゅうの別荘の中で、薪で風呂を焚くのは自分のところだけだろう。みんなプロパンだ。せっかく山の中に来ながら、薪で風呂を焚かない法があるものか。それに、焚火、という行為はふしぎに人の心を落ち着かせる。それにしても八月の午後、焚火のそばに何時間もへたりこんでいられるのは、さすがに蓼科である。

自分はこの山中で、いわゆるシンプル・ライフというやつをやりたい。何なら戦争中の生活の再現をやってもいいくらいに考えているのだが、いつのまにやら家内の手で、電気冷蔵庫、石油ストーブ、電気洗濯機、電気掃除機はもとより、瞬間湯沸かし器までそなえつけられた。女性はいついかなるところでも、自分の巣をただ便利なように、快適なように変えてゆく本能を持っているらしい。風流など、眼中にない。

もっとも、文句をつけようにも、こっちは趣味で風呂を焚く以外何もしないのだから、ひとの便利に異議を申したてる権利がない。ただ、電話だけは拒否した。

それにこのごろは、シンプル・ライフのほうがかえって手がかかるようになった。いま、せっかくの山中、薪を焚かない法があるか、といいたけれど、実際問題として、いくら山中でも薪にするような木が自分の領土内にゴロゴロころがっているわけではない。大部分東京から持って来るのである。自宅の庭の植木の支えにつかっていた棒を切って運ぶのである。東京から信州の山中へ薪を運ぶとは、よく考えてみれば妙ちくりんだ。

明治人

八月某日。

山荘の裏で薪を作りながら、明治人ということについて考える。

明治人はたしかに偉大であった。明治人というとわれわれは、西郷大久保、あるいは東郷乃木、あるいは鷗外漱石を思い浮かべる。大正以後の政治家、軍人、作家にこれ以上の人物は、というと首をひねらざるを得ないから、偉大という点ではたしかなものだ。

ところで、いまよく「明治人の気骨……」とか何とかいって紹介される人を見ると、それはむろん明治生まれの人のことだが、しかしその論法でゆくなら、右にあげた人々はみんな江戸人のはずで、そこに混乱があるようだ。

私は、「生年」ではなく「成年」を基準とすべきだと思う。つまり明治四十五年に成年以上であった人をほんとうの明治人と考えるべきだと思う。この人々こそ明治を作りあげ、あるいは明治に活躍した人だからだ。

もし乃木将軍や鷗外漱石を明治人とし、その認定を正しいとするなら、以後も同じ計算によらなければならない。

すなわち明治二十五年以後に生まれた人は大正人である。これこそあの無謀な昭和の戦争をひき起こした問題の世代で、そのくせ、偉大な、江戸時代生まれの真の明治人の席にチャッカリ座りこんで、明治人のバックボーンは……など、のたまう。明治三十八歳など称した総理大臣などこれにあたる。

そして明治四十年に生まれた人は昭和元年に二十歳だから、これ以後が昭和人だ。では昭和何十何年から次の元号人になるだろう？

昔も今も

八月某日。

外国で航空事故などがあったときのニュースにまず「遭難者に日本人乗客はありません」とか何とかいうのが、どうもひっかかるような気がしていたが、先日樋口一葉の明治二十六年七月十二日の日記に、シカゴ博覧会で大火があって死者十七人とある新聞記事を書いたあとで、「日本人はみな無事とありたるぞ先《まず》は嬉しき」とあるのを読んで、思わず微笑した。

それにしても日本人は、そんなことが心配になるほど、そのころからシカゴなどへもいっていたものと見える。

それからきょう、川上音二郎の明治三十三年の欧米漫遊記を読んでいたら、当時文字通り大英帝国のロンドンで市民はみな生活が地味で、その中で金の切れ離れのいいのが案外にも日本人だという話だ、と述べている。

してみると日本人の金離れのいいのは、何もGNP第三位のせいではないのである。

以前私は、それは日本人のコンプレックスの反動だろう、と見ていたが、再考すると、一般に日本人は、同国人に対しても金離れはいい方ではないのか。それは金よりも人間関係をよくしておいた方が結局トクになるという、社会的歴史的なチエではないかと思うようになった。もっともそれは、金などはアテにならんという通貨不信の現れでもある。

昔も今も変わらない、という変な例をも一つ思い出した。明治四十四年の漱石の手紙に、冬でも夏の野菜があったり、夏でも冬のものが食えたりして、季節の変わり目がなくなった、とある。これも甚《はなは》だ意外であった。

放射線

凶が吉を呼ぶ

忘れていた。このコラムの私の分担は先週金曜日の一月四日からはじまったのだが、一月四日は私の六十三歳の誕生日だった。

一月四日というと、正月三ガ日が終わって、ヒョイと真空状態になるような日で、家族はむろん、私自身が誕生日であることを忘れたまま通りすぎることが多い。

それにしても、長生きしたものだ。六十三というと、平清盛、乃木希典、ルーベンス、レンブラント、ルーズベルトなどが死んだ年齢だといっても、他人は驚くまいが自分では驚く。

いま平均寿命は七十何歳かだそうだが、自分ではいまの年齢で望外の長生きをしたと思っている。内からも外からも、そんなに長生きできる条件の人間ではなかったからである。

内というのは自分の身体のことだが、私は少年時代から虚弱体質で、戦争中家出をして、一人で食い物のない東京で暮らしていたせいもあって、二十歳前後というのに体重四十数キロしかないありさまで、昭和十九年春とうとうロクマク炎になってしまった。看病人もなく、食う物すらなく、私は一人で横たわっていた。

そこに召集令状がきたのである。何びともものがれられない鉄の爪が外から私をつかんだのだ。

ところが、ちょうどそのとき私は右の状態で横たわっていたのだ。そのおかげで、私はその鉄の爪からはずれてしまった。

正直にいって戦争中の青年の独特の心理状態もあって、そのときは私はべつに幸運だとも思わなかったがあとになってみれば命拾いしたことに間違いない。

マイナスとマイナスをかけるとプラスになることが、世の中には起こり得る。その前の小難によって、その後の大難をまぬがれたというような経験はだれにもあるだろう。

吉が吉を呼び、凶が凶を呼ぶのが常道とはいえ、凶が吉を呼ぶ結果となる場合もあるところが、運命のふしぎさである。

吉が凶を呼ぶ

わが吉凶論。吉が凶を呼ぶ場合もある。

いまにして思えば、日露戦争はムチャというに近い冒険であった。陸海あらゆる戦闘には一応勝ちながら、しかも日本は「ギリギリの限界」に達しようとしていた。それが、ともかく戦争の勝利者になったについては、これもいろいろ理由があるが、予測以上、予測以外の幸運もあった。

その一例だが——明治三十七年から三十八年にかけての戦いで、酷寒の満州で、寒さには馴れたロシア兵によく日本軍がまともにやり合えたものだ、と感心していたが、実はその冬が満州では百年ぶりとかの暖冬で、戦闘たけなわとなると、靴に不馴れな日本兵は、靴をぬぎすて、ハダシで弾を運んだという。そんなことができるほど、お天気まで奇蹟的に日本に幸いしたのである。

日露戦争の勝利は、そのこと自体は吉であったにちがいない。

さて、日本が無謀な太平洋戦争の開戦に踏み切ったわけは、当時としてはノッピキならぬどんづまりに追いこめられたと考えたあげくの、ヤケのヤンパチであったが、しかし東条らの頭の一部には、必ず右の日露戦争の記憶が影響していたに相違ない。もし、その記憶がなかったら、彼らは開戦をためらい、涙をのんで、あの時点で屈服した可能性がある。まさしく明治の吉は昭和の凶を呼んだのだ。父祖にならって清水の舞台から飛び下りた太平洋戦争に、奇蹟の幸運は訪れなかった。

こんな歴史的事実にかぎらず、吉が凶を呼ぶ、あるいは両者が接近して吉凶が一枚の盾の両面となっている例は少なくない。

「平等」ということは、人間社会にとって吉である。それをめざして、幾多の革命が起こった。

その苦闘の果てに、少なくとも同一労働における同一賃金という社会が作られた国々がある。ところが、その結果はいかん。吉が半面の凶を同伴している例をわれわれは見る。

有名人

七年ほど前から、ある雑誌に、古今東西の有名人の死のすがたを書きつづけている。いまのところ、その総計は、八百人前後になる予定である。

八百人というと多いようだが、古今東西でそれだけか、というと少な過ぎるようでもある。有名人たることは難しい。

この「有名人」とはむろん現存者ではなく、この場合はその人の死後十年以上たっても、一般人が、うん、その名はどこかで聞いたことがある、と思い出しそうな人間のことだが、それはあくまで私自身の判断で、それでも中には、どうかなあ、とちょっと首をひねる名もまじっている。

いまでは大臣に名をつらね、大財界人の名を得ていても、死んで十年もたてば、一般の人はだれも知らない――ひょっとしたら、いま生きていても、ほとんどが知らない「有名人」も少なくないかもしれない。

かつて私はアフォリズム（警句）を作った。「人は死んで三日たてば、三百年前に死んだと同様になる」

もう三十年近い前のことで、志賀直哉は「文学の神様」として、まだ健在であった。私は尾道へいったついでに、昔、志賀直哉が住んでいたという旧居を探しにいった。

地図を見つつ、すぐそばにきていることはたしかなのだが、どうしてもわからない。そこで、銭湯帰りらしい――すなわち、その近所に住んでいるとおぼしい老人を呼びとめて、きいた。すると、その老人はキョトンとして、

「シガナオヤ？　シガナオヤって、だれですねん？」

と、いった。

いま、日本じゅう、だれひとりとして知らない者はないテレビタレントやスポーツマンでも、数十年後死ぬときには、たとえ新聞の死亡欄に小さくその名が出ていても、ほとんどだれもが知らなくなるのである。それは、たとえば昭和初年それぞれの分野でスターであった人の名をきいても、いまは知らない人が多いことでもわかる。

もっとも「有名人」になったからどうだ、といっているのではない。

様式美のある町

脱サラでラーメン屋をやるとか一ぜん飯屋をやるとかいうことは、もうできなくなったようだ。料理店がこのごろ急速に豪華な、しゃれたものになってゆく。これはいいことだと私は思う。

レストランのみならず、どんな店もりっぱになってゆくのは結構だが、さて町全体となると、ちっとも豪華にならない。相変わらず雑然としていて、雑然とした町は個々の建物にはいかに金をかけても、全体として見た目にゴミ箱みたいな醜悪貧寒な印象を与える。

集団の美は、すべて様式美である。町もまた建物の集まりだから同じことだ。

私がつくづくふしぎなのは、一億総ザンゲ、一億総白痴、なんでも右へならえの日本人が、町や家だけはテンデンバラバラですませていることである。アメリカ式、フランス式、南欧式、中国式、そして日本家屋が軒をならべた町を作って平然としている。

これはおそらく、旧来の日本家屋が近代的都市には向かないことはわかっても、さて、どこの国のどんな様式をまねたらいいか、明治以来百年たっても、まだ国民的コンセンサスが成立していないからだと思う。

どこの国のどんな様式をまねたらいいか、とは情けないが、事実上在来の日本風家屋は世界に通用しないのだからしかたがない。その証拠に、イギリス、フランス、さらにロシアでさえ、かつて植民地があった土地に、それぞれ本国の面影をとどめる町を残しているのに、日本は旧植民地のどこにも日本風の町のにおいすら残すことができなかったことでもわかる。だいいち日本人自身が、明治、大正の町を再現したいなんて夢にも考えていないのである。といって、日本は植民地ではないのだから、どこかのまねはやはりいりない。

私はもういいかげんに日本人が、一つの目的意識をもって、ある新しい様式美を持つ家と町を工夫すべきだと思う。

百年の大計

この間、イギリスへいって、ロンドンもさることながら、恥ずかしながらいままでその名を聞いたこともなかったバースなどいう町を見て、その壮大さと典雅さに茫然とし、百年たっても、こんな町は日本に出現しないだろう、と思った。

百年たっても――といったが、しかし日本もこれから百年くらいかけるつもりで、美しい町の創造にとりかかったらどうだろう。いかにバースに感心しても、日本の町は日本人の心性にマッチしたものでなければならないから、それは「創造」となる。その根本の様式をきめるのに、十年、二十年くらいかけてもいいと思う。日本に世界的な建築家も少なくないだろうし外国の建築家に参画してもらってもいい。

そして、家屋の形態なり色彩なり高さなり一定のデザインのものを十種類くらいきめて、一つの町なり、あるいは町の一画なりをその一種に統一するようにする。これは家の建て替えのときに適用するから、何十年かの時間を見込んでやるのである。

イギリスの町や建物はりっぱだが、しかし例のレンガ造りだから、新しくガス管や水道管を通すのに、えらく苦労するらしく、家の裏側にまわると、不細工なとりつけ工事をしているのも見たが、そんな心配のないように、将来見込まれる限りの予備的工事をしておく。その一方で、いかに壮大堅牢な町であろうと、それがないと日本人が意気消沈してしまう赤ちょうちんとナワのれんの路地は忘れてはならない。

まず見本とし、東京なら一区だけでもとりかかる。むしろ、へんぴな区のほうが適当かも知れない。そこは全戸五階建てにして、それ以下の家に住みたい人からは、空中専有税をとる。住居に余裕ができたら、隣の区の住民に移動してもらって、こんどはその区の改造にとりかかる。だんだんラクになるはずだ。

一つ「昭和時代」の記念に、この大事業を始めたらどうだろう。太平洋戦争よりはいい。

オオキボ

中曽根さんが大規模をオオキボということが問題になって、やっとこのごろダイキボに改めたらしいが、私などもずいぶん前から可笑しがっていた。

これは中曽根さんの論外なまちがいだが、しかしよく考えて見ると、大をダイと読むか、オオと読むか、一般人でも首をひねる場合が少なくないのではないか。

だいたいにおいて、大の下につく文字を音で読むときはダイ、訓で読むときはオオだろうが、大一座、大舞台、大御所なんて、下を音で読んでも大をオオと読む場合も少なくないからだ。

大地震となると、どっちに読んでもまちがいではあるまい。また、ダイと読まずにタイと読む場合があり、大変、大陸、大敗などが然りで、どうしてそうなったのか私にもわからない。

例がちがうが、カムチャツカか、カムチャッカか、これなども混乱している。げんにＮＨＫのアナウンサーにも両派があるようだ。私はカムチャツカのほうが正しいと思う。また、ウオツカなども、ツをツと読むのが正しいと思うが、ふだん、ついウオッカといい、まただれもウオッカといっているようだ。

これはいわゆる促音便に、「ツ」ないし「っ」の字をあてているから混乱するのである。一般には小文字にして区別しているけれど、必ずしもうまくいってないことは右の例に見るごとし。これから先、何千年か何万年か、カナを使わなければならないのだから――それどころか、いまのいま、小生などから見ると、みな頭がへんになったのじゃないかと思われるほどのカタカナばかりである――混乱をふせぐため、促音は「ツ」「っ」以外の新字を作って、それにあてることにしたらどうだろう。

また話はちがうが、「バレエ」と「バレー」の意味するものがちがうというのも可笑しい。アンドレ・ジイドをジードなど書くと、ちっともジイドらしくない。

なじまない

よく裁判所が「その問題は裁判にナジマナイ」などいって告訴を門前払いすることがある。固苦しい裁判所が、むかし女郎屋が使っていた「オナジミさん」に類するような用語を使って却下するのも、何だか「ナジマナイ」ような気がする。

それはともかく、私にとって、世の中でどうもナジマナイものがいくつかある。

このごろ円安、円高ということが問題になり、テレビニュースでも毎日やっているが、円の額が高くなればなるほど円安だということに、いまでもどうしても頭がナジマナイ。

零下四十度以下の寒気団……と、天気予報でいうが、この「以下」が、とっさにはよく判断できない。

西暦以前の数字も然りで、お釈迦さまは西暦前三八三に死に、プラトンは西暦前三四七に死んだ。お釈迦さまが死んだとき、プラトンは何歳であったか、など聞かれたとしたら、ちょっと考えこまなければならない。

また、いまでは新聞雑誌で、横書きするときは左から右へ書くことになっていて、それにナジンでしまったので、ときどき昔の映画や写真で題名や看板が右から左へ横書きしてあるのを見ると、とっさに混乱する。

（しかし、とにかく横書きするときは左から右へ書くことにしたのだから、いっそ縦に書くときも、行を左から右へ書くことにしたらどうだろう。その方があらゆる点で合理的かつ美術的だと私は考える）

数字や配列の話ではなく、現実の世界でも——子供がまだ幼かったころ、あまり母親にワガママをいうので、見るに見かねて私が「おい、おれの奥さんをあんまりコキ使うな」といってやったときの、子供のまるで異次元の現象を見せつけられたような驚愕の顔を忘れない。

それと同様に、私は、元検事総長が、大刑事被告人の弁護士となる、というようなことにも、理屈はわかっているのだが、しかし道理感覚がどうしてもナジマナイのである。

小説の録音

私のようなものでも、年に何度か、あちこちの公立図書館から、あなたの小説を「目の不自由な人」のために、朗読してテープに吹きこみたいから、原作料は支払わないが協力してくれ、といった依頼状がくる。

その文面は、どれもあまりていちょうなものではなく、タダで許可するのが当然、といったひびきが感じられる。それはともかく、それも稿料の一つになるならと、いくぶんの気恥ずかしさをおぼえながら、私はそのすべてに「結構です。どうぞお使い下さい」という返事を出していた。

ところがあるとき、ほかのことであまりきげんのよろしくない日があって、そこへそんな依頼状がきて、しかも「御意見」という欄があったものだから、ついひとリクツをのべてみる気になった。

御依頼の件はおことわり。

そのわけの第一は、小説の朗読などは、相当の名優が音楽の伴奏などいれて、やっと聴くにたえるものができるものである。それを素人が、しかも拙作などあちこち相当不穏当なせりふもあるはずだが、それをどういう調子でやられるのか、想像しても冷や汗を禁じ得ない。

第二に、目的は何であれ、ひとがある程度労力を費やして作ったものをタダで使用しようという根性が気にくわない。いろいろ見聞するところによれば、地方でも豪勢な市庁舎などを建て、議員が視察と称して観光に練り歩くのが習いとなっているそうではないか。公立図書館のそんな仕事に、たとえマネゴトだけでも然るべき支出が計上できないはずがない——云々。

まあ、この通りではないが、こんな趣旨の返事を出してことわった。ただ一度だけである。

しかし、これ、やっぱりアトアジがよろしくないですな。心理的には、黙ってＯＫしたほうが、よっぽどトクでありました。

医者とお家騒動

四月十二日のこのコラムに、私が「公然たる嘘」と題して、「有力政治家が重病にかかったとき、その病状発表は嘘であることが多いという」と書いたら、それから一カ月もたたないうちに、そのめざましい例が出現して、大騒ぎになった。

医者は「メディカル（医学的）な問題」について嘘はないというだろうが、そのとき私は「嘘をつくのがあたり前、ということになると、せっかくの嘘の効果が失われてしまやしないか」「あまり鉄面皮にやっていると、そのこと自体以外に大害を及ぼすことになる」と書いたが、それを地でゆくありさまになってしまった。ある嘘をつくと、それ以外の真実も信頼性を失う。

この件で、責任者の病院長はしょうすいの極に達しているという。

事情はまったくちがうが、何だか昔の講談で、御典医が殿さまに一服盛り、あとで本人もバッサリというお家騒動の話を思い出させる。

また話の筋がちがうが、そのメディカルな問題で、日本ではガンの患者に真実を告げないことは医者の信条となっているそうだ。その理由として必ず、悟りをひらいたある高僧がガンと告げられて急速に衰えたという例が持ち出される。しかし、すべての日本人がそうなのだろうか。自分の死んでゆく病気についてまで嘘をつかれて、それでもいいとみんな考えるのだろうか。

アメリカでは、みな真実を告げるという。「武士道とは死ぬことと見つけたり」という観念を生み出した日本人は、いつから自分の死についてまで明晰さを失ったのだろう。

こんなことは医者の守秘義務とは思えないが、一般に世に「守秘義務」と称するものは、実は「公表義務」のある事柄であることが多い。

風山房日記

シブヤ感傷旅行

戦争に負けたその年から、私は世田谷の三軒茶屋に住んでいた。そして、そこから玉電に乗って渋谷に出、新宿東大久保にある学校にかよった。学校を卒業し、結婚してからも、結局十年ばかり三軒茶屋に住んでいた。

まだこちらは二十代であったから、三軒茶屋も渋谷もなつかしい町だ。

学生のころ、渋谷駅まで帰ると、玉電の構内は、形容ではなく何千かの群衆に充満していて、いつ電車に乗れるのか、絶望的な壮観を呈していた。そこで電車をあきらめて、二本の足で道玄坂を上って、大橋に下りて、三宿を通って三軒茶屋に歩いて帰るのがしょっちゅうだった。四キロくらいはあるだろう。この間、両側は広漠たる焼野原だ。

そのあげく、カバンをおいて一休みするとまた改めて渋谷や新宿へひき返すのもしょっちゅうだったから、いかに二十代とはいえ、食うものもろくにない時代に、その肉体的心理的状態はどうなっていたのか、いまでは見当もつかない。

昭和二十年代の黒沢明の映画の多くも、道玄坂の東宝で見た。中には、故郷の但馬への帰省から、東海道線を九時間立ちづめの夜行で帰って来て、その足でまた立ち見したこともある。たしか「酔いどれ天使」じゃなかったか知らん。

そのころの三軒茶屋にも渋谷にも、いやな想い出はひとつもない。想い出しただけでも微笑したくなるなつかしい町だ。夏の夕方、涼みがてらに子供を抱いて玉電に乗り、よく渋谷の町を散歩した。ロゴスキーという店で、はじめてロシア料理を食べたのも渋谷だ。

それなのに、その後練馬へ引っ越して十年、さらにいまの多摩での二十余年、あわせて三十年以上も、三軒茶屋にも渋谷にも、いったことはそれぞれ一、二回、それも車で走りぬけたことがあるくらいだ。

理由はただ、べつに用事がないというだけで、つくづく人間とはモノグサなものだと思う。

ただ、どちらの町もその景観は一変していることはむろん承知しており、むしろ昔の記憶をなつかしむあまり、自分の知らない風景に変った町を見ることを拒否しているのかも知れない。

私は二十歳まで育った故郷の但馬の村へもほとんど帰らないが、これはあきらかに同様の心理からである。

それにしても、つくづく人間とはモノグサなものだ、と、いま一般化していったけれど、私のモノグサぶりは少し常人離れしているようだ。

いま私の住んでいる聖蹟桜ヶ丘から渋谷へは、京王線で三十分の距離なのである。そこへいった話を書くのに感傷旅行とはオーバーだが、しかし実際その通りなのである。

よくこれほどモノグサで、ともかくも小説を書いて一生暮らしてきたものだと、自分で感心する。

さて、去年の暮、ある用件で三十数年ぶりに、まともに渋谷を訪れる機会を得た。そのときに逢ったある人に「これから三十何年ぶりかで渋谷を見物するのです」といったら、その人はまるで異星人を見るような目つきをした。

午後の渋谷駅前、同じものは忠犬ハチ公だけの風景の中を、三十数年前しか知らない私たちが歩く。私たちというのは、そのころからいっしょの家内を、その日同伴していたからである。

私は浦島太郎のごとく白髪と化し、まだ二十代前半でバラ色の頬をしていた家内も、けっこうおばあさんになっている。

道玄坂を上る。

ここだけは、変ったのか変ってないのかよくわからない。

いや、変ったにちがいない。——渋谷に生まれて昭和二十年代の終りに死んだ人を生き返らせて、いまの渋谷のどこかに立たせたら、ここはどこだと途方にくれるに相違ないが、道玄坂だけは、あ、ここは道玄坂だ、と、すぐにさけぶにちがいない。それがなぜだか、私にもわからない。しかし、むろんあのころと変ったにけちがいない。ただその変り方が、むしろ悪く変ったような印象を受けた。

いや、道玄坂にはかぎらない。渋谷全体がそうだ。もともと渋谷という町は、繁華街としては銀座についでどこか品のいい感じのする町であった。それがこんどいってみると、何だか池袋か新宿歌舞伎町のような匂いのする町に変ったような気がした。

あとで考えたのだが、以前の渋谷は山の手の奥さまの町であったのが、その後若者の町に変身したからではあるまいか、と思う。

道玄坂を上って、そこからスタスタと三軒茶屋へ歩いた日は、あれは夢かまぼろしか。もうそこでくたびれて坂を下りるにかかる。

途中、駐車違反の車を、警察のレッカー車が運び去る一部始終を、二十分くらいかかって立ちどまって見物する。この作業もなかなか大変だ。この手間代だけでも十万円くらい罰金をとる必要があると思う。

ところで、半年もゆかなければどこの町だって景観一変してしまういまの東京の、しかも大繁華街の渋谷のどまんなかで、三十数年前とまったく変らない、奇蹟のような一軒の店がある。

いま何というか知らないが、昔はたしか大映通りといった。道玄坂の下から右へゆく大通りへまがって、左側数十メートルほどの場所にある「玉久」という飲み屋だ。

これが昭和二十年代、それも焼け跡の匂いのする二十年代前半の面影を色濃く——どころではない、そのまま完全にとどめて、堂々と大通りに面して厳存しているのだ。

店スレスレに大高層ビルが建って、その麓にチョコンと鎮座している。店スレスレ、ではない、その店があるために、ビルはその一角をへんにけずって建てられている。

こんな異様な眺めを、私はもう一軒だけ知っている。それは神戸元町の「青辰《あおたつ》」というあなごずしで有名な店だ。これも焼け跡時代そのままの、陋屋《ろうおく》といっていいむさ苦しい小さな店をどうすることもできず、大ビルが一角だけいびつなかたちでそそり立っている。

これが存在をつづけるのに、その間いかに天文学的な立退き代や脅迫に近い交渉がくり返されたか、想像にあまりある。

それをとうとうはねのけてきたらしいが、それを通すには少なくとも二つの条件があったと思う。一つはその店が充分そこで繁昌していたことであり、もう一つはそこのオヤジの超人的な頑固さだ。

とにかく玉久は、そのころから大繁昌していた。

はいると店は、十何人でいっぱいになるほどの小さな店であったが、いついっても満員で、オヤジさんは——といっても、私より十か十五年上の、まだ四十代前半に見えたが、男らしいイキな風貌で、包丁さばきはあざやかで、客あしらいもべつにお世辞はいわないけれど、よくある名人気取りの板前のように無愛想でもない。そして十一時ごろになると、客といっしょに自分も飲みはじめる快男児であった。おかみさんだけを手助けに使っていた。日曜には店を休んで、魚釣りではなく鳥撃ちにゆくのが趣味だと聞いていた。

その店が、いまも外見はそっくり残っているのだ。

それでも年を勘定すると、もう八十前後になるはずだが、まだ健在だろうか。そのころは私の名も知っていたはずだが、まだおぼえていてくれるだろうか。

その店に、私ははいった。

すると――そこでは、三十数年前のオヤジさんが、カウンターの中で、同じ顔をして威勢よく包丁をふるっていたのである！

一瞬私は、時間が停止したのかと思った。

店の造作はちょっと変ったようだが、雰囲気はそのままである。

私は息をのみながら、わずかに空いていた狭い座敷の卓に坐って、酒と、壁にならぶ品書きの中から五、六種を、若い衆に註文したあとで訊《き》いた。

むろん包丁をふるっているのは、オヤジさんの息子さんであった。そういえば、昔のオヤジさんと年ばえは似ているが、少し肥満ぎみである。――オヤジさんもおかみさんも健在だが、もう隠居しているそうだ。悠々自適というところだろう。

しかし、とにかく三十数年、時間を逆転させたような光景が眼前にあった。

たとえ親子だろうと、昔を知らない息子さんに昔のことを語っても無意味だ、と考えて、ついに新しいオヤジさんには一語も声をかけず、やがて私は店を出た。

もう夕暮れになった渋谷駅前は、何万という人間の渦であった。

その顔から見て、その大半は三十数年前、まだ地上のどこのキンタマにも存在のカケラすらなかったヤカラだ、と私は考えた。

それがいまそれぞれ最新流行のコートを一人前に着こんで、みんな二人前の顔をしている。いまやこちらのほうがまさしく異星人である。

信号が青に変り、新人類たちは恐怖感すらあたえる怒濤となってこちらへおしよせてきた。……

桂林

この春、中国旅行をしてきた。

いや、中国旅行なんてオーバーだ。あの広大な中国を、北の万里の長城から南の香港まで、五、六日でかけぬけてきただけなのだから。

かけぬけた、といっても、むろん飛行機だ。

ジェット機とはいえ、二十何年か前、はじめてヨーロッパ旅行をしたとき、ゆきは北回りで北極の氷海を眺めて飛び、帰りはインド洋の蒼い波濤を見下ろして飛び、「これは二十年ほど前の大独裁者ヒトラーでもやれなかったことだ」と悦に入ったものだが、こんどだって中国を南北にいっきに縦断したわけで、これは孫悟空どころではない驚くべきことなのだが、かつてのヨーロッパゆきほどの大げさな感慨はなかった。

もっとも、無限にひろがる山脈の褐色のさざなみを眼下に見て、さすがに中国はひろいなあ、と思うところはあった。

しかし万里の長城も北京の大通りの自転車の大群も、いままで数かぎりもなくテレビやグラビアで見ているので、毎度おなじみの、といった感じで、いまさら物珍らしさをおぼえない。海外旅行のたのしさは事前の知識があるのとないのとで大ちがいだというけれど、事前に知っているのも考えものだ、と思った。

この短い旅で、広西省の桂林という町に一泊した。中国本土南端の広州へジェット機で約一時間分、北方にある町だ。

そこへゆかなくても、桂林はご存知の方が少なくなかろう。いまテレビのコマーシャルで、大河に面して幻想的な奇岩の山がならび、その空の向うから「毒掃丸」の箱が大きく近づいてくるあのコマーシャルである。
あれが桂林だ。その名は紹介されていないけれど、なぜか私はそれが桂林だという
ことを知っていた。
ホテルから空港へ迎えにきたマイクロバスで、「帰ってこいよ」の歌手松村和子に
似たスリムなガイドの娘さんが、
「荷物はまちがいなくホテルへとどけるから、みなさん心配スルナ」と――この発音
通りにいったのでみな驚いたが、ついで、
「私は黄万銭といいます。名前だけはオカネモチです」と笑わせ、以後の日本語は敬
語の使い方もふくめてまったく異常はなかった。
それどころか、わが一行の中で、そのうちこの黄嬢をまちがえて「黄《きい》さん、黄《きい》さ
ん」と呼び出した人があって、こっちのほうがおかしかった。
わが一行というのは、この旅行は私たち夫婦のほかは、元編集者現編集者五人との
グループだったからだ。
桂林の桂は、中国では木犀《もくせい》のことだそうだ。その名のとおり街路樹は金木犀銀木犀
で、「秋がくると町じゅう木犀の香につつまれます」と黄《きい》さんはいったけれど、それ
にしては汚ない町である。

その街路樹に挟まれた大通りの両側にならぶ店々は、瓦は崩れ、壁は剝落し、滅亡寸前か廃墟そのもののように見える。しかし、ふしぎに、あるいはそのせいか、どこか古雅な印象を与え、それなりに絵になる町だ。

しかし、わりに近代的なビルなどがならんだ一画もあって、夕食はそこのレストランでとったのだが、まるで体育館みたいにひろい食堂の四囲の壁にはすきまもなく絵や書の掛軸がならべてある。みんな売物だ。そして給仕の女の子がそれを売るのにけんめいである。

これが日本語ペラペラだ。ガイドの黄嬢は二年ばかり町の日本語学校へいったそうで、それであの流暢さはと感心したけれど、ここの女の子は、日本人の観光客を相手にしているうちにおぼえたという。おそらく右の書画をセールスするための必要からだろう。

語学を修得するのに、生活の必要ほど有効なものはない。ガイドを黄《きい》さんと呼んでいた人は、とうとう高い一軸を買わされた。

しかし、このことは同時に、いかにこの地を訪れる日本人が多いか、ということを物語る。つまり、ここは中国観光の目玉になっているのである。

実はこの旅行のスケジュールは、同行の人々のたてたもので、私たち夫婦はそれにくっついて歩いただけだが、はじめその一泊が桂林にあてられていることを知ったとき、あの奇峰のコマーシャルを思い出し、ほんとうはどこか心進まなかった。そういう南画の世界はいまさら見なくてもたくさん、という気がしたからである。

ところが、さて翌日、この町を流れる漓江《りこう》という河下りで、現実にその怪峰つらなる風景に接したとき、さすがは、と、この地が大観光地になっていることを納得しないわけにはゆかなかった。

ちょうど霧のような春雨にけぶって、両側に巨大な乳房のごとく、鐘のごとく、駱《らく》駝《だ》のごとく、象のごとく、獅子のごとき山々が、ほとんど無限に次々と浮かびあがり、流れ去る。いや、鍾乳洞を何万倍かの大きさにして、天にむかって逆さに垂れたような眺めである。

案内書にはSFの世界とある。その一つでも、もし日本にあったなら、それだけでけっこう観光の対象になるだろう。

そして、百人くらい乗れそうな船が、何隻も前後して、その流れに従って下る。中国人はもとより、台湾人も韓国人もアメリカ人もドイツ人も、家族づれあるいは団体で乗っている。

私たちは四時間コースというやつに乗ったが、八時間コースというのもあるそうだ。

日本なら、八時間も流れ下っていったら、たいてい海へ出てしまうだろう。しかもこの漓江は、ふつう日本人はその名も知らぬ広西省のへんぴな一河なのである。さざなみもたてぬ河面から、いかに中国の大地がひらべったいかということがわかる。

昼食に船内で、シャブシャブとビールを飲み食いしたが、鍋のツユもこぼれず、ビール瓶もたおれない。

——帰国したのち、朝日新聞の「折々のうた」で、

うららかや竹の筏《いかだ》に鵜《う》を乗せて　青柳志解樹《あおやぎしげき》

と、桂林の河下りを詠《よ》んだ句が紹介されていたが、まさにその通りの風景が眼前にあった。

水墨画のような岸べには、牛や馬や豚が放牧されていた。それから、河から何やら草みたいなものをすくいあげている小舟もあって、聴くと草魚の餌《えさ》にするとのことであった。ついでに草魚とは草を食べる魚だからということも知った。

四時間かかって、やっとある村に着いて岸にあがったら、何百人という男女が、両

側にならんで、貧弱なお土産を手に手に、「センエン！　センエン！」と日本語で鶏のごとく叫びたてていた。

さて、帰国すると、留守のあいだに、故郷の但馬の旧制中学時代の同窓生から、卒業後五十年に近いクラスメートの消息一覧表がとどいていた。私たちは昭和十六年春に卒業したのだが、この知らせですでに半分くらい死亡していることを知った。戦死が多い。

その中に一人「昭和十九、十一、九、戦死。中国桂林」と記した名があって、ありゃありゃと驚いた。

さきの戦争で、日本軍は桂林で作戦して、そこで同窓の一人が戦死していたのである。

そこで調べてみると、

〔大本営発表（昭和十九年）十一月十一日十六時三十分〕

「五月下旬中支那方面より、次で六月下旬南支那方面より夫々《それぞれ》作戦を開始せる我部隊は、十一月十日十時柳州を、同十二時桂林を完全に占領し、該《がい》方面に於ける米空軍基地群を覆滅、支那大陸に於ける優位なる我戦略態勢を獲得せり」

という事実があった。

さらに調べると、それは「一九四四年四月から十二月にかけての中国における日本軍の一号作戦は、最大の地上攻勢だった。彼らは長沙、桂林を占領し、インド支那（ベトナム）の日本軍に通ずるルートを開いた」「一九四四年の日本軍の一号作戦の攻勢を受けて、国民政府軍の抵抗はほとんど崩壊に瀕していた」（イギリスの歴史学者クリストファー・ソーン「太平洋戦争とは何だったのか」）ほどの大作戦であったのだ。

が、いま桂林を訪れる日本人のほとんどが、こんな作戦があったことを忘れているだろう。私の記憶にもなかった。むりもない、昭和十九年十一月といえば、その一ト月前にレイテ海戦に敗北し、中国基地からのものもふくめてB29の空襲がはじまっていた時期であったのだ。

が、その「忘れられた」作戦で、私の友人の一人は桂林で戦死し、四十五年後、何も知らない私は同じ土地を遊覧し、船の上でビールを飲みシャブシャブを食っている。変らぬものは悠久にして怪奇なる漓江の山河のみであった。運命というものを感じないわけにはゆかない。

人の名閑談

大相撲の力士のシコ名には、こんな名がどんな頭からひねり出されたのだろう、と、ふしぎにたえないものが少なくない。

以前魁罡《かいごう》なんて力士がいたし、最近まで前乃臻《しん》なんて力士が幕内にいた。ふつうなら読めもしないし、意味もわからない。

相撲協会の顧問に漢学者の先生でもついているのかと考えていたが、どうやらこんな名は江戸期や明治などに先例があるらしい。臻なんてだれにも読めないから、あとで前乃森《しん》に変えたようだが当然である。それだって意味不明だが。

それにしても、日本語はぜんぶカタカナになるのじゃないかとさえ思われる御時勢に、こんな古怪なシコ名を平然と持ち出すところが、いかにも大相撲らしくていい。奇をてらっているわけではなく、大まじめらしいから、そこにユーモアが生じる。

北勝海なんて、どうしてこれがホクトウミと読めるのか。北天佑もいいシコ名とは思うけれど意味不明だ。あの人間ばなれした巨漢に小錦とはつけもつけたりと思うが、小錦は江戸以来の名力士の名だという。周防灘《すおうなだ》とか遠州灘ならきいたことがあるが、薩洲洋《なだ》とはめずらしい。維新力とか起利錦なんて、この文字の連結法はただごとではない。

のちには馴れたけれど、巨砲、麒麟児、大豪、魁傑なんて名も、はじめ私は破顔せざるを得なかった。

相撲はただのスポーツではない。古代の神事から発祥した儀式でもあるのだから、力士も異次元の存在でなければならない。従ってそのシコ名も異次元的であることが望ましい。

だから私は、北尾は大関になっても、本名の北尾でいいとシコ名に抵抗しているのはどうかなと思っていたが、やっと双羽黒といういいシコ名になってほっとした――と思ったとたん、相撲界から追放されてしまったのだから、私の意見もあてにはならない。また、げんに寺尾などいう名力士もいる。

しかし、やはり力士は力士らしいシコ名をつけるべきだ、という考えに変りはない。それどころか、シコ名につく本名もふくめて、ぜんぶ芸名用に変えたほうがいい。江戸時代、雷電為右衛門、鬼面山谷五郎、稲妻雷五郎なんて力士がいたように、千代の富士鉄五郎とか、大乃国打歩《だぶ》右衛門《えもん》とか、小錦臀《でん》五郎とか。――

これで思い出したが、江戸時代の侠客には何五郎という名が多いようだ。大前田の英五郎、新門辰五郎、飯岡の助五郎、勢力富五郎など――清水の次郎長だって、本名は長五郎なのである。

思うにこれは、曾我の五郎、鎌倉権五郎、御所の五郎蔵など、昔からの豪傑に五郎が多いのと、ゴローが耳にいかにも強そうにきこえるからだろう。ごろつきだからごろうとつけたのではあるまい。

しかし、まさか親が将来子がやくざになると見込んでつけるわけはないのだから、おそらくこれらは本名ではないのではあるまいか。

異次元の世界といえば、演劇もまたしかりである。

俳優は、その演劇の中の役のみならず、日常生活においても別世界の人間に思わせることが望ましい。それがまた演劇の中の彼または彼女を異次元の人間とする効果をもたらすのである。

だから欧米のスターはテレビのコマーシャルにも出ないそうだが、それにくらべて日本のスターと称する面々が、コマーシャルに出ることに汲々としているのはどういう了見だろう。ギャラのこともあり、またそれに出ることが自分の人気のバロメーターになると考えてのことだろうが、そのためかんじんの演劇の中の自分を、みずから幻滅させていることに気がつかないのだ。

いや、俳優の名についての話をするつもりだった。この意味で、俳優もそれらしい芸名をつけるべきだと思うが、ここで私が少々残念な例として思い浮かべるのは、田中好子サンである。

田中好子サンと書いても、たちどころにこれが女優の名だとわかる人は相当なファンで、みな、はてだれだっけ？　と首をかしげるにちがいない。キャンディーズのスーちゃんである。キャンディーズのスーちゃんは三人娘の中でもいちばんの美人だったが、それが女優に変身して改名したのはいいが、田中好子とはなんだ。

おそらくそれが本名で、この世帯じみた名を芸名につかったのには、彼女なりのひとつの信念があったにはちがいないが、この信念はまちがっていると私は思う。だいいちその容貌からして、ちっとも田中好子らしくないのである。女優は夢の世界の存在でなければならない。

ただこれにも例外があって、歌舞伎などという江戸時代からの伝承芸の相続者は、江戸時代からの芸名にかぎると思っていたが、片岡孝夫なんてありふれた名でがんばって、それでご存知のような水際だった人気役者がいるから困る。

しかしこれだって、私は一日もはやく歌舞伎の役者らしい名を襲名することを祈っている。もっともこの場合、父親の仁左衛門がまだ存在しているので困るけれど。

名はその人をも変身させる、というのは力士や芸能人にかぎらず、ふつう人でもこの作用を知っていて、昔から雅号や俳名やペンネームを使った。

そこで、本名を知るとガックリとなる人々もいる。

北大路魯山人とは、こしらえものにしてもあまりにも奇怪な名だが、その本名は福田房次郎である。この本名を使ったら、彼のヤキモノの値打ちは半分以下になってしまうかも知れない。

中には、本名まで変えてしまった人もいる。

陶芸家の加藤唐九郎の元の名は加納庄九郎である。加納を加藤に変えたのは平凡化したようだが、実は加藤という名は、瀬戸の陶祖の姓なのである。唐九郎という名にも平凡でない魂胆が見える。

有名な野口英世も、元の名はいかにも農家出らしい清作という名で、これを戸籍の上で英世という高貴な名に変えるのに、彼はほとんど詐欺ともいえる手段を弄した。

生花《いけばな》の勅使河原《てしがわら》蒼風は、本名は鉀《こう》一だが、蒼風は号だからいいとして、勅使河原もなんだかどこからか持って来たような感じがしていたが、これはどうやら本名らしい。

以上の人々に共通して感じられるのは、上昇志向の異常に強烈な、よくいえば野心的、悪くいえばハッタリ性のある印象を受けるがどうだろうか。

これらは親からもらった名に不満を持った人々の例だが、子の名をつける親のほうも、むろんいろいろなちがいがある。極端な例は鷗外と漱石だ。

鷗外の子は、於菟《オットー》、不律《フリッツ》、杏奴《アンヌ》、茉莉《マリ》など、凝りつくした名前で、一方漱石の子は、純一、伸六、筆子、恒子《つねこ》、栄子、愛子なんて、実に無造作な名前である。

そういえば、その小説の題名も、鷗外のほうは一作として凡庸《ぼんよう》な題名がないのに対し、漱石のほうは「こころ」とか「草枕」とか「道草」とか、おざなりとしかいいようのないものが多い。これがいい題名のように聞こえるのは、作品が名作ばかりだからである。実際漱石は小説の題名にも、「門」のごとく弟子にまかせたものがあるのみならず、子供の名にも弟子にたのんだものがあるという。

その俳句や漢詩をみてもわかるように、語感にかけては鷗外以上の漱石が、このタイトルについての無頓着ぶりは一つの怪事である。

それからまた、せっかく親がつけた名や、自分でつけた雅号が、いつのまにか世の中からまちがわれて、そのほうが通用してしまう例もある。

南北朝の悲劇の皇子、大塔宮護良親王を、私たちはダイトウノミヤ・モリナガと教えられてきたが、最近の研究ではオオトウノミヤ・モリヨシであるらしいし、佐久間象山ははじめショウザンと読んでいたのが、途中でゾウザンと読むことになった。

それは象山の故郷、信州松代に象山《ぞう》という山があるからだそうで、私が恩師宗良本辰也先生におうかがいしたときも、象山《ぞう》だ、と答えられた。ところが近年、象山自身のサインに、Zではなく S. SAKUMA と書いたものが発見されて、またショウザンにもどったのである。もっとも私はそれ以前、ある理由からショウザンにちがいないと判定していた。

また真田幸村のほんとうの名は信繁なのだそうだが、どこでまちがってしまったのか。

松本清張さんだって、おそらく親御さんはキヨハルとつけられたものと思うが、いまだれもキヨハルなんて読まない。色川武大さんだって、ほんとうは武大《たけひろ》なのだが、だれもがブダイと呼んだ。

実はこんなことをいう私自身いいかげんなところがあって、フウタロウかカゼタロウか、はじめ自分でもきまらず、放任しているうちいつのまにかフウタロウになってしまったのである。

個人的な人名どころではない。そもそも日本という国名にしてから、ニホンかニッポンかいまだに一定せず、オリンピックではジャパンという旗をかついで出場するのだから、日本は固有名詞についてはは意外にぞろっぺいな国なのかも知れない。

誤作動

去年三月、中国へ旅行したことは、「桂林」と題してこの連載エッセーの六月号に書いたが、六月号は五月に出る。だから私の書いたのは四月であった。私は、五月ごろから鳴動しはじめて六月に大惨劇の結末を見た「天安門事件」を、神ならぬ身の知るよしもなく書いたのである。

私たちは、その事件直前、のんきな顔をして中国旅行をしたわけで、もし二、三カ月遅れていたら、もう当分中国へはゆけなかったろうと思う。あぶないところであった。

そのときですら、北京の目ぬきの大通りなどはともかく、その裏町や郊外、あるいは田舎の町々の、日本の昭和初年あたりの村々にも劣る貧しい風景を見て、私は心中に「これじゃ中国の近代化なんて五十年かかるワイ」とつぶやいたが、この事件で、いや百年たってもダメかも知れん、と考えるに至った。

愚見によれば、とにかく中国はデカすぎる。小さな日本の国鉄だって、分割したらたちまち赤字が黒字になったではないか。あの広大な中国は、少くとも満州、北、中、南の四つくらいに分けて、連邦か合衆国のかたちをとったほうがシマリができて、それが中国の唯一の復活の方途だ、ということである。四つに分けたって一つづつ人口三億、ソ連アメリカを超える大国ではないか。

これはまったく衷心から中国のためを思っての思案だが、中国人がこんな案を承知するわけがない。もしこちらが外務大臣か何かでそんなことを忠告したら、「人民日報」なんかが例によって、日本、中国分割策を計る、とか何とか湯気と金切り声をたてて叫びたてるだろう。――そこで、百年たってもダメだろう、と慨嘆せざるを得ないのである。

それにしても、外国からの観光客が激減したそうだが、あきらかに日本人の観光客をアテにしていると思われるレストランとかホテルとか船とかが少くなかったが、そこで働いている人々や、涙ぐましいばかり努力して日本語をおぼえ、通訳をつとめてくれた女の子黄《きい》さんなど、いまどうしているだろうと哀愁を禁じ得ない。中国の誤作動のとばっちりの難は、まずこういう人々に及ぶ。

さて、その中国旅行に先だって、こちらにも一つ誤動作の珍談があった。

多摩に住んでいる私たち夫婦は、立川のパスポート発給所？　に申請書を出し、十日後にそれをもらいにいったのだが、できているパスポートの、すでにそれぞれの写真が貼付してある頁《ページ》に、それぞれの名をサインする段になって、

「あらあら!」

と、家内が奇声を発した。

「あなたの名前書いちゃったわ!」

横からのぞいてみると、家内のパスポートの写真の下に、私の名前が書かれている!

「な、なんてばかなことをやるんだ。よく、まあ……」

と、ののしりながら、私は自分のパスポートに名を書きいれてから、わっと叫んだ。私は自分の写真の下に、家内の名を書いてしまっていたのである。

「あなた方御夫婦は、そろいもそろって、なんてまあ……」

と、係の中年の人が呆れかえって、しげしげと私たちを見あげ、見下ろした。

こういう書類めいたものに署名するとき、妻は夫の名を書くことが多いから、家内がうっかり私の名を書くことはあり得る。しかし私がその失敗をののしりながら、家内の名を書くとはいったいいかなる現象なのか。まるで手が他動力でからくり人形みたいに動いたような気がする。……こういう信じられないような異変が、この世には

実際に起るんですなあ」

あまりのばかばかしさに私は爆笑したが、笑いごとではない。

「ここに線をひいて、ハンコを押して書き変えちゃいけませんか?」

と、哀願したが、

「ダメです! はじめからやり直し、また外務省へ申請のし直しです!」

と、係の人は叱咤した。

それがまた十日もかかると、旅行の予定日に間にあわない。そこで三拝九拝してそれを早めてもらうことにして、結局なんとか中国旅行をしたわけだが。——

去年もうひとつ失敗した話がある。

元来私はパーティというやつが好きでない。知らない人のなかを、グラス片手にウロウロ泳ぎまわるのが気疲れするということもあるが、胃が決めているのとちがう変な時間に、ビールやウイスキーの水割りをながしこむのが、非常に困るのだ。約束の時間がちがう、と胃袋が不平を訴えるのである。それじゃあ飲まなきゃいいじゃないかといわれそうだが、そうはゆかない。

で、中途ハンパな酔い方になって、そのあとどうも調子がよろしくない。飲むならいつも飲むときまっている時間に、その用意をととのえてシッカリ飲まないと、すべてが落着かないのである。

ところが秋になって、よんどころなく帝国ホテルのあるパーティに出なければならないことになった。――

近来、万事億劫《おっくう》になって、銀座に出ることが珍らしい。で、もし銀座へいってうまく食事どきに会うなら、久しぶりに是非「天国《てんくに》」の天丼《てんどん》を食べたい、と、かねてから考えていた。それにあそこで出す和食もなかなかの味である。自分の好きな一品料理だけを何種か注文して、それをサカナに酒を飲んで、あとで天丼を食うことにしたい。

この腹づもりを家内に持ち出したら、是非自分も相伴したいという。で、パーティは顔だけ出したら、あとはそのコースをとることにして、ホテルのロビーに家内に待っていることを命じた。

ところで、パーティに出てみると、ズラリと模擬店が出ている。――と書いて考えるのだが、この模擬店という名や字面はどうも感心しない。まるで子供がお小遣いをもらってかけてゆく店のようだ。もっと風雅な味のある名にできないものだろうか、と思う。

それはともかく、その夜の模擬店は名店ぞろいで、鰻、ヤキトリ、鮨、そば、ビフテキの店など、小生の好物ばかりそろっている。しかも時間は、ちょうど私の飲みど

いる。あとに天井が待って
きになってきた。――が、その模擬店に寄るわけにはゆかない。あとにロビーに出た。

私は涙をのんで山海の珍味を黙殺し、パーティのざわめきをあとにロビーに出た。家内が待っていた。私たちは銀座八丁の半分を息せききって歩き、新橋へ近づいた。

そして、お目あての天国《てんくに》へ、つんのめるようにたどり着くと――や、や、やっ、なんと「本日休業」！

もう一つ失敗をした。これは何とも言語に絶するものである。

ここ数年、私は便秘に悩んでいる。市販の便秘薬はまず何の効能もない。ところが数年前、センナという漢方薬を使いはじめてから、やっとその悩みから解放された。しかも、だんだん増量しなければききめがなくなる、といった心配もないようだ。

この名をよく忘れるので、私はセンナサオと呼んでおぼえることにした。

ある朝、センナサオをのんだ。数時間たって便意をおぼえ、私はトイレにはいった。

そしていつものように、眼鏡をはずして、前の壁にとりつけてある小籠におき、代りにそこに備えてあった萩原朔太郎の『郷愁の詩人・与謝蕪村』をとって読み出した。老眼がすすんだためか、このごろ私は、本を読んだり原稿を書いたりするとき、近眼鏡が不要になったのである。

ところで、この蕪村の、

「妹《いも》が垣根三味線草《しやみせんぐさ》の花咲きぬ」

という句について、朔太郎は「万葉集の恋歌にあるような、可憐で素朴な俳句である。ここで『妹《いも》』という古語を使ったのは、それが現在の恋人でなく、過去の幼な友達であったところの、追憶を心象して居る為であろう。それ故に三味線草（ぺんぺん草）の可憐な花が、この場合の詩歌によく合うのである。（中略）蕪村郷愁曲の一つである」と、なかなかむずかしい。

要するに、昔の恋人の家の垣根にペンペン草が生えている、という意味の句だ。ところがこの句は――朔太郎はさすがに、万葉集の恋歌にもあるような、といったが――蕪村自身の体験によるものではなくて、平安朝のころの、「むかし見し妹《いも》が墻《かき》根《ね》は荒れにけりつばなまじりの菫《すみれ》のみして」という歌を俳句化したものにすぎないのである。

蕪村はときどきこういう遊戯をやる。もっとも後年寺山修司さんは、逆に他人の俳句からいくつも短歌を作ったそうだが。――また別に、

「討はたす梵倫《ぼろ》つれ立て夏野かな」

めぐり逢った二人の虚無僧《こむそう》が、旧怨の縁であったか決闘のために白雲浮かぶ夏野に

出てゆく、といった光景である。

この一句を読んだとき私は、「芭蕉は俳句で純文芸を書き、蕪村は俳句で大衆文芸も書いた人だ」と思った。それでも私は、蕪村が生きていたころの徳川中期の世にこの句をあてはめて考えていたが、実はこれは「徒然草」第百十五段にある話なのである。二人の虚無僧の事情は右のごとくであるけれど、南北朝以前の話なのである。これを蕪村は「徒然草」で読んで俳句化したのだ。

えらい私が物識《ものし》りのようだが、なに最近ちょっとした必要から「徒然草」を通読する必要が生じて、右のごときことを知ったのである。

そういえば蕪村の、

「甲賀衆のしのびの賭《かけ》や夜半《よわ》の秋」

「御手討の夫婦なりしを更衣《ころもがえ》」

「宿かせと刀投出す雪吹《ふぶき》かな」

など、わずか十二、三字で一篇の小説世界を作り出す手腕は感嘆のほかはない。

さて、私がこんな高雅な思考をめぐらしているあいだにも、センナサオの偉効は発揮されて、近来にない快便であった。

「通じ薬はつらいけど、しかたがないんだ糞のため、便所で星影のワルツを歌おう。

……」

私は鼻唄をうたいながら、紙をとり、ウォシュレットのボタンを押そうとして、ふとそのとき、その産出量をこの眼で確認したいという望みを発した。

そこで紙は手にしたまま、もう一方の手で籠のなかの眼鏡をとりあげた。ふりかえって、便器のなかを確認して、満足した。そのとたん――私は、その快産物のなかへ、紙ではなくて眼鏡のほうを、すばらしい勢いでほうりこんでいたのである！

黒沢明の「姿三四郎」

この春、テレビで黒沢明の映画「姿三四郎」を見た。

私も人なみに黒沢映画の大ファンで、その大半は観ているけれど、そのなかでベスト・ファイブをあげろといわれたら、そうですな、「用心棒」「生きる」「羅生門」「七人の侍」「酔いどれ天使」そして「姿三四郎」の六本のなかで一本落すのに迷う。とにかく「姿三四郎」はそのなかにはいっているのである。

いま黒沢映画の大半は観ているといったけれど、よく考えてみると、それでも三分の二くらいしか観ていない。その観ない三分の一は、シェイクスピアとかドストエフスキーとかをどうとかした、といった系列のもので、はじめから鬱陶しいような気がして敬遠したものである。

だから、大ファンといってもあてにはならないが、とにかく一人の監督でこれほど多くの作品を観たのはほかにいない。そして私は、黒沢明の映画は、何か問題意識をモチーフとしたものより、娯楽作品のほうが出来がいいと信じている。もっとたくさんの娯楽作品を作ってくれていたらありがたかった、と思っている。娯楽作品にして、黒沢明の場合は、ジョン・フォードと同じく、充分芸術的なのだ。

さて、その私のベスト・ファイブに「姿三四郎」がはいっているのである。――それは封切りのときに観た感激が、あんまり大きかったからだろう。昭和十八年三月のことである。

日本が戦争によろめき出したころで、もう新聞も四ページくらい、映画の新聞の広告も小さかったが、たしか「黒沢明第一回監督作品」と出た。映画の広告はそのころまでは俳優の名ばかり大きく出し、監督の名はそえものにすぎない習いであったのに、このときだけは「第一回監督作品」と出たのである。

それに好奇心をそそられて、観にいった。

——封切りの有楽町の日劇であった。

それを観たあとの感想を、当時二十一歳の私は日記に書いている。

「興趣満々、しかも相当な芸術美も具えて見事である。出てからも全身が熱く、息もつまり、こぶしを固く握りしめていたほどである。これほど昂奮させた映画は近来まれである。僅か二時間ほどでこれほど観客をひきずりこむことが出来るなら、映画の監督もまた男の一大事業である」

調べてみると、黒沢明はこのとき三十三歳であった。

主演は藤田進である。

ところでこの藤田進について、私にはふしぎな想い出がある。

映画の撮影や舞台の楽屋で、原作者として何人かの俳優に会ったことはあるけれど、その人と一杯飲んだなどいう体験のない私だが、そんなかかわりのまったくない藤田進にしきりに盃をすすめられ、べろんべろんに酔っぱらわされた記憶があるのである。

どうしてそんなことになったのだろう？　あれはどこのことだったのだろう？　いつごろのことだったのだろう？

すべて忘却のかなたにかすみ、ただふしぎな一夜の夢のような記憶として残っているだけだったが、いまこの文章をかくにあたって、そのころの日記を調べてみて、そのいきさつがわかった。わかってみると、事はいよいよ奇絶怪絶であった。

昭和二十八年二月二十一日、そのころ世田谷の三軒茶屋に住んでいた私は、一通の奇々怪々な招待状を受けとった。

「ポコモコ王国第十一回二月会議御招請状。

（ポコモコ発）ポコモコ王国第十一回会議が発令されました。

王国紳士と淑女におかせられましては、万障お繰合せの上御参集のほどを願いあげます。

式次は恒例の通り。

趣向は①ロシヤ料理を賞美する会。

〔メニュー〕ザクスカ、ピロシキ、ロシヤサラダ、シャシリック、グリイビー、セドロー、ボルシチ、黒パン、ビール、ウオトカ（シブヤ・ロゴスキー出張）

②新女王戴冠式

二月二十一日（土）午後五時、シブヤ金王八幡神社社務所にて。

会費五百円、各自ゲテモノ一、二品持参の事。

ポコモコ王国貴族団

一九五三年二月
第十代関口貞子女王の御名のもとに。
山田風太郎御夫妻様」

この招待状を持ってきたのは、高木彬光さんの義妹のもとさんであった。

つまりこれはロシヤ料理を食う会なのである。そのころロシヤ料理はまだ珍らしい時代であった。それどころか、一般の料理でも、めぼしいレストランはまだ少ない世の中だったように思う。

ちょうど雪の日であった。招待状には御夫妻さまとあるが、あいにく家内は所用あってゆけず、私はもとさんといっしょに渋谷の金王八幡の社務所に出かけていった。八幡さまの社務所でロシヤ料理を食うとは、いまでは想像もつかないが、細長い台と火鉢をならべた大広間といった宴会で、ただガラス戸を通して庭にふりしきる雪を見ていれば、それだけがロシヤらしかった。

そこへ藤田進氏があらわれたのである。どういうわけか知らないが、そんな高名な俳優でもやはりロシヤ料理が食いたくてやってきたのだろう。

私が「姿三四郎」を観てからちょうど十年目だが、終戦後まもなく私は、やはり黒沢明の「わが青春に悔なし」で、主演の藤田進を観たことがある。

そのうち銅鑼が鳴って、新女王の戴冠式と新騎士の紹介が行われることになり、新女王に右の高木氏の義妹もとさん、新入りの騎士に、なんと私がひっぱり出された。もとさんは銀の紙の冠に白いカーテンをまとわされ、私は右手をあげ、左手を聖書にあて、首をたれて前に立った。その聖書の表紙には藤田進のブロマイドが貼りつけてある。……

こんな怪儀式のあと、私は藤田進氏にウオトカをさんざん飲まされ、グデングデンになって、深夜雪の中を帰宅したのであった。……

ま、こんな話だが――そんなに酔っぱらっても、藤田進氏のさわやかで快活な印象は、これらのいきさつは忘却したにもかかわらず、あとあとまで好感をもって残っていた。

が、いまにして思えば、このときすでに、昭和二十三年の「酔いどれ天使」、昭和二十五年の「羅生門」で黒沢映画の主役となった三船敏郎によって、彼はその座を失っていたのである。

のちの「用心棒」で、彼が脇役として、三船にとって代られる旧用心棒の役をつとめていたのはいたましい。黒沢明も皮肉ないたずらをやるものだが、藤田進はその役を、快活に、かつユーモラスに演じていた。……

その藤田進は、ことしの三月二十三日に亡くなった。

朝日新聞の夕刊には、「二十三日午後八時十五分、肝臓がんのため東京都渋谷区の日赤医療センターで死去、七十八歳」とあるだけである。主演した映画の題名も出ていない。どうやら人間は、全盛期に死ななくちゃいかんらしい。

さて、テレビで、ことし四十七年目に再会した「姿三四郎」である。

それは七時にはじまって、途中何回もコマーシャルがはいるにもかかわらず、八時半にはもう終っていた。正味一時間二十分にも足りないか。そんなはずはない。げんに私は封切りのときに「二時間ほど」と書いている。あちこちフィルムが飛んでいるのだ。いや途中そのことについて、何か東宝撮影所の弁明の字幕が挿入されていたようだ。

それでも私にはけっこう面白かったが、東宝が弁明の字幕をいれているところを見ると、この映画はこのフィルムしかないのだろう。私が黒沢映画のベスト・ファイブにまでいれた「姿三四郎」は、もはや完全なかたちとしてはこの世に残っていないことになる。

古びて、いやに暗いその画面に活躍する俳優たち――藤田進、大河内伝次郎、月形龍之介、志村喬、花井蘭子、そして、私のいちばん好ましい、このころまでの轟夕起子らの映像を見ながら、私はこの映画を作った人々のなかで、いま生き残っているのは監督の黒沢明一人ではないか、と思いあたり、愴然たる感慨に打たれた。

私にとっての謎

本気になって調べたり、また然るべき人にきけばわかるだろうが、いまのところ、私にとって不可解にとどまっていることがらを、順序もたてずならべてみる。

＊テレビを見ていると、首相がだれかと会見するとき、官邸の部屋のドアをあけるとすぐ壁際のソファに、客とならんで坐るのはどういうわけか知らん？

広い部屋の中央あたりは、さぞりっぱなテーブルや椅子があるにちがいないのに、ドアのすぐそばの壁際のソファなんて、２ＬＤＫのマンションみたいに、みるからにみみっちい感じがするのだが――だれにきいても、みな「そういわれれば……さあ？」といったきり、その理由を教えてくれない。

＊そのテレビだが、アナウンサーがどこか離れた土地の記者を呼び出すのに、その映像がなかなか出ないので、「何々さーん、まだ出ませんか」と、くりかえし、数分後「出ないようです。では次のニュースに移ります」などニガニガしげにいったとたんに映像が出て、「あ、出たようです。出たようです」と、やる。こんな醜態がしょっちゅうある。

テレビの最大の根幹的重要事は、何より映像が出ることである。これが出ない、などということがあっていいことか。機械のことだから、なんていっていられないはずだ。そんな心配があるなら、数分前、あるいは十数分前から出しておけばいいではないか。むろんその分は放送には出ないように、局内のテレビだけに出るようにして、ときがきたら切り換えればいいではないか。

それをなぜか、いきなり放送しようとして、それがうまくゆかないのでまごつく。アナウンサーがイライラすると、見ているほうも伝染してイライラする。この醜態にも何か理由があるのだろうと思うけれど、私には不可解である。

＊もう一つテレビのことだが、マラソンが大はやりである。私もよく見るが、何しろコマーシャルが多すぎる。数分ごとにそれがマラソンを中断する。

マラソンもその支度がたいへんだろう。さぞ費用もかかるだろう、と、いちおうは思う。しかし画面に出る主役は選手である。脇役は先導役の警官と沿道の見物人である。これみんな原則としてタダの人々じゃないか知らん？　背景だってセットじゃなく、町の風景である。これもタダだ。

まあ、招待の外国選手などの飛行機代、ホテル代などもあるのだろうと思うけれど、それにしてもマラソンはアマ・スポーツであり、ふつうの俳優やタレントほど高額のギャラは要らないのではないか。

それなのに、あのコマーシャルの氾濫《はんらん》との格差がよくわからない。

＊もう一つスポーツのことだが、相撲の行司は、どんなきわどい勝負でも、必ず軍配をどちらかにあげなければならないそうだ。それがちがうと行司さしちがいということになるのだが、その検査役の判定がまたまちがっているということもある。事実、同体ということはあるのである。

これも同体でとりなおしということになるのだから、それでいいようなものだが、それよりはじめから行司に、軍配をまんなかにあげる判定もあっていいと思う。いや、どっちかにあげるのが古来からのならいだというのだろうが、そんなムリな強情は改めてしかるべきだろう。古来からの四本柱をとっぱらってしまった例もある。

＊ただし、野球などはストライクか、ボールか、セーフかアウトか、一瞬迷う場合

があっても、これはどちらかにきめなければならない。そのときは絶対に審判の判定に従わなければならない。そういうルールでなければ成立しないスポーツがあり、野球はその一つである。

この審判の権威をおとしめるような選手や監督が、ちょいちょいある。それは野球というゲームそのものをおとしめることである。

こんなわかりきったことがなおわかっていない野球人がある。判定に不満で審判を蹴とばしたロッテの金田監督がその例だが、あれほど球史に残る大投手の履歴を持つ人物が、ああいうことをやって、あと謝罪の気配も見せないのは、私には不可解である。

＊芸能人で、よく五億円だの十億円だのの大借金があると伝えられる。それがまた、いつのまにか返済しているようで、ケロリとした顔をしているのが私にはわからない。かりに五億円の借金があるとする。すると年に一億円ずつ返済しても五年かかる。しかし年に一億円返すとすると、年に十億円くらい稼がないと不可能である。なぜなら十億円稼いでも、六、七億円くらい税金をとられるはずだからである。

それだけ稼ぐ人なら、生活費交際費だってふつう人なみではないはずだから、一億円返すのは大変だ。それに未返済分にはまた利子がついて借金はふえているだろう。

それが、とうてい年に十億円のギャラなんて程遠いと見える俳優やタレントが、数年中に借金を皆済して澄ましているというのが、私にはわからない。

＊税金といえば、江戸川乱歩の「探偵小説四十年」によると、昭和二年の「現代大衆文学全集」の『江戸川乱歩集』は「十六万数千部を算え、印税一万六千数百円を受けとり、大いにうるおったのである」とある。

昭和二年ごろ、大学卒、高等文官試験に合格した公務員の初任給は七十五円であったから（朝日新聞社『値段の風俗史』）六十数年後の平成二年のいまは、物価は少なくとも当時の二千倍にはなっているだろう。すると当時の一万六千数百円は現在の三千数百万円にあたる。

乱歩さんは、将来小説が書けなくなったときの用心に、相当大規模の下宿屋を開こうと思いたち、いまの新宿区の戸塚町に、百七十坪の土地いっぱいに建てた二十一室の建物を買いこんだ。

「この家屋買入れと改造の費用に、平凡社の現代大衆文学全集の私の印税一万五、六千円の大部分を使ってしまった」

と、ある。

してみると、その印税には——現在の価値で三千数百万円の収入がありながら、ほとんど税金がかかってこなかったと見える。

数字は忘れたが、尾崎秀樹さんの文章で、昭和十年になくなった林不忘（「丹下左膳」の作者）についても、右と同様の記述があったように思う。従って、昭和初年から少なくとも日中事変のはじまるころまでは、税金はこんなありさまであったらしい。

さて私の不可解事は、これほど税金をとらないで、まもなく日本がアメリカやソ連といっちょうヤッタロカと、とんだ謀叛気《むほんぎ》を起すほどの大海軍、大陸軍を作り出す資金をどこからひねり出していたのか、ということである。
＊不可解事は、天下国家から尾籠な方面に及ぶ。
日本の便所はいまやほとんど水洗便所になったが、水洗便所は水道と下水道がなくては成り立たない。

では、水道も下水道も完備しない昔、西洋のトイレはどうなっていたのだろう？　ヴェルサイユ宮殿の大舞踏会の夜など、庭園は紳士淑女の糞だらけだった、などいう記録を読んだ気もするのだが。――

いや、昔にはかぎらない、アメリカだってフランスだって、いまでも水道も下水道もないへんぴな土地はきっとあるにちがいないが、そこの住民のトイレはどうなのだろう？

もし、以前の日本のような汲みとり式のものがあった、あるいはあるとするなら、そのたまったものの処理はどうしたのだろう。どうしているのだろう？

「レ・ミゼラブル」で、ジャン・ヴァルジャンが傷ついた青年マリユスを背負って、パリの下水道を逃げまわる場面があるが、これが一八三二年、日本でいえば天保三年、鼠小僧次郎吉が処刑された年である。

ヴィクトル・ユゴーは、当時のパリの地下のクモの巣のような下水道を記し、それを誇るどころか、排泄物を肥料として大地を富ます東洋の知恵に敬意を表し、それを無意味に下水道に流しすてるフランス人の愚かさを慨嘆している。

してみると、当時からフランスでは、肥料に排泄物を使わなかったと見えるが、そのころ化学肥料があったわけはなし、それでは小麦やブドーの肥料は何から得ていたのだろう？

西洋のトイレとともに、この肥料の問題も、私にとって不可解事である。

＊西洋のことといえば、西洋人は小麦粉で作ったパンを常食としているが、なぜ麵類を作らなかったのだろう？　むろんイタリアのマカロニ、スパゲティは有名だが、イギリス人、ドイツ人、フランス人は麵類を食べないのをふつうとする。

なんでも食事をするのに音をたてるのをきらうから、という説もあるが、そんなマナーどころでない野蛮時代もあったろうに、その大昔から麵類の食物というものがなかったとは、これも私にはわからない。

Ⅵ　終りの始まり

ここは一城自由境

一病息災とは味のある言葉だ。僕も味のある一病くらい持ちたいと思うが、現在までのところそれがない。

といって、スタミナ十分、エネルギー横溢というにはほど遠く、蒲柳の質といっていいくらいなのだが、とにかくこの二十年間くらい、病気で寝こんだなどということがない。

それじゃ、ふだん健康に気をつけてるかというと、それらしいことは一つもやらない。運動はしないし、食物も栄養価などかんがえたこともなく、食いたいときに食いたいものを食う。人間ドックにでも入って検査をしたら、あたまの中から足のさきまで古くなったゴムみたいになってるのではないかと思いつつも、ともかく息災である。

その理由は何だろうとかんがえる。

第二番目の理由はよく寝ることである。どこでも一分間で寝るなんて芸当はできないが、まだ睡眠剤を必要としたことがない。

第三番目の理由は便通がよすぎるくらいいいことである。よく寝て、よくたれる。これは栄養や運動などという、積極的な健康法にまさること効果数倍の消極的健康法ではあるまいか。

さて、それより第一番目の理由である。それは右の寝たいときに寝て、食いたいときに食うという生活ではなかろうかと思う。

とくに、いやな奴とはつき合わない、つき合う必要がない、ということは、作家という職業で最大の冥利《みようり》であると思う。ベツにイバる必要もないが、さりとてムヤミにへリ下ることもない。

書斎は小なりとはいえ、一城である。

そういう人間関係で胃ブクロがかたくなるようなストレスは、徹夜で原稿をかいたりマージャンをしたりするよりはるかに悪質の障害を与えるのではないか。しかし、サラリーマンそのほかの商売では、とうていこうはゆくまい。

この冥利ある以上、貧乏くらいしたって何ぞやと思う。ねがわくば、死にたいときに死ぬという具合にゆきたいものだ。

新年の大決心

おととし乱歩さんを送り、去年大下さんと別れ、また楠田匡介さんを失った。どの方も生前親愛の念を以て触れていただけに、哀傷の念ふかいものがある。

ところで、乱歩先生はパーキンソン氏病という神経系疾患で、大下先生は肝臓ガンで、楠田さんは車にはねられて亡くなられたのであった。

この方々のうち、生前じぶんの死因を、このようなものだと予測された方が一人でもあったろうか。

楠田さんがむかしいつも胡桃をにぎっていたのを思い出す。高血圧の予防になるというのである。大戦争ほど自動車事故で人が死んでゆく御時勢ではあるけれど、まさかじぶんがボンネットにはねあげられて猛スピードであの世へ送りこまれるとは、楠田さんは夢にも考えたことはあるまい。

大下先生はお酒をお飲みでなかった。酒と肝臓ガンとはどれほど関係があるのか知らないが、ともかく肝臓の病気にかかるとは大下先生は予想もせられず、おそらく心臓を警戒されていたのではないかと思う。

乱歩先生も心配されていたのは、高血圧であったと思う。パーキンソン氏病なんてヘンな名の病気は、御自分がかかるまで御存じではなかったことと想像する。

そこで考える。――

世の中には持病を持っている人がある。そうでなくても、じぶんはどこが弱いと自覚している肉体的器官がたいていある。それと、ほんとうにその人が死ぬ原因とのパーセンテージはどれくらいであろうか。そんな医学的な統計はあるとは思えないが、僕の根拠のない想像からすると、人間、じぶんの警戒していた病気で死ぬのは、三十パーセントにもあたらないのではなかろうか。

死は推理小説のごとく、人生の結末に於て最も意外性の極致の姿で登場してくる。

俗に四百四病という。しかしたとえば腫瘍だけ考えても、腫瘍の種類と発生部位を組み合わせたら、それこそ、それだけで四百四病ぐらいになるかも知れない。

あらゆる病気、事故、戦争、天災、他殺、自殺の可能性まで考えに入れると――人間、とうてい予防の網など張り切れるものか！

栄養をとれという。美食はいかんという。日光浴をしろという。日光は皮膚を老化させるという。

規則正しい生活をしろという。自由自在こそ長生きの秘訣だという。

歩け歩けという。歩けば車にはねられる。大安吉日に飛行機にのって墜落した人々もある。大安吉日なので結婚が多く新婚旅行が多かったために、航空会社が大型の飛行機に変えたらその飛行機が落ちたというのだから、犯人は「大安吉日」そのものである。

何を信じて食い、何を信じて動いていいのか見当がつかん。

そこで考える。——

何も信じちゃいかん。ただじぶんを信じろ。じぶんの信じるように、好きなように、欲するままに、何でもやれ。

食いたいものを食いたいときに食いたいだけ食い、やりたいことをやりたいときにやりたいだけやって——死ね。それが人生の達人というものだ。

僕などからみると、十数人のメカケに数十人の子を生ませたという例の悪徳代議士など、ただただ脱帽のほかはない。

「それでもきゃつは最後にはつかまった。人生はそううまく問屋がおろさない。天網恢々疎にして漏らさず、神ぞ見そなわす」などと、おごそかなしたり顔でうなずかれる乾物的先生などより、はるかに達人のように思われる。

そうだれもかれもが人迷惑をかまわず、やりたいことをやったら世の中はメチャクチャになるではないかといわれそうだが、なに、大丈夫だ。そう思うだけで、何もやれない人間がこの世の九十九パーセントだからである。

げんにこんなことをいっている僕自身がその一人なのだから。——が、これではいかん。

やった奴が勝ちだ。やりたいことをやれ。

ギックリ腰の話

ギックリ腰の話をしよう。このごろ、老中年はもとより、若い人にも結構多いそうだから。

もう十年以上も昔になるだろうか。或る夏の日、まだ空地だった隣の地所に草が人間の背丈ほど蓬々と生いしげっているのを見て、御苦労千万にもこれをとることを思いついた。実は、そういう労働が面白くもあったのである。べつに草とりの道具もなかったから、ただ両手で、半日も烈日に照らされてこの作業をやった。

その夜、平生通り原稿を書いていて、くたびれて仰むけに寝ころんで、さてムクリと起きあがろうとした刹那、腰を――お尻の上あたりを、激痛の鞭に打たれ、私はまたバタンとうしろに倒れて、それっきり動けなくなった。足をちょっと動かしても全身弓なりに硬直するほどの痛みが走るのである。

このときは近所のお医者さんを呼んで、いいかげんに注射したり薬を飲んだりして、癒るまでに十日間くらいかかったろうか。

それが私のギックリ腰のはじまりで、そのとき私は週刊誌の連載小説を書いていた。当人はギックリ腰でひっくり返って動けないのに、小説の中では忍者が馳駆し、跳躍し、しかもあとで読んでみると、苦痛に耐えつつ腹這って書いたそのあたりが最も文章快調であったのが妙である。

さて、それからこれが、何かのはずみで二、三年おきに起る。まだ小さかった子供と相撲をとっていてぎくっと来たこともあり、別にこれといった原因もないのに、坐って仕事をしていると、徐々に、徐々に腰が重くなり、そのうちにメリメリと背骨が音をたてんばかりになって、ついに例の——まるで腰の一点をピンで刺しとめられた人間昆虫のごときていたらくに立ち至ったこともある。

話にきくと、往来などで知人に逢い「やあ、こんにちは」とお辞儀したとたんにひっくり返って動けなくなり、そのまま担架で病院に運ばれるなんて人もあるそうだ。

ただし、私の場合、たいていは二、三日たつと何とか回復するのでそのままにしていたが、一昨年の暮から正月にかけて、一ヶ月以上も思わしくないという状態におちいった。寝ているとと痛みはないのだ。それどころか、立って歩くことも走ることも自由なのだ。それが、坐ると痛くて、数分と坐ってはいられない。——そこでまた原稿は腹這って書いた。このときも、そうして書いた原稿の出来が比較的よかったのは不思議である。おそらくほかに気を散らすよすがもないせいであったろう。

だからといって、これをいつまでも放ってはおかれない。どうも持病となった気配である。——そこに、成城にお住まいの横溝正史先生の奥さまが、お近くのハリ医を教えて下さった。

甚だ申しわけないが、これでも医者の学校を出た私は一笑した。

「それはそうでしょうけれど」と、奥さまはおっしゃる。「まあものは験《ため》しと、いちどやってもらって、癒らなかったらもともと思えばいいではありませんか」

念のため、旧友のいる某大病院に、椎間板《ついかんばん》ヘルニアを治療するにはどれくらいかかるか、と電話で聞いてみた。すると、

「君の腰痛が椎間板ヘルニアかどうか、レントゲンで診察してみなければわからないけれど、そうだな、牽引《けんいん》したり、事と次第では切開する必要があるかも知れない。まあ三ヶ月か四ヶ月の入院は覚悟していてもらいたいな」

と、大変なことをいう。

それはたまらんと怖れをなし、去年正月の某日、横溝家御推薦《ごすいせん》の成城のハリ医へい

った。老先生指揮のもとに十何人かの白衣のお盲さんが、ズラリと並んだベッドの傍に坐って黙々とハリを打っている。ちょっと異様な光景である。ギックリ腰だといったら、「ああ左様か」といった調子で、横になった私の腰に、背後からハリを打ち出した。——

私は医者の学校を出たくせに、注射されるのもいやな男で、そのこともハリ医にゆくのに心が進まなかった理由の一つだが、驚いたことに——いや、話には聞いていたが、それでも驚くべきことに、痛くない。

それは、ときどき肉の内部で微かな、えぐいような痛みをおぼえることもあるが、それもまるで、ちょうど頭の痒いときに髪の毛をひっぱってもらうような快感をおぼえる。また筋肉の中に、小さな無数の核果——しこりがあるのを、正確にハリで突き破って、中の漿液がサラサラと溶けて消えるような感じでもある。

私は一度ならず、その間、グーグーといびきをかいて気持よさそうに眠っていたそうである。つまり、それほど痛くないということなのである。

そして、まったく驚倒すべきことに、そこにゆくとき自動車の出入りにも困難をおぼえていた腰が、出るときは、別人みたいにらくになっていたのである。

三回かよった。二回目のときは、前回と係りの盲人がちがい、べつにカルテもないようだし前回のことも聞かない。こちらが不安になって「ギックリ腰で、二回目ですが……」と断わると「ああ、左様で」といった調子である。にもかかわらず、その日でほとんど常態に戻ったのだ。三回目は、念のためにといった程度の気持であった。そして、それっきり癒ってしまった。——これまで十何年か、例え金縛りになるほどの重症にならないまでも、ときどき、はてな？　と思うことがしばしばあった腰の異常が、その後まったくあとを絶ったのである。

実に奇態千万、奇ッ怪至極——と、私は首をひねった。

例えば、死にそうなほど空腹のとき、何か食物が胃袋に入ったとたん、たちまち元気を回復する。どんな病気でも、これほどみごとに効く薬や治療法があるといいのだが、と、よく笑ったものだが、まさにその通りの奇蹟的な快癒ぶりが現実にあり得たのだ。

「事と次第では切開しなければなるまい」とか「三ヶ月か四ヶ月の入院は覚悟しろ」といった友人の医者のものものしい言葉が可笑しくなって、私は噴き出した。

中共が世界の舞台に登場するにつれて、そのハリ治療法の奇蹟が伝えられた。例えば、ハリによって、麻酔もせずに、何の苦痛もなく脳手術を行っているといったたぐいである。私はそういうニュースが伝えられる以前に、自分のギックリ腰がハリによって嘘みたいに癒ったことで、かくのごとくすでにその神効を認めていた。

なぜハリで、ギックリ腰のみならず、さまざまな病気が癒るのか、その理論的な解説書も読んだが、詳しいことは忘れてしまったし、要するに病気は癒りさえすれば七割方はそれでよろしいのである。とにかく人体にハリを刺して病気を癒す、などいう奇想天外なことを考えた中国人に対して、マージャンを発明したという点と同じく、神秘的な畏敬をおぼえないわけにはゆかない。

ハリの話

このごろは、ネコもシャクシも中共ブームで、中共に批判がましいことをいうと袋叩きにでもなりそうな案配である。

それがまるで、中共に売春婦のいないことを礼讃しつつ、当人は然るべく日本の売春婦を愉しんでいるようなところがあって、私は中共にも共産主義にも公平無比の心情を持っているつもりだけれど、日本人独特のこういう卑屈にちかい一辺倒、あるいは一重的精神構造には侮蔑を禁じ得ない。

中共のよさは文字通り中国人の共産主義国という点と密接不離なところが多く、それじゃあ日本も共産主義になっていいのかというと、そのへんの顔つきがあいまいで、かつ狡猾である。私にしても理論的には共産主義に共鳴をおぼえるふしは多々あるけれど、これを日本人の性癖と結びつけると身ぶるいが起る。少くとも一面太平洋戦争中の日本が再現されるような怖れを感じる。いま手ばなしで中共の讃歌を歌っている人々は、ちょうどかつてのナチス讃美にのぼせあがっていたのと同じタイプの連中で、ああ、またはじまったか、と憮然たらざるを得ない。

要するに、中共にせよアメリカにせよ、スエーデンにせよフランスにせよ、光があれば必ず影がある。光だけの国家があるものではなく、その光のあたっている一面ばかりを云々するやつがあるとすれば、その論旨や報道には必ず虚偽があると見ていい。だいいち一方で中共に香煙を焚きつつ一方でポルノによだれをたらしているなど、勝手もいいところである。

ただ、それはそれとして、マージャンとハリを発明した中国人に対しては、たしかに脱帽のほかはない。

一年半前、ギックリ腰がハリによって、あっけないほど簡単に癒ってしまったので、変なもので私は、何だか物足りない感じさえした。狐につままれたようで、何だかもういちどギックリ腰になって、その神効を再確認したいものだとさえ考えた。ところがそれ以来、少々無理な姿勢をして見ても、跳ねまわって見ても、腰になんの反応もないのである。

ところで、一方、いつもギックリ腰というわけじゃないから、生意気にもゴルフをやろうと思い立ったことがあった。五年ほど前のことだ。雑誌社の人に大変なゴルフ好きの人があって熱心に勧めてくれたのと、私の家から車だと十分たらずのところに、桜ヶ丘カントリーがあるからである。

「山田さん、そんなにゴルフ場に近いところに住んでる人はめったにありませんよ。何してるんですか」

ゴルフに対しては、例の対ブルジョワ的反感と、歯医者にゆくような生理的反感があったのだけれど、「運動不足だからギックリ腰などになるんだ」といわれると、いかにもその通りだとうなずけるふしもあるし、また今じゃブルジョワの遊戯なんかじゃない、まったく大衆のスポーツだといわれれば、なるほど近くの洗濯屋も八百屋もときどき裏庭でアイアンを振っている。

それじゃ一つ、というわけで、そこのカントリーのメンバーになって早速やりはじめたが、さてコーチに招いた若い先生が、「首を動かさずに肩を回せ」とか、「腰を動かさずに腰を回転させろ」とか――ゴルフの技術としては当然のことなのだろうが――とうていこっちにはやれそうもない命令を下すのと、それに仕事が忙しいこともあって、はじめたと思ったら、やめてしまった。

それがこの春、ふとまた再開して見る気になった。当分休筆してひまになったのと、運動の必要をいよいよ痛感したからである。そして、庭に新しいネットを張り直し、おぼつかない調子で練習を始めた。

　ところが中学二年の息子がそれを見ていて、真似を始めたら、たちまちにしてオヤジより快音を発し出し「もっと広いところでやって見たいナ」といい出した。

　そこである日、カントリーの練習場へつれてゆき、練習用のボールを二ケースづつもらい、さて振返るとこはいかに、うしろにいたはずの伜がいない。——

　彼はもっと広いところでやって見たいといったもののいざ練習場に来て見ると周囲はむろん大人ばかりなので一大恐慌を来たして、雲を霞と逃走してしまったのである。

　私は四ケースのボールをかかえて困惑したが、いつまでもそこに棒立ちになっているわけにもゆかず、照れくさくもあり、ヤケクソにもなって、その八十個のボールを阿修羅のごとく機関銃のごとく叩きまくった。

　さて一日たった夜、私はふたたび腰に、例のただならぬ痛みをおぼえたのである。ギックリ腰の持病は全癒してはいなかったのだ。それはかつての症状と同じであった。

　ついにまたやったか、という思いとともに、待ってました、という気持もあった。私は一年半前のハリの威効を再確認する機会が来たと考えた。

　私はふたたびそのときのハリ医院に、いそいそとして駆けつけた。そして、こんどもまた三回通っただけで、きれいさっぱり癒ってしまったのである。

このときはからずも、広い病室のベッドの一つに、海音寺潮五郎先生が老巨体を横たえていられるのを発見した。もっとも私はまだめんと向ってお会いしたことはないし、だいいちいかにも気持よさそうに眼をつむっておられたので、べつに御挨拶もせずに通り過ぎたけれど。(これには後日談があるが、それはまた別の機会に)

医者の学校を出た私が——いわゆる民間療法などというものを全然信じない私がいう。ギックリ腰はハリにかぎる。

私は医大病院の友人にいった。

「これほど現実的に卓効のあるものを、医大で教えないという法はない。医大の授業には医者としてずいぶんムダな課目もあるが、是非ハリの一科を加えるべきだ。医者はギックリ腰に対してまったく無能だよ」

友人は苦笑していった。

「たしかにギックリ腰にハリは効くようだね」

ただことわっておかなくてはならないことがある。前に病気の治療は、理論的には不明でも、癒れば七割方はよろしいといって、十割とはいわなかった意味である。というのは、理論的に証明されていなくては、あとの三割の不明分でかえっていのちとりとなる怖れがあるからだ。

げんに私の友人の高木彬光が膝関節炎となり、編集者から私の話を聞いてハリ医へいって、いっそう悪化した。そこでこんどは本来の医者へかよって水をとってもらって快癒したという例がある。占いでも、そのあたりの判断はうまくゆかなかったものと見える。

ハリや灸で何でも癒るなら、明治以来、西洋医学が天下を制したわけがない。普通の医者にゆけば癒るべき病気が、ハリを盲信するあまりにとり返しのつかない手遅れとなる危険はある。

腰痛だって、必ずしもギックリ腰が原因だとはかぎらないのである。何でも一辺倒はいけない。

そのことさえ含んでおけば、そして、少くともギックリ腰だけは、断然ハリに限る。あえて同憂の人々にすすめたい。

救急車

私は幼少時からいわゆる虚弱体質だった。そして大人になってからも、何のスポーツも健康法もやらず、酒は飲む、煙草はのむ、徹夜マージャンはやる、食いたいものを食う、という生活で——決して丈夫であるという自覚はないが——病気らしい病気をしたことがなくて現在に及んでいる。

生きるだけ生きたら死ぬだろう、というのが私のテツガクである。

私の作った警句に、「死は当人にとって、推理小説のラストのように、最も意外なかたちでやって来る」というのがある。

たいていの人が、消化器系、呼吸器系、循環器系などの病気には気を使うけれど、病気はそれこそ八百八病で、そのすべてを予防し切れるものではない。あちらを立てればこちらが立たずだ。

その横着な私が、たったいちど救急車に乗せられたことがある。

三年ほど前の夏、蓼科の山荘で過ごしていたとき、夜中に突然、猛烈な右腹部の痛みに襲われて七転八倒した。

山の中なのでどうすることも出来ず、朝になってやっと救急車を呼んでもらった。私はてっきり虫垂炎だと思い、手術を予想して、救急車に乗る前に、必死で排尿だけしておいた。

救急車に乗せられる、などいうこともこれがはじめてである。横たわった私は窓から青葉と青空だけを見て、山を下りていった。

すると、その途中で、急にけろっとその痛みが去ってしまった。しかし救急車はピーポピーポと走りつづけている。もうケッコーです、途中下車します、というわけにはゆかない。また、さっきの痛みがただごとでなかったこともたしかである。

そのまま麓の町の病院に救急車は横づけになり、私は診察室に入った。このときはもう普通人の足どりだった。

医者は診察の上、それは尿路結石ではなかったか、といった。微小な尿石が出来て、輸尿管のどこかにひっかかって激痛を起こしたのが排尿によって出てしまったものではないか、といった。そして、とにかく鎮痛剤だけあげておくから、東京の病院で改めて精密検査を受けたらよかろう、といった。

病院を元気な足どりで出ると、私はふいに山荘の冷蔵庫の調子が悪いことを思い出し、カンカン照りの町を歩いて、電気器具店に冷蔵庫を買いにいった。……たった今、救急車で運ばれた人間が、である。このことを思い出すと、私はいまでも笑いがこみあげる。

尿路結石のほうはそれきりである。東京に帰っても別に検査も受けず、それ以来何の異常もない。

しかし、尿路結石なんて——ひどいときには痛みのために卒倒することもある、ということだが——予想もつかず、また予防のしようもあるまいと思う。

医者は大いにビールを飲めといったけれど、これも裏を返せば別の方面でさしさわりが生ずるだろう。あちら立てれば、こちらが立たずである。

皮算用

幼少のころから蒲柳の質だった私だが、ふしぎに大病もせず、持病と呼ぶべきものもない。

持病はないけれども、病気の徴候ないし、可能性のあるものはある。いまのところ、それは五つほどある。

第一に、父が四十一歳で脳溢血で亡くなったから、遺伝的に私にもその素質はある。第二に、眼がさめてるときは数分の休みもなくタバコをくわえているありさまだから、肺ガンになる危険性が強い。第三に、この一、二年、ときどき心臓部に息のつまるような異常を感じることがあるから、心筋梗塞のおそれがある。第四に、ここ数十年ウイスキーのボトルを三日に一本あけてゆくペースを守っているから、肝硬変の可能性がある。第五に、以前それだけは快調であった便通がこのごろきわめて悪いから、直腸ガンになる心配がある。——

そんなもろもろの魔兆をいだきながら、私はまだ健康診断を受けたことがない。面倒くさがりやの性質がその理由だが、実はもうひとつわけがある。

それは——このごろ非常にガンがふえたといわれるけれど、それは特別にふえたのではなく、ほかの病気はみんな癒しちゃうからガンだけが残るのだ、と私は見ているからである。つまり人間はみずから好んで、いちばんスゴイ死に方をえらんでいるようなものだ、と考えるからである。

その前に人は、もっとラクそうな病気をえらんで成仏したほうが利口じゃあるまいか、と私は思う。もし持病があるなら、それを片っぱしから癒さないで、その中から適当なものを育成したほうがいいのじゃないかしらん。

そこで私が選択したのは、「心筋梗塞」なのだが。——

しかし、これは私の作ったアフォリズムだが——「死は推理小説のラストのように、本人にとって最も意外なかたちでやってくる」とうていこっちの皮算用のようにはゆかないかもしれない。

このごろ老化奇談

いつのころからか、左足のふくらはぎにできたケシッツブほどの小さなホクロが、目に見えない速度で大きくなってきたのに気づいてからまもなく、それは急速に黒みをおび、やや盛りあがり、一センチくらいにひろがってきた。

知り合いに、足に皮膚ガンを生じ、切断したが及ばず数年で亡くなった人があったので、ここにおいて私もあわてて近くの病院にいった。すると、医者がむずかしい顔をして、「ここでは治療ができないから」といって、別の大病院を紹介してくれた。大病院では次の何曜日とかに来いということであった。

そこで私も覚悟して、知り合いの編集者諸君に、ちかく山田の中の一本足のカガシが出来上る、ついては無用の足が一本生じるので「山田風太郎の足を食う会」をやるから御会食を請う、と通知した。

さて、次の何曜日とかに大病院にゆくと、女医の先生が一目見て、

「ああ、これは老人性イボです」

と、つまらなさそうにいって、薬をつけ、バンソーコーを貼ってくれた。数日にしてイボはあとかたもなく消滅してしまった。「それにしても老人性イボとはなぁ……」

という慨嘆はぜいたくの沙汰か。

もう一つ、このごろの話。

朝、パンを食っていて、昔いれたさし歯が一本ぬけた。そのパンはキチキチとしまって、実にうまいパンであったが、それがたたったらしい。それにしても、パンで歯がぬけるとは――と、情けながりながら、歯医者さんにいって、新しいさし歯をいれてもらうにあたり、ふと私はいった。

「歯と歯の間にスキマがあるといろいろ面倒なので、なるべく大きな歯をいれてくれませんか」

すると、歯医者さんがいった。

「いや山田さん、歯には歯の大きさというものがありましてね。マージャンのパイのような歯じゃ可笑しいでしょうが」

以上、ゲラゲラ笑いながら、病院医院を出てきた話。

最後の酒宴

最後に大御馳走を食って死のうなんて、そうは問屋がおろさない。身体が受けつけないのである。それより実行可能な法をあげる。

まず真新しいフンドシをつけ、ハチマキをしめて風呂に入る。これが酒風呂なのである。

大吟醸の四斗樽三個もあればよかろう。湯槽の上に白木の台をわたし、大ジョッキに最高級のウイスキーをオンザロックにする。

サカナはなるべくのどを通り易い――そうですな、生ウニにでもしてもらいますか。

これを呑みかつ食い、「いい湯だナ……アハハン」と虫の鳴くごとく歌うか、もっと声が出るなら「テンノーヘーカ、バンザーイ」などとなるかしているうち酩酊し、大吟醸の湯けむりのなかに、しだいに沈んでゆく。……大往生である。

ひょっとすると病気が蒸発して、怖ろしい元気で風呂から飛び出してくる可能性もある。

したくないことはしない

春になると「桜を見にゆかない?」秋になると「紅葉見物にゆこうよ」という妻の誘いに、私は苦笑してとり合わなかったが、近年「あいよ」と素直に応じて、黙ってくっついて歩くようになった。

日没閉門のときが近づいて、ようやくこのごろ「自分の一生は幸福であったのかどうか知らん?」とみずから問うことが多くなった。

私の人生の出だしはきわめてよろしくない。何しろ父は私の五歳のとき、母は私の十四歳のときこの世を去ったのだから。――私は自分の十代をふりかえって、いまでも私の「暗愁の時代」と呼んでいるほどだ。

それ以後、二十代からの五十年間、私の人生に別に異変はない。一生の大部分、異変なく過してきたのだから、まずまず幸福な人生であったといっていいかも知れない。

あらゆる面から見て、最も期待されざる少年像、青年像の本人がこんな平穏な人生を過すことを許されるとは。首をひねってても自分でもよくわからないのだが、もしかしたらと思いあたることが一つある。

それは逆境の中にあって、私が「したくないことはしない」というやり方で通してきたことだ。

一見傲慢なようだが、反対だ。「やりたいことをやる」という人々のまねはとうていできないから、「せめてやりたくないことはやらない」という最低の防衛線を考えたにすぎない。

これで無用のストレスからだいぶ逃れることができたと思うが、しかし横着は相当横着である。この横着を通させてくれた人生に私は感謝する。

しかしこの方針をつらぬいてゆくと、私など世にやることが何もなくなる、と、七十歳を越えてはじめて私は気がついた。

これは、「したくないこと」をできるだけ、へらさなければならない。

かくて私は女房にくっついて、阿呆面をして花見や紅葉見物に歩くことになったのだ。

終りの始まり

去年あたりから小さな活字が読みがたくなり、また文字が書きづらくなり、老人性白内障が進んだのだろうと病院の眼科へいったら、白内障じゃない、糖尿病による眼底出血のせいだと診断され、糖尿病治療のため、三ヶ月ほど入院しました。

生来蒲柳の質だと自覚していた小生が、戦後五十年、入院などしたのははじめてのことである。

おまけに、糖尿病よりパーキンソン病の徴候があるん、新しい病名まで背負わされてしまった。故乱歩先生と同じ病気だ。毛沢東や藤原義江も同病だったと聞いている。大人物がかかる病気らしい。それにしてもいかに畏敬するとはいえ、大先輩と同じ病気にかかろうとは。

しかし、当人は意外にのんきで、読めず書けずの状態は、神サマがもう読まなくても書かなくてもいいという合図を送ってきたのだろうと考えている。人間、だれも、何かの病気でいつか死ぬのだ。

風太郎夜話・闘病の記

視力が急激に低下してね、この三月に病院へ行ったんだよ。テレビみたいに大雑把なものは大丈夫なんだが、活字が読みづらくなってね。これは老人性白内障かなと思った。そうしたら、白内障もないことはないが、それより糖尿病による眼底出血が原因だと言う。糖尿病というのはデブがなるものだとばかり思っていたから（笑）、俺みたいなどちらかといえば痩軀の人間が糖尿病とは驚いた。でも、放っておけば目が潰れるか死ぬかのどちらかだと言われて、捨てておくわけにもいかず入院したんだよ。

医者が「この程度の糖尿病ならばインシュリンを使うまでもない。食餌療法でゆきましょう」と言った通り、三度三度運ばれてくるのは糖尿病用の食事だった。これがねえ、戦争中よりもっとひどい（笑）。大根と人参を賽の目に切ったものに、みそ汁を大さじ三杯くらい。それに海苔とみかんが付いて、それが朝飯でね。僕は少食だからいいけれども、普通の人はこれで生きていけるのかしらんと思ったよ。

更に、医者が言うには、パーキンソン病らしき兆候がある。パーキンソン病の恐れもあると。言われてみれば、なるほどパーキンソン病らしき兆候がある。すぐに足が踏み出せなかったり、逆に、歩きだすとだんだん足が早くなってしまったりと。この病気の原因は未だよく分かっていないんだが、平衡をつかさどる脳のある部分がうまく機能しなくなる病気らしい。江戸川乱歩氏はぼくが接触した人のうちでも最も敬愛する大人物だが、これは乱歩氏も患った病でね。氏が亡くなる前、とりまき連中の間で「そんなに歩くのが速いなら、オリンピックに出したらどうだ。百メートル五秒ぐらいで走るんじゃないか」なんて悪い冗談を言っていたんだが、まさかその病気に自分がなるとはなあ。

奇々怪々なる夢

一ヶ月後に退院して、四月、五月と家で暮らしたんだがね、突然、奇々怪々なることが起こった。記憶が一切なくなってしまったんだよ。気がついてみると、再び病院のベッドに寝ていた。その前後十日間ほど、何が起こったのか今でも全く記憶がない。後で聞いた話によると、突如としてぼくは目を据えたまま何かをつかみとろうとするかのごとく空中を掻きむしり始めたというんだよ。その姿を見たうちの家内が薄気味悪がってね、病院へ運んでいったらしいんだが。

記憶があやふやになったのは、どうもパーキンソン病の薬のせいじゃないかしらんという。パーキンソンの薬は幻覚を引き起こす場合があるらしい。これまでぼくは怖い夢なんて見たことなかったんだが、この時は実に生々しい幻覚を見た。向こう側に誰かがおるのだけれど、そいつは全容を現さない。そして、目の前をいろんな物や人間が横切っていくんだが、その物体の下半身はちぎれていて無いんだな。幽霊と同じでね。それをぼくは必死に捕まえようとする。空中を掻きむしる手つきはこのためだったらしい。それから、ぼくは別室におって、早く病室に帰らなければならないという気持ちなのだけれど、四肢が痺れて動けなくなってしまった悪夢とかね。

更に悪いことに、病院に担ぎ込まれた際、ぼくは排泄の用を訴えて無理やりベッドから降りて便所へ行こうとしたらしいんだよ。看護婦がベッドの上で済ませて下さいと言うのにもかかわらずね。あれだけは人間が最もこだわる尊厳なんだろうかね（笑）。そうしたら、ベッドの周りに三十センチほどの高さの柵があったんだが、それを乗り越えようとして転がり落ちてしまった。その時、大腿骨の骨頭が欠けてしまったんだな。それでいよいよ動けなくなり、実際便所へも行けなくなってしまった。結局、また二ヶ月入院ということになったんだよ。

入院中も別段、退屈するということはなかったね。本は読まなかったが、テレビはよく見た。オウム事件と野茂が助けてくれたよ（笑）。オウム事件は、ぼくも戦後五十年間にいろんな事件を見てきたけれど、これほど奇怪なる事件は初めてだ。いかにも優秀そうな若者があいうものに引っ掛かってしまった。それが一番不思議だったね。それから野茂。彼は偉いもんだね。ぼくは前々から戦後の日本を再興に導いた最大の殊勲者は水泳の古橋広之進だったと言っているんだけれども、野茂はそれに並ぶ功労者だよ。日本という国にカンフル的効果を与えてくれたという意味ではね。国内におれば一応の給料ももらえるんだし、それで満足してもよさそうなもんだが、言葉も通じないアメリカに一人渡っていってね。その名の通り英雄ですよ。これから先どうなるか分からんけど、まあ、いつまでももつわけじゃないからね。しかし、今までの活躍だけでも大手柄ですよ。

しかし、向こうの野球選手はみんなすごいね。軽々とホームランを打つ。昔は、日本のスポーツ界のいい選手はみんなプロ野球に行ってしまうなんて言っていたけどね、いま各球団の中軸打者はみんな外国のロートルじゃないですか。向こうでもう使いものにならん人間が日本に来て、それが三番、四番を占めているんだからね。やはり日本は何でも二流なんじゃないかね。スポーツやりゃあ、ほとんど韓国や中国に負けてしまうもの。なかなか一位になれない。これこそ我が国ながら最大の疑問点だね。話はそれるんだが、ぼくはね、東京オリンピックの頃で日本は発展をやめたらよかったと思っているんだよ。あの頃でも経済的には戦前よりも勝っていた。しかし突出して裕福になりすぎてしまうと、世界中から憎まれてしまう。今、世界の人に、なくてもいい国はどこ？　と質問すれば、みんな日本を挙げるんじゃないのかね。このまいくと、いつかまた原爆を落とされるようなところまでいっちゃうんじゃないかと心配でね。

この国で餓死するなんてことは滅多なことじゃない。食いたいものがあれば、多少高くても食ってしまう。それから、ちょっと腹が痛くなればすぐどこにでも救急車が飛んでくる。たしかに日本の歴史上、この二、三十年ほど豊かでいい時代はなかったと思うよ。日本のこの豊かさも、あと三十年も続けば世界からも当然と認められるんだろうけれど、今はまだ成り上がり者だという嫉妬心があるんだろうね。

たとえ寿命が縮んでも

退院後も糖尿病食は守ってくれと言われていたんだが、あんなもんばかり食っていたら死んでしまうというんで、今では肉なんてぱくぱく食うしね。酒もやっぱり飲むし、煙草も吸う。たとえ寿命が縮んでも酒と煙草はやめられないなあ。なにしろ五十年間飲んでいるんだから。それでも家内が睨んでいるものだから、以前は三日に一本空けていたウイスキーが五日に一本に減ったわな。自分ではまだアル中ではないと思っているんだけれどね。入院中、何日間か本当に禁酒禁煙したが、それでも震えはこないし禁断症状なんて起きないもの。この機会に病院で体の総点検をしてもらったんだが、これだけ煙草吸うのに肺はなんともないし、これだけ酒飲むのに肝臓もなんともないという。おかしなもんだね。

ところが、もうひとつのパーキンソン病の方はよくなる兆候がない。自由自在に歩けないんだよ。僕が親しくしていた作家の高木彬光君の葬式がこのあいだあったのだけれど、それにも出席できなかった。

ぼくは糖尿病と言われようとパーキンソン病と言われようと、特に驚かなかったよ。自分では長生きしすぎたと思っているからねえ。乱歩さんはあんな立派な体をしていたのに七十一歳で亡くなっているんだから。ぼくが乱歩さんより長く生きるとはなあ。

しかし、長生きは必ずしもいいもんじゃない。以前、新聞の随筆に「人間ある程度の年齢を過ぎたら国立往生院みたいな施設をつくって、そこでみんな往生させてしまえ」なんて意味のことを書いたら、投書がどっときてね。怒られるのかと思ったが、お叱りの手紙はほとんどない。「私はもう死にたくて仕様がないんだけど、自分じゃあ死ねない。みなさんと一緒だったら我慢できるかも知れない」なんてことが書いてある。ぼくはあまり数は知らないけれど、老人を抱えた家庭は大変だなあという気はするしね。

集英社文庫から『秀吉妖話帖』という短篇集を出すんだけれど、いずれの短篇も太閤秀吉が何らかの形で物語に関係していて、しかもその秀吉像は世間一般のイメージとはかなりかけ離れているだろうと思うんだよ。以前、『妖説太閤記』という小説を書いたんだけれど、その時、目的がふたつあってね。ひとつは、これまで「太閤記」というとやたらと長い小説が多かったから、せめて上下巻くらいで秀吉を描いてみようと。もうひとつは、秀吉は英雄だけれども、綺麗ごとばかりで天下がとれるわけないのだから、〝悪人〟秀吉を書こうと思ってね。誰もに好かれるのだけれども、悪党である秀吉像を描こうとしたんだな。今度の短篇の中にも、それに似た傾向が表れていると思うんだがね。

ぼくの小説はねえ、明治ものも含めて、落伍者や逆臣とか敗北者を主人公とした物語が多いんだよ。英雄を主人公にした小説はほとんどない。これはなんでだろうと自分でも不思議でね。たとえば松本清張さんみたいに苦しい生活を強いられて育ってきたわけでもなし、ぼく自身の性格も必ずしも反体制的ではない。それなのに、どうしてこういう位置に視点を置いた小説を書くのかなあってね。勘違いされて、過激派から手紙をもらったこともあるもの。ぼくの小説を読んで、自分たちの理解者だと思ってくれたらしくて（笑）。

しかしなんだね、今年に入ってから、やたらとこうしたインタビューが多いね。これは何の現象ですか。ベストセラーを書いたわけでもなし、変わったこともしていない。本人は入退院を繰り返していただけなのにねえ。いくつかの文芸誌がぼくの特集をやってくれたり。どうも三十代の作家や編集者にファンが多いような気がするなあ。何かのはずみにぼくの本を読み、あっ結構おもしろいじゃないか、という気になったんだろうか。現在は朝日新聞の随筆（「続　あと千回の晩飯」毎週木曜日連載）以外、他の仕事はしていない。入院前は五、六本連載を抱えていたけれど、全部打ち切っちゃった。これから先、長い小説を書くつもりも微かにはあるけれども、とにかく歩けない状態では困るしねえ。まあ、書くのに足は関係ないけれども。

（一九九五年十一月一日・談）

富士山を見た

昨年の秋の終わりに富士山を見た。富士五湖のひとつ河口湖のほとりのホテルでである。

九五年に二度入院したパーキンソン症候群が一向によくならず、足がいうことをきかない。そんなわけで夏に信州の山小屋へもいけず、温泉宿に旅行するのが夢だったから、妻と娘夫婦の運転する車に車椅子を積んで出かけたのだ。

宿の窓をあけると富士山が真正面に見えた。ものすごくでかく、恰好がほんとうにいい。いままで、といっても今度が三回目だが、富士山は、いかにもという感じで、あまり感心しなかった。しかし、こんど見てみたら、なるほど、立派なものではないか。どこから見ても欠点がないのだ。

私は、いちどだけ推理小説で富士五湖の西湖を舞台にしたことがある。一九六二年に旺文社の雑誌『時』に掲載した短篇「一枚の木の葉」。主人公に富士山の印象を次のように語らせている。

「僕は富士山が好きでしてね。登山したことはなく、する気もないのですが、ながめるのは好きで、いまさらいうのはおかしいですが、見れば見るほど名山だと思います」

初めて富士五湖へいったのは、この小説の取材のときである。車でスバルラインを走って五合目までいってみた。十一月だというのにまだ雪がない。十年前にも登ったのだが、登っているときは富士山が見えなくなるから、あまり感心しなかったのである。

富士は外からみるのがいい。といって多摩の丘陵にあるわが家の二階からみる富士山は、ちいさいのが天空に聳えているだけである。このたびの場所が見るのに都合のよい距離なのだろう。宿から見ていると、太陽が富士山の後ろに沈んでいくさまもよかった。

しかし、実物もいいが葛飾北斎の富士もいい。あの美しい富士山のデフォルメのしかたはすごいと思う。

富士五湖の近くには青木ヶ原という樹海があるが、ことしも五、六十体の遺体が発見されたと聞いた。道に迷って、あの森から出られなくなって死ぬことは恐ろしい。死に至るまで何日も、風はごうごうと吹く。たいへんな死にかただと思う。

漱石の『三四郎』の冒頭、東京へ向かう東海道線の汽車のなかで三四郎が広田先生と話すシーンがある。先生は、日本で立派なのは富士山だけだ。あれよりほかに自慢するものは何もない、という。三四郎が、しかしこれからは日本もだんだん発展するでしょう、と弁護したのにたいして、先生はすまして、「亡びるね」という。

この小説の書かれた日露戦争後の明治四十二年頃には、漱石にせよ鷗外にせよ、将来日本が亡びるなどとは一言もいっていないが、小説のなかでは漱石は広田先生に、そんなセリフをいわせている。

それにしても、足が利かないということは、あたまに影響するのである。上半身が、平均がとれず、あたまが妙に軽やかになる。

発病する三年ほど前、家の近くの道路を渡ろうとして、突然倒れて、四つんばいになったことがある。私はそれを老化のせいだとばかり思っていたら、また、倒れた。

それに、ものが二重に見えるようになったので病院へいったところ、よくいままで放っておいたものだ、目が見えなくなりますよ、と医師にいわれた。白内障と眼底出血、そして糖尿病、パーキンソン症候群。入院して手術をし、食餌療法をするのだが、病院の晩飯には参った。栄養価を低くおさえるのがつらい。糖尿病は治ったが、パーキンソンは治らない。

肉が大好きだから、退院してからは、いまでもほとんど毎日肉を食う。それが活力になっているのである。

そんなわけで、足がいうことをきかないから、二階にある書斎にもいけず、居間でテレビを一生懸命見ることになる。ほかに見るものもないので最近は国会や委員会の中継を見るのだが、いや、みんな苦労しているなあ。質問するほうは聞きにくいことを聞くし、答えるほうも言いにくいことを苦労して説明している。あれなら、議員の月給が高くてもしかたないか。

わが家には病人はひとりだけなのを幸い、行きたいところがあれば、手をひいてもらい、車椅子を押してもらう。そんなわけで、いまのところは、人生、つまらなくはない。

そういえば、わが愛する与謝蕪村も富士山を詠んでいる。

不二ひとつうづみ残してわかばかな

『魔界転生』『警視庁草紙』の作家山田風太郎氏、〝晩飯〟中に急逝

作家の山田風太郎氏（本名・山田誠也）が一九九七年三月二十六日午後五時半ごろ、脳溢血のため東京都多摩市の自宅で死去した。七十五歳だった。

九五年からパーキンソン病と糖尿病で通院を続けていたが、毎晩、ウイスキーのオンザロック大コップ二杯を欠かさず、この日も、なみなみとコップに注いだリザーブを飲み干したあと、バサリと食卓に伏した。夫人が声をかけると、「死んだ……」と呟いたという。

当日、食卓にのっていたのは、じゃがいもを添えたビーフステーキ、マグロとヤリイカの刺し身、トマトとピーマンのサラダ、豆腐となまり節の煮物、白身魚の吸い物など。

山田氏は長年、午後五時に食卓に向かい、晩酌ののち七時から十二時まで就寝、深夜から夜明けまで起床して、再び午前中就寝するというサイクルで暮らしていた。

自称「アル中ハイマー」で、ドクターストップがかかって

いたにもかかわらず、一本のウイスキーボトルを三日で空けてきた。煙草も始終手離すことなく、本人いわく「息をするように」吸い続け、書斎は紫煙色になっていたという。

朝日新聞に「あと千回の晩飯」を執筆していたが、連載の開始された九四年十月から数えると、千回目の晩飯は今年の七月ごろに迎える予定だった。

山田氏は一九二二年、兵庫県但馬生まれ。四七年、東京医科大学在学中に、「達磨峠の事件」で推理小説専門誌「宝石」の懸賞小説に入選。三十代後半から『甲賀忍法帖』をはじめとする忍法帖シリーズを発表して大ブームを巻き起こした。

四十代からは『幻燈辻馬車』『明治波濤歌』など明治伝奇小説という新境地を開拓した。

千人あまりの古今東西の著名人たちの死に際を書いた

（提供・朝日新聞社）

『人間臨終図巻』では、七十六歳で亡くなった勝海舟の最後の言葉「コレデオシマイ」、七十一歳で死去した近松門左衛門の「口にまかせ筆に走らせ一生を囀《さえず》り散らし、今わの際に言うべく思うべき真の一大事は一字半言もなき倒惑」を最高傑作と挙げている。

　葬儀・告別式は本人の遺志により行わない。墓所は二十年前に購入した八王子市上川霊園。戒名は生前に自ら命名した「風々院風々風々居士」となる。

桜でこの世が彩られる前に死にたいと……

「奇しくも彼の母親と同じ日に亡くなった。庭の四本の桜の花が咲く前、世界が彩られる前に逝きたいと言っていた。百作くらいしか小説を書かなかったのは、作家としては少ない方かもしれない。代表作を挙げるなら『魔界転生』『警視庁草紙』『戦中派不戦日記』。

　生前は、自分が年を取ることより美人が老いるほど悲しいことはないし、自分が死ぬことより、地球が滅びて無人と化し、虫一匹いない宇宙を想像するほうが怖いと、よく話していた」

（本人）

編者解説

日下三蔵

　二〇〇七年から二〇一〇年にかけて筑摩書房で編集を担当した〈山田風太郎エッセイ集成〉全五巻は、既刊のエッセイ集に未収録の随筆を対象としたシリーズであった。ちくま文庫版では刊行順が前後したが、単行本は『わが推理小説零年』『昭和前期の青春』『秀吉はいつ知ったか』『風山房風呂焚き唄』『人間万事嘘ばっかり』の順で刊行されており、本書が最終巻に当たっていた。そのため解説文中にも、それを踏まえた記述が散見されるが、修正すると意味が通らなくなる箇所もあるので、訂正は最小限に留めてある。

　これまでの巻は、それぞれ一定のテーマに沿って編集してきたが、本書には分類の難しいものや、該当するテーマの巻の刊行後に入手できたもの、基本的に既刊には入れてこなかった談話まで、幅広く収めた。雑多な印象があるかもしれないが、その分、風太郎エッセイの面白さを存分に味わっていただけるのではないかと思っている。

　本書も既刊と同様、発表年代、媒体ともに多岐にわたっているため、表記の不統一が見受けられるが、固有名詞の間違いなど明らかな誤植を除いて、修正は最小限度に留めた。また、今日では差別的とされる表現もあるが、初出の時期を考慮してそのまま収めている。ご理解を願えれば幸いである。

　各篇の初出は、以下のとおり。

Ⅰ　人間万事嘘ばっかり

私の怪談　「小説倶楽部」54年8月号
変質者　「潮」63年10月号
現代妖怪譚　「推理ストーリー」64年2月号
僕が独裁者なら　「銀座百点」71年8月号
欲求不満度　「自由」72年1月号
罪九族に及べ　「いんなあとりっぷ」73年4月号
人間万事嘘ばっかり　「ぐれいと」73年11月号

さらば黄粱一炊の夢　「新評」74年1月号
このごろ気がかり抄　「別冊小説宝石」74年11月号
ナットク出来ない論理　「諸君！」75年1月号
視点の移動　「2アンド4」76年8月号
明るい顔色　「正論」78年5月号
感心した悪党　「神戸新聞夕刊」79年10月17日付
満員電車の中の〝チカン〟始末記　「朝日新聞大阪版」81年5月15日付
錯覚いろいろ　「正論」87年8月号
傾国の美女　「読売新聞夕刊」88年2月13日付
宅急便讃歌　「エスクァイア日本版」91年1月号
横着男　「オール讀物」94年1月号
許容範囲　「室内」94年2月号
戦中派の考える「侵略発言」　「文藝春秋」94年10月号
無駄なき人々　「現代」95年2月号

Ⅱ　かんちがいもおっかない

作家の日記　「小説現代」63年5月号
合法的不法　「宝石」63年10月増刊号
無力感人間　「別冊小説現代」68年1月号
無題　「日本推理作家協会会報」68年8月号
職業の選択　「中央公論」71年夏号
電話と手紙　「東京医大新聞」第74号（71年9月）
クレムリンの宝物　「別冊宝石」71年冬号
無題　＊自画像と文章　「オール讀物」72年2月号
風化の果て　「一枚の繪」72年6月号
引出しの中　「小説新潮」75年8月号
四十年ぶりの手紙　「問題小説」78年3月号
たった一枚の写真　「野性時代」85年9月号
ねぼけて降りた駅　「太陽」87年7月号
エダマメと色紙　「小説ＮＯＮ」88年4月号
けむたい話　「日本経済新聞」89年11月26日付
柿とり器　「室内」90年1月号

卑弥呼と握り鮨　「朝日新聞夕刊」92年6月17日付
かんちがいもおっかない　「小説ＮＯＮ」93年6月号

Ⅲ　私の発想法

驚きたがる　「中央公論」57年7月号
わが人物評・高木彬光　「日本経済新聞」55年12月10日付
高木さんの原動力　「宝石」57年2月号
統計　「東京新聞」57年11月27日付
運命の決定者　「蛍雪時代」63年4月号
このごろ　「朝日新聞夕刊」65年2月12日付
私の発想法　「東京新聞」67年10月12日付
無題　「日本推理作家協会会報」68年1月号
懐かしのアラカン　「小説ＣＬＵＢ」74年9月号
遠き日の雁　「小説新潮」76年12月号
「夜明け前」のＵＦＯ　「文藝春秋」77年6月号
世の中、天下泰平　「日本読書新聞」79年1月1日付

奇蹟の三美女　「小説新潮」79年6月号
とっておきの手紙　「別冊文藝春秋」83年4月号
痛恨の名花　「別冊太陽」84年12月号
谷中の怪談会　「うえの」90年11月号
退屈な芸能を静かに伝えた日本人が不思議　「芸術新潮」91年8月号
十五世市村羽左衛門　「朝日新聞夕刊」92年6月15日付
十五世羽左衛門最後の舞台　「国立劇場」92年12月号
勉強のためではなく、現実逃避のための読書　「リテレール」3号（92年12月）
これからの伝記　「日本近代文学館館報」94年3月号
私の「忘れえぬ人々」　「ノーサイド」94年12月号
心残りな本の群　「新刊ニュース」96年2月号
懐旧大佛次郎　「生誕百年大佛次郎展図録」97年10月

Ⅳ　わかっちゃいるけどやめられない

忍法マージャン無情　「週刊漫画タイムス」64年5月9日号
天下の至楽なれど　「CBCレポート」65年6月号

わかっちゃいるけどやめられない　「漫画アクション」67年夏号
怪健康法　「週刊読売」67年9月1日号
オール・イン・ワン　「オール讀物」74年9月号
相手の攻撃になるとラジオは切る　「週刊読売」76年10月16日号
師恩の証明　「野性時代」78年4月号
今様力士の理想像　「読売新聞夕刊」85年5月25日付
相撲雨だれ話　「大相撲」85年6月号

V　風山房日記

日記から　「朝日新聞夕刊」80年8月4〜9、11〜13日付
放射線　「東京新聞夕刊」85年1月11、25日、2月1日、3月1、8、15、22日、4月19日、5月17日付
風山房日記　「問題小説」89年3、6、9月、90年3、6、9月号

Ⅵ　終りの始まり

ここは一城自由境　「暮しと健康」65年12月号
新年の大決心　「推理ストーリー」67年1月号
ギックリ腰の話　「週刊ゴールド」72年6月26日号
ハリの話　「週刊ゴールド」72年7月15日号
救急車　「ホームドクター」80年2月号
皮算用　「SCOPE」84年9月号
このごろ老化奇談　「お元気ですか」84年秋号
最後の酒宴　「週刊文春」92年8月13＋20日号
したくないことはしない　「週刊新潮」95年4月6日号
終りの始まり　「文芸家協会ニュース」96年1月号
風太郎夜話・闘病の記　「青春と読書」96年1月号
富士山を見た　「中央公論」99年2月号
自筆死亡記事　「週刊朝日」98年8月30日号

全体を六部に分けて配列した。第一部「人間万事嘘ばっかり」は、主に社会全般について書かれたエッセイを収めた。表題に採ったエッセイのタイトルは、初期のミステリ長篇『十三角関係』でも章タイトルとして使われており、風太郎ファンにはお馴染みだろう。

第二部「かんちがいもおっかない」は身辺雑記のパートである。自画像と文章は「オール讀物」のグラビア企画のために書かれたもの。他に生島治郎、筒井康隆、戸川昌子らが参加し、イラストレーターの永田力氏が講評を添えている。風太郎の絵に対しては「眼鏡・着物のしわ、顔の前にもってきた手、これは難しいところ。とにかく力作。クミチンキをなめたような渋く味のある顔がまた、いい。大丈夫、本も売れます」とのこと。

第三部「私の発想法」には小説・演劇に関するエッセイ、第四部「わかっちゃいるけどやめられない」にはギャンブル・スポーツに関するエッセイを、それぞれ収めた。

第五部には、連載コラムをまとめた。「日記から」は「朝日新聞夕刊」に二週間十二回連載されたコラムの九回分。第十回以降の三回分は『死言状』に収められている。「放射線」は「東京新聞夕刊」のコラムで、風太郎は八五年一月から半年間、週に一回分を担当。本書に収めた九回分以外は、『半身棺桶』と『死言状』に収録されている。「風山房日記」は「問題小説」八九年一月号から九五年二月号まで三ヶ月に一回のペースで連載された（鮎川哲也、田中小実昌氏とのローテーション）。本書に収めた六回分以外は、『半身棺桶』『死言状』『あと千回の晩飯』に収録。

第六部には、健康・老いに関するエッセイを収めた。「ギックリ腰の話」「ハリの話」は「週刊ゴールド」の連載コラム「風太郎閑日月」の第四回と第五回。これ以前の三回分は『死言状』に収録済である。「このごろ老化奇談」の掲載誌「お元気ですか」は年金の情報誌。最後の「死亡記事」は「自分の死亡記事」特集という掲載誌のジョーク企画のために書かれたもので、もちろん生前の風太郎自身の手による。本書では、著者一流の諧謔に満ちたこの記事をもって、全体の結びとさせていただいた。

本書のなかには今日の人権感覚に照らして不適切と思われる語句がありますが、差別を意図して用いているのではなく、また時代背景や作品の価値、作者が故人であることなどを考え、原文通りとしました。

本書は二〇一〇年七月、筑摩書房より刊行された。

秀吉はいつ知ったか　山田風太郎

中国大返しに潜む秀吉の情報網と権謀を推理する「秀吉はいつ知ったか」他「歴史」をテーマにした文章を中心に選んだ奇想の裏側が窺えるエッセイ集。

昭和前期の青春　山田風太郎

名著『戦中派不戦日記』の著者が、その生い立ちと青春を時代背景と共につづる。「太平洋戦争私観」「私と昭和」等、著者の原点がわかるエッセイ集。

わが推理小説零年　山田風太郎

稀代の作家誕生のきっかけは推理小説だった。江戸川乱歩、横溝正史、高木彬光らとの交流、執筆裏話等から浮かび上がる「物語の魔術師」の素顔。

修羅維新牢　山田風太郎

薩摩兵が暗殺されたら、一人につき、罪なき江戸の旗本十人を斬る！　明治元年、江戸。官軍の復讐の餌食となった侍たちの運命。（中島河太郎）

魔群の通過　山田風太郎

幕末、内戦の末に賊軍の汚名を着せられた水戸天狗党の戦い。その悲劇的顛末を全篇　人称の語りで描いた傑作長篇小説。（中島河太郎）

旅人　国定龍次（上）　山田風太郎

ひょんなことから父親が国定忠治だと知った龍次は、渡世人修行に出る。新門辰五郎、黒駒の勝蔵らに仁義を切るが……。形見の長脇差がキラリとひかる。

旅人　国定龍次（下）　山田風太郎

「ええじゃないか」の歌と共に、相楽総三、西郷隆盛、岩倉具視らの倒幕の戦いは進み、翻弄される龍次。侠客から見た幕末維新の群像。（縄田一男）

戦中派虫けら日記　山田風太郎

〈嘘はつくまい。嘘の日記は無意味である〉。戦時下、明日の希望もなく、心身ともに飢餓状態にあった若き風太郎の心の叫び。（久世光彦）

同日同刻　山田風太郎

太平洋戦争中、人々は何を考えどう行動していたのか。敵味方の指導者、軍人、兵士、民衆の姿を膨大な資料を基に再現。（高井有一）

山田風太郎明治小説全集（全14巻）　山田風太郎

これは事実なのか？　フィクションか？　歴史上の人物と虚構の人物が明治の東京を舞台に繰り広げる奇想天外な物語。かつ新時代の裏面史。

山田風太郎明治小説全集1 警視庁草紙（上） 山田風太郎
新生警視庁と、消えゆく奉行所の面々の知恵くらべ。川路利良、駒井相模守、大久保利通、三遊亭円朝らを巻き込んで奇怪な事件は、謎を生む。

山田風太郎明治小説全集2 警視庁草紙（下） 山田風太郎
近代化を押し進めた川路、影の御隠居駒井相模守。明暗を分ける時代の流れ。華やかな明治の舞台裏に流れる去りゆく者たちの悲哀。（和田忠彦）

山田風太郎明治小説全集3 幻燈辻馬車（上） 山田風太郎
隣に孫娘を乗せ、辻馬車を操る干兵衛が不意に姿を表わすとき、何かが起こる。薩長の大物、自由党の壮士、川上音次郎、そして二人の幽霊が……。

山田風太郎明治小説全集4 幻燈辻馬車（下） 山田風太郎
先のない壮士の運命。自由党の活動に深入りしていく干兵衛と暗躍する三島通庸。虚実入り乱れる異次元の歴史。他に短篇三作併収。（鹿島茂）

山田風太郎明治小説全集5 地の果ての獄（上） 山田風太郎
明治半ば、看守として北海道・樺戸集治監に赴任した有馬四郎助を待っていたのは？ 凶悪犯と政治犯、次々と起こる奇怪な事件。謎が謎を生む。

山田風太郎明治小説全集6 地の果ての獄（下） 山田風太郎
教誨師原胤昭、幸田露伴、秩父困民党・加波山事件などの残党、狆休庵らがクロスして描き出される明治の暗部。短篇五作併収。（縄田一男）

山田風太郎明治小説全集7 明治断頭台 山田風太郎
役人の汚職を調べ糾弾する太政官弾正台の大巡察香月経四郎と川路利良。二人は新政府の黒い霧を暴きギロチンで処刑するが……。（日下三蔵）

山田風太郎明治小説全集8 エドの舞踏会 山田風太郎
混血児を生む妻、夫の前で馬丁と姦通しようとする妻……。森有礼、黒田清隆、井上馨ら高官の家庭の内情と妻たちの数奇な運命。（田中優子）

山田風太郎明治小説全集9 明治波濤歌（上） 山田風太郎
自由民権運動に燃える北村透谷らの若き日々（風の中の蝶）、美登利を人買いから救出しようとする一葉と涙香（からゆき草紙）など三篇収録。

山田風太郎明治小説全集10 明治波濤歌（下） 山田風太郎
パリ視察中の川路らを巻き込んだ元芸者殺人事件（巴里に雪のふるごとく）、貞奴に恋をした野口英世（横浜オッペケペ）など三篇収録。（関川夏央）

山田風太郎明治小説全集11
ラスプーチンが来た
山田風太郎

怪男児明石元二郎と、大津事件を画策(?)した妖僧ラスプーチンの対決。二葉亭四迷、チェホフまで巻き込む驚くべき事件。（津野海太郎）

山田風太郎明治小説全集12
明治バベルの塔
山田風太郎

万朝報の売上を伸ばすため、涙香の考えたクイズとは？　表題作他三篇の短篇集と暗黒の巨魁星亨を描いた「明治暗黒星」を収める。（橋本治）

山田風太郎明治小説全集13
明治十手架(上)
山田風太郎

石川牢獄島で見た光景はまさに地獄絵だった。美しき姉妹の助けで、〝出獄人保護〟の仕事をはじめた原胤昭の前に残酷非情の看守と巡査が……。

山田風太郎明治小説全集14
明治十手架(下)
山田風太郎

折れて十字になった十手をかざして熱血漢胤昭は悪に挑むが、捕われ牢獄島へ……。「明治かげろう俥」「黄色い下宿人」併収。（清水義範）

60年代日本SF
ベスト集成
筒井康隆編

「日本SF初期傑作集」とでも副題をつけるべき作品集である(編者)。二十世紀日本文学のひとつの里程標となる歴史的アンソロジー。（大森望）

70年代日本SF
ベスト集成1
筒井康隆編

日本SFの黄金期の傑作を、同時代にセレクトした記念碑的アンソロジー。SFに留まらず「文学の新しい可能性」を切り開いた作品群。（荒巻義雄）

70年代日本SF
ベスト集成2
筒井康隆編

星新一、小松左京の巨匠から、編者の「おれに関する噂」、松本零士のセクシー美女登場作まで、長篇なみの濃さをもった傑作群が並ぶ。（山田正紀）

70年代日本SF
ベスト集成3
筒井康隆編

「日本SFの滲透と拡散が始まった年」である1973年の傑作群。デビュー間もない諸星大二郎の「不安の立像」など名品が並ぶ。（佐々木敦）

70年代日本SF
ベスト集成4
筒井康隆編

「1970年代の日本SF史としての意味も持たせたいというのが編者の念願である」――同人誌投稿作から巨匠までを揃えるシリーズ第4弾。（堀晃）

70年代日本SF
ベスト集成5
筒井康隆編

最前線の作家であり希代のアンソロジスト筒井康隆が日本SFの凄さを凝縮して示したシリーズ最終巻。全巻読めばあの時代が追体験できる。（豊田有恒）

異形の白昼 筒井康隆編

様々な種類の「恐怖」を小説ならではの技巧で追求した戦慄すべき名篇たちを収める。わが国のアンソロジー文学史に画期をなす一冊。（東雅夫）

人生をいじくり回してはいけない 水木しげる

水木サンが見たこの世の地獄と天国。人生、自然の流れに身を委ね、のんびり暮らそうというエッセイ。推薦文＝外山滋比古、中川翔子。（大泉実成）

ねぼけ人生〈新装版〉 水木しげる

戦争で片腕を喪失、紙芝居・貸本漫画の時代と、波瀾万丈の人生を、楽天的に生きぬいてきた水木しげるの、面白くも哀しい半生記。（呉智英）

幕末維新のこと 司馬遼太郎 関川夏央編

「幕末」について司馬さんが考えて、書いて、語ったことの真髄を一冊に。小説以外の文章・対談・講演から、激動の時代をとらえた19篇を収録。

明治国家のこと 司馬遼太郎 関川夏央編

司馬さんにとって「明治国家」とは何だったのか。西郷と大久保の対立から日露戦争まで、明治の日本人への愛情と鋭い批評眼が交差する18篇を収録。

荷風さんの戦後 半藤一利

戦後日本という時代に背を向けながらも、自身の生活を記録し続けた永井荷風。その孤高の姿を愛情溢れる筆致で描く傑作評伝。（川本三郎）

荷風さんの昭和 半藤一利

破滅へと向かう昭和前期。永井荷風は驚くべき適確さで世間の不穏な風を読み取っていた。時代風景の中に文豪の日常を描出した傑作。（吉野俊彦）

マジメとフマジメの間 岡本喜八

過酷な戦争体験を喜劇的な視点で捉えた岡本喜八。創作の原点である戦争と映画への思いを軽妙な筆致で描いたエッセイ集。巻末インタビュー＝庵野秀明

なめくじ艦隊 古今亭志ん生

〝空襲から逃れたい〟、〝向こうには酒がいっぱいある〟という理由で満州行きを決意。存分に自我を発揮して自由に生きた落語家の半生。（大野誠一）

びんぼう自慢 古今亭志ん生 小島貞二編・解説

「貧乏はするものじゃありません。味わうものですな」その生き方が落語そのものと言われた志ん生が自らの人生を語り尽くす名著の復活。

ちくま文庫

人間万事嘘《にんげんばんじうそ》ばっかり

二〇一六年七月十日　第一刷発行

著者　山田風太郎（やまだ・ふうたろう）
発行者　山野浩一
発行所　株式会社　筑摩書房
東京都台東区蔵前二―五―三　〒一一一―八七五五
振替〇〇一六〇―八―四一二三
装幀者　安野光雅
印刷所　株式会社精興社
製本所　株式会社積信堂

乱丁・落丁本の場合は、左記宛にご送付下さい。
送料小社負担でお取り替えいたします。
ご注文・お問い合わせも左記へお願いします。
筑摩書房サービスセンター
埼玉県さいたま市北区櫛引町二―六〇四　〒三三一―八五〇七
電話番号　〇四八―六五一―〇〇五三

ISBN978-4-480-43373-2 C0195